JN146276

赤い花

とくな　のぞみ

ブックウェイ

はじめに

『赤い花』は、ロシア民話の文芸化された表題ですが、物語のプロットは、あの有名なフランス民話『美女と野獣』と同じです。３人の娘を持つ商人がいて、出立の日に、おみやげは何がいいかと娘たちに聞きます。長女、次女はありきたりの「ドレス」とか「ネックレス」と答えるのですが、三女はなぜか「赤い花」と答えます。このモチーフは、グリム童話・21番の『アッシェン・プッテル（灰かぶり）』と同じですが、「灰かぶり（三女のあだ名）」が要求するのは「ハシバミの小枝」です。

答えはすでに出ています。「灰かぶり」は「ハシバミの小枝」を母親の墓の横に植え、小枝は見る間に木になります。「灰かぶり」は悲しいことがあると、「ハシバミの木」に話しかけます。継母（ままはは）と義理の姉たちが舞踏会に出かけると、「灰かぶり」は「ハシバミの木」に歌いかけ、そこへ小鳥たちが飛んで来て、「ドレスとくつ」を落とします。

要するに［赤い花＝ハシバミの木＝援助者］です。ディズニー映画の『シンデレラ』では、「母親の墓」のうしろから「名付け親の妖精（フェアリー・ゴッドマザー）」が現れます。言うまでもなく［名付け親の妖精＝援助者］です。

ただ、「援助者」には、①垂直的な援助者＝母親的な存在と②水平的な援助者＝姉妹的な存在がいるようです。人類学的、あるいは口承文芸学的には、①女宿（おんなやど）の校長と、②王妃の影でしょうか。

本書の［第１章］では、口承文芸学的なアプローチを試みました。ですが、それだけでは物足りません。［第２章］では、西洋美術の観点から、［第３章］では、オペラ作曲家の人生から、考察を試みました。最後に［第４章］ですが、筆者得意の「歴史的な考察」です。「赤い花」から連想されるのは、やはり、イギリスの「薔薇（ばら）戦争」でした。ですが、いろいろ調べるうちに「ヘンリー５世」に興味がわき、少し時代がずれた感じもありますが、ご勘弁願います。

それでは、お気軽にお楽しみください。

2015年夏

とくな　のぞみ

目 次

第１章　赤い花

A. 赤い花（ロシア昔話）

ロシア昔話『赤い花』は、いわゆる『美女と野獣』と同じ話型です。

３人の娘を持つ商人がいて、ある時、仕事で外国に出かけます。商人は３人の娘たちに、「おみやげは何がいいか」と聞きます。長女は宝石のついた冠飾り、次女は鏡台がほしいと言います。長女、次女と比べ、三女が望んだものは少し変わっていました。それが「赤い花」です。

商人は仕事を済ませ、娘たちのおみやげを買います。冠飾りと鏡台はすぐに手に入りましたが、「赤い花」が見つかりません。

商人は悩みながら馬車に乗り、暗い森を通ります。どうやら道に迷ってしまったようです。しばらく迷った末、木立の奥に大きなお屋敷を見つけました。商人はお屋敷の中庭に入って行き、ようやく見つけた「赤い花」を摘み取ります。すると地響きが聞こえ、「獣の顔をした怪物」が現れます。

この物語『赤い花』につきましては、拙著『王女の押印・後編』で一度論じました。今回考察したいのは、はたして「赤い花」とは何か、です。

B. なぞなぞ話（グリム童話・160番）

――以下引用――

女が三人、花にばけていました。

その花は野原にさいていましたが、そのうちひとりは、夜になるとおうちにかえってもいいことになっていました。

さて、その女の人が、しばらくだんなさまのそばにいるうちに、夜あけがちかづいてきました。夜があければ、女はまたお友だちのいる野原へかえって、花にならなくてはならないのです。すると、女がいいました。

「あなたがね、きょうお昼まえにきて、わたしをおって（折って。引用者注）くだされば、わたしは魔法がとけて、これからはずっとあなたのおそばにいられるのよ。」

それで、そのとおりになりました。

さあ、ききますよ。

花はどれもこれもおなじで、区別がつかないのに、どうしてだんなさまには、じぶんのおくさんがわかりましたか？

「その女の人は、夜はじぶんのおうちにいて、野原にはいなかったでしょう。だから、ほかのふたつの花には夜つゆがおりたけど、その花にはつゆがおりなかったの。それでだんなさまには、おくさんの見わけがついたのね。」

これがおこたえ。

（山室静訳『グリム童話集（４）』P357）

■ 解説

ということは、「赤い花」は「女の人」ということになります。森の中の宮殿に住んでいる「怪物」は、通常「冥王」です（※）。ということは「冥王」といっしょにいる「若い女性」は「王権の授与者」でしょうか。

※ これは、「ファンタジー」もしくは「中世騎士道物語」の定番中の定番「ドラゴンにさらわれたお姫様」のモチーフです。物語の主人公（次代の王＝日本神話ではスサノヲノミコト）は、「ドラゴン（ヤマタノヲロチ）退治」に出かけ、お姫様（クシナダヒメ）を救出します。ですが、『赤い花』では、［次代の王→３人の娘を持つ商人］に変質し、［王権の授与者→赤い花］に変質しています。謎を解く側からすれば、難易度の高い物語です。

『赤い花』は、比較的新しい層の話型で、登場人物の役割が、それぞれ原型から、いくらかスライドしています。ですが、［赤い花＝王権の授与者］と考えますと、また、いろいろ見えてきます。

C. 恋人ローラント（グリム童話・56番）

グリム童話『恋人ローラント』は、魔法昔話の主人公が「男性」から「女性」に変化した過程を示しているようで興味深いです。「恋人ローラント」という言い回しから、この物語の主人公は「女性」と思われます。しかし、この物語の構造は、ロシア昔話『海の王とかしこいワシリーサ』（主人公は［イワン王子＝男性］）と、あまり変わりません。

まずは、あらすじをご紹介します。

1．第一の殺人（筆者要約）

魔女と、魔女の娘と、継娘（ままむすめ）がいる。魔女の娘が、継娘のまえかけ（エプロン）がほしいと言う。魔女は今晩、継娘の首をおので斬り落とし、殺そうと話す。

魔女の娘と継娘は並んで寝ているが、継娘は魔女の娘が寝入ると、寝ている位置を逆にする。そこへ魔女が入ってきて、暗闇の中、継娘のつもりで自分の娘の首を斬り落とす。

■ 解説

このモチーフは、ペロー童話『親指小僧』にも見られます。森の中の人食い鬼の小屋に、鬼の子どもが7人いて、金の冠をかぶって寝ています。親指小僧たち7人兄弟は、鬼の子どもたちの金の冠を、自分たちがかぶって寝ます。そこへ人食い鬼が入ってきて、暗闇の中、冠をかぶっていない自分の子どもたちの首を、おので斬り落とします。

このモチーフの意味は不明ですが、本来「加入礼」(※１)とは、新加入者たちの「死と復活」の儀式と解釈されていたことを指摘したいと思います。要するに、[首を斬られる子ども＝生き残る子ども]ではないか、と。あるいは、「生誕トーテムの子ども」と「配偶トーテムの子ども」の「取り替え」を表現しているのかもしれません。

※１「加入礼」とは、未開民族の成人儀礼というのが、専門外の人間が漠然と抱くイメージです。このことばは、プロップの論文の中で何の説明もなく使用されるので、読者は困惑するのですが、仮に、①成人儀礼、と解釈し、なおかつ「生誕トーテムへの加入」と解釈しますと、未開社会のもうひとつの重要なファクターである[外婚制＝同一トーテム内の婚姻を禁止するタブー]を説明することができません。

もうひとつの解釈は、②配偶トーテムへの加入、というものです。未開社会における少年は、最終的には「配偶トーテム」の猟師、または戦士になるわけですから、この儀礼は、ある種の「入学」と解釈されます。「儀礼の執行者」は[師匠＝賢者]です。ですが、さらにもうひとつの可能性が存在します。それは、③生誕トーテムで加入(ある種の入籍)の後、一定の年齢(７歳ごろのようです）に達すると、森の中の「悪魔の小屋」で、記憶を喪失し、別人になって帰村する、というものです。これを科学的に説明すれば、トーテムＡの少年【Ｘ】と、トーテムＢの少年【Ｙ】が、「悪魔の小屋」で**入れ替わる**、ということです。

もう少し説明しましょう。トーテムＡの少年【Ｘ】は、「森の小屋」で恐ろしい儀式（加入礼）を受け、記憶を喪失し、新しい名前〖Ｙ〗を与えられ、トーテムＢ（配偶トーテム）へ行くのです。「帰って来た」〖Ｙ〗を、【Ｙ】の両親は「息子」として受け入れますが、〖Ｙ〗は実際には別人です。

ややこしいので、もう一度説明しましょう。［〖Ｙ〗の正体＝記憶を失い、新しい名前を与えられた【Ｘ】］［〖Ｘ〗の正体＝記憶を失い、新しい名前を与えられた【Ｙ】］。トーテムＡ出身の【Ｘ】は〖Ｙ〗となって、トーテムＢに「帰り」、トーテムＢ出身の【Ｙ】は〖Ｘ〗となって、トーテムＡに「帰る」。――なお［森の小屋＝悪魔の小屋］への出立は、『ヘンゼルとグレーテル』『親指小僧』のような「追放」の他、「略奪」の形式があります。いわゆる「クランプス・なまはげ型」です。

話を元にもどします。「森の小屋」から村に帰った〖Ｙ〗は、【Ｙ】の「妹」と結婚します。ですから古代語の「妹」は「妻」と同義なのです。

以上を総合すれば、こうなります。「加入礼」には二義があり、第一義は先述の③、第二義は②である。狭義の「加入礼」は、③取り替え（または「死と復活」）、であり、②結社への加入（入学）は、

③の「繰り返し」と考えられる。年齢的には、③は「7歳」、②は「15歳」であり、後代の①成人儀礼、という解釈は、②に由来する。

2．「魔女の杖」と「3滴の血」（筆者要約）

継娘は、魔女の小屋を逃げ出し、恋人ローラントの家へ行く。するとローラントは「魔女の杖」を持って来たほうがいいと言う。継娘は魔女の小屋に帰り、魔女の杖を持ち出す。さらに継娘は、魔女の娘の血を3滴垂らす。①寝床の前に、②台所に、③階段の上に。

3．3滴の血（筆者要約）

次の朝、魔女は自分の娘が起きて来ないのを不審に思う。「娘や、どこにいる？」と聞くと、娘の声で、③階段の上よ、おそうじしているの、②台所よ、（ストーブ＝かまど、の前で）温まっているの、①寝床の中よ、まだ寝ているの。――魔女は最後に、自分の娘が死んでいるのを発見する。

■ 解説

この「3滴の血」は『海の王とかしこいワシリーサ』では「3つの唾（つば）」です。ワシリーサ（女性＝王権の授与者）が寝室の3つの角（かど）に、自分の唾を吐いておきます。次の朝、侍女が扉をたたきますと、「まだ眠いの」と「唾」が答えます。こうして時間かせぎをして、ワシリーサとイワン王子は、遠くまで逃げます。

４．「呪的逃走」と「第二の殺人」（筆者要約）

継娘と恋人ローラントは逃げ出すが、魔女が追いかける（※２）。継娘と恋人ローラントは魔女の杖で、変身する。①［恋人ローラントが湖に、継娘がカモに］、②［恋人ローラントがバイオリン弾きに、継娘は「赤い花」に］変身して、「イバラの生け垣」のまん中に立った。

魔女は「赤い花」の正体を知っているので、摘み取ろうとするが、バイオリン弾きの弾く音楽に、踊らずにはいられない。踊って、踊って、踊り疲れ、イバラのとげで体をずたずたにされ、とうとう死んでしまった。

※２　この魔女は「マイルぐつ」を持っています。ひとまたぎで１マイル（ドイツマイル＝約 7.5 キロメートル）進める「魔法のくつ」です。『親指小僧』では、人食い鬼の「七里ぐつ」が対応します。親指小僧は人食い鬼から「七里ぐつ」を奪いますが、『恋人ローラント』では、この「くつ」につきましては、これ以上の言及はありません。

■ 解説

この「呪的逃走」も、『海の王とかしこいワシリーサ』と同じモチーフです。①［馬を緑の牧場に、イワン王子をおじいさんの羊飼い(年を取った羊飼い)に、自分(ワシリーサ)はかわいい羊に]。②[自分が教会に、イワン王子を神父に、馬を木に]。③[馬を湖に、イワン王子と自分が、雄ガモと雌ガモに]。

『海の王とかしこいワシリーサ』の別バージョンでは、馬を「蜜の川とゼリーの岸」に変え、自分たちは雄ガモ、雌ガモに変身します。追いかけてきた「海の王」は「ゼリーの岸をがつがつ食べ、蜜の川をぐいぐい飲んで」ついには、腹がはち切れて死んでしまいます。

なぜ追っ手が死ぬのか、というモチーフの意味も不明です。本来のプロットでは、主人公(男性)が他界で「冥王の難題」をやりとげた時点で、「主人公が即位し」「冥王は死ぬ」のです。そもそも[娘＝王権の授与者]を(「この世」へ)連れ帰る(呪的逃走。※3)必要もないと思われますが、「文芸的な改作」なのでしょうか。

※3「呪的逃走」の観念の起源は「トーテミズム」です。つまり、人間は死ぬと動物(トーテム動物)になり、動物が死ぬと(母の胎内で)人間になる、という観念です。そのため[あの世＝他界]から[この世]への旅では、主人公は「動物」から「人間」に変身すると考えられていました。ですが、この「旅」がなぜ「逃走」とイメージされるのか、まだ完全には解明されていません。

ひとつの仮説としては、「呪的逃走」のモチーフを伴う物語の主人公は、[次代の王]ではなくて、[賢者の卵＝文化英雄]ではないのか、ということです。そうしますと［他界の姫］も［王権の授与者］ではなく、別の存在（たとえば［王妃の影］）である可能性が出てきます。いくつかの選択肢を念頭に、ゆっくりと考えていきます。

それはともあれ、『恋人ローラント』の娘（女主人公）は、ここで早くも「赤い花」に変身していますね。

◇参考（トーテミズムの意味について）

「トーテム動物」とは［食う動物＝大蛇・ドラゴン］ではなくて、［食われる動物＝神聖な食料］であることを確認したいと思います。

どういうことかと言いますと、この２種類の観念のうち、「より古い」のは［食われる動物］だということです。ですから、たとえば［新加入者（ヤガーの息子）＝トーテム動物＝バッファロー］だとすれば、［ヤガー＝トーテム動物の母＝バッファロー］だったはずだ、ということです。

説明が少し早いでしょうか。要するに、未開社会の少年たちは、７歳で「ヤガー（人食いの老婆）に丸呑みされ、吐き出される」ことで、死後「トーテム動物」に生まれ変わる呪力を授かるわけです。あるいは、死後「トーテム動物」に生まれ変わって「贖罪（しょくざい）」することを条件に、その後（人間としての後半生）［トーテム動物＝バッファロー］を狩る許可を得るのです。この宗教観念の下で、彼らは死後［トーテム動物＝バッファロー］として再生し、［子孫＝人間］に狩られ、その妻に食われ、妻の腹の中で、再び「人間」として転生するのです。これが「トーテミズム的輪廻転生」の根本概念です。

それでは、なぜ［食う動物＝大蛇・ドラゴン］が出現したのかと言いますと、おそらく［内臓＝大腸＝子宮］の形状が「ヘビ」と似ていたからと考えられますが、この「発展」の意味することは「普遍化」だと思われます。つまり［ヤガー＝バッファローの母］から、［ヤガー＝万物の母］という「普遍化」です。

同時に考慮すべきことは、「儀礼の執行者」が［ヤガー＝老婆＝女性］から［賢者＝老人＝男性（ただし、女装した男性）］に変化したことです。「男性」は「出産」とは無関係ですから、ここから［造物主＝天地創造の神］への道は、きわめて平坦だったことです。

ですが、ここに「最後の難問」があります。フロイトの有名な論文『トーテムとタブー』によれば、［トーテム動物＝食べることを禁じられている、神聖な動物］ということのようです。なぜ［神聖な食料としての、食べられる動物］が［食べることを禁じられた動物］に変化したのか。この大きな溝を埋めることが、筆者に残された「最後の難題」なのだと認識しております。

５．王子と王女の別れ（以下引用）

こうして、ふたりは難をのがれることができましたが、そのとき、ローラントがいいました。

「ぼくはおとうさんのところへいって、結婚のしたくをしてくるよ。」

「そんなら、わたしはそれまでここにいて、あなたをお待ちするわ。そして、だれにもわからないように、赤い石ころになっていることよ。」

そこで、ローラントはいってしまいました。

そして、むすめは野原の赤い石ころになって、恋人を待っていました。

さて、ローラントはうちへかえりますと、べつの女のわなにかかってしまいました。その女のために、ローラントはとうとう、むすめのことをわすれてしまいました。

かわいそうにむすめは、長いことそこにいましたが、いつまでたっても恋人はもどってきませんでした。

（大畑末吉訳『グリム童話集（２）』P205）

■ 解説

「べつの女」が誰なのか、グリム童話ではよくわかりませんね。『海の王とかしこいワシリーサ』のほうがわかりやすいです。「べつの女」とは「ローラントの妹」です（ロシア昔話では「イワン王子の妹」）。ただし、古代語の「妹」とは、「婚約者」というほどの意味です。

いわゆる「母権制」下では、少年（男子）は、「生誕トーテム」から「配偶トーテム」に連れて来られ、「オジ（母の兄弟）の家」に婿入りします。「オジの家」にいる「妹」が、彼の「未来の妻」です。これが「通常の婚姻制度」だったのですが、なぜか「物語」では「意味変え」が起き、主人公は「他界」から連れ帰った「他界の姫」と結婚します。

6．羊飼い（筆者要約）

むすめは、かなしくなり、石ころから「赤い花」に変身する。そこへ羊飼いが現れ、「赤い花」を摘み取って、自分の家に持って行く。

「赤い花」は、羊飼いが仕事に出かけると、家の中をきれいにそうじし、かまどに火をおこし、水くみもした。テーブルの上には食事を用意した。羊飼いは気味が悪くなり、うらない女に相談する。うらない女は「出かけるふりをして、様子を見て、何か動くものがあったら、白いきれをかぶせなさい」と忠告する。その通りにすると、「赤い花」の魔法が解け、むすめにもどる。むすめはすべてを告白する。

■ 解説

似たような話を読んだ気がします。「傷ついたカモ」の話です。おじいさんが「傷ついたカモ」を家に連れ帰り、手当てをします。カモはおじいさんが出かけると、羽衣を脱ぎ、娘になって家のそうじをします。ものかげから様子を見て、事情を知ったおじいさんは、カモの羽衣を燃やします。娘は弱っていきます。おじいさんは後悔し、娘の言うとおりに、娘をかごに入れ、満月の夜に、湖の岸辺に置きます。すると、たくさんのカモが舞い下り、かごをくわえて飛んで行きました。

物語の表題は忘れました。『カモの恩返し』でしょうか。これは冗談です。『月夜のカモ』だったような気がします。ルーマニアだったか、ハンガリーだったか、東ヨーロッパの昔話だったと思います。

『恋人ローラント』で考えますと、この「羊飼いの家」は、『白雪姫』の「７人の小人の家」に相当します。いくつかのモチーフが、パッチワークのように組み合わさっています。

『海の王とかしこいワシリーサ』では、イワン王子と別れたワシリーサは、町のパン屋で働きます。つまり、[羊飼いの家＝パン屋] です。ですから、(『恋人ローラント』の)「羊飼い」は年老いたおじいさんでなければなりません。ワシリーサがハトの形のパンを焼くと、それは本物のハトになり、王子の城に飛んでいきます。ハトを見たイワン王子はワシリーサのことを思い出し、ハッピーエンドです。

[赤い花＝王権の授与者] はまちがいないのですが（※４）、それでは「赤い石ころ」とは何でしょうか。[赤い石ころ＝世俗の王妃] かもしれません。連想されるのが、日本神話『人の

命がはかないわけ』です。この話にも「２人の女性」が登場します。イハナガヒメとコノハナサクヤビメです。[イハナガヒメ＝赤い石ころ][コノハナサクヤビメ＝赤い花]と考えますと、感慨深いものがあります（※５）。

※４　いえいえ、[赤い花＝王妃の影]の可能性もあります。つまり王宮に２組のカップルがいた、ということでしょうか。第１のカップル＝王と王妃、第２のカップル＝賢者と「王妃の影」。両者の関係は、こうです。[賢者＝王の援助者][王妃の影＝王妃の援助者]。仮にそうであったとしても、[賢者＝ローラント]が最初に[妹＝べつの女]と結婚しそうになる、というのは、やはり腑に落ちません。

※５　以下はフランス史の有名な「三角関係」の話です。アンリ２世（在位 1547 ～ 1559 年）は政略結婚の相手として、イタリア（フィレンツェ）のカトリーヌ・ド・メディシスと結婚しますが、彼には「ディアーヌ・ド・ポワティエ」という愛人がいました。カトリーヌは嫉妬のあまり、「この国（フランス）は娼婦が権力を握っているのですね」と皮肉を言ったと伝えられます。つまり[カトリーヌ（正妻）＝イハナガヒメ][ディアーヌ（愛人）＝コノハナサクヤビメ]です。

７．魔法の歌（以下引用）

さて、ローラントの結婚の日がやってきました。

その日は、その国の古いならわしにしたがって、国じゅうのむすめがのこらずそこへいって、新婚のご夫婦のおいわいに歌をうたうように、というおふれがだされました。

ローラントを愛しつづけていたむすめは、これをきくと、たいへんかなしくなって、心臓がかなしみのためにはれつするかもしれないと思いました。それで、どうしてもいきたがりませんでした。けれども、ほかのむすめたちがやってきて、とうとう、つれだしました。ところが、歌をうたう順番がくるたびに、むすめはうしろのほうへひっこんでいきました。そのため、とうとうしまいに、むすめがたったひとりきり、のこってしまいました。もう、どうすることもできません。むすめが歌をうたいだし、その歌がローラントの耳にはいりますと、ローラントはとびあがって、さけびました。

「ああ、この声は知っている。これこそ、ほんとうの花よめだ。ほかのひとは、いらない。」

すっかりわすれていて、心のなかからきえうせていたものが、なにもかも、いちどきにローラントの心にもどってきました。

こうして、かわらぬ愛をもちつづけたむすめは、恋人ローラントと婚礼の式をあげることになりました。こうして、むすめのかなしみはおわって、よろこびがはじまりました。

（『グリム童話集（２）』P208）

■ 解説

以上で「あらすじ」は終わりです。私が申し上げたかったのは、[赤い花＝王妃の影] ということです。既述の「フランス史」に当てはめますと、[アンリ２世＝ローラント] [ディアーヌ・ド・ポワティエ＝むすめ] [カトリーヌ・ド・メディシス＝妹] かもしれません。

ここから連想されるのは、[他界の姫＝ワシリーサ＝むすめ（赤い花）] とともに「呪的逃走」をするのは、「賢者の卵」ではなくて「次代の王」だった可能性です。これもひとつの「可能性」です。

物語の進化は [飛び石的＝不連続的] ではなく、[浮き橋的＝連続的] なのだというのは言うまでもないことです。

なお、「歌」も「踊り」と同様、「魔法」と関係があります。ですが、今回は省略します。

D. みつけ鳥（グリム童話・51番）

やはり「呪的逃走」を伴う物語として、『みつけ鳥』をご紹介したいと思います。この物語では（『恋人ローラント』とは異なり）、[みつけ鳥＝王妃の影][赤い花＝王妃]ではないかと考えられます。こちらの形式のほうが、時系列的に「古い」のではないか、とも思われます。まずは、あらすじです。

あらすじ・その1（以下引用）

むかしむかし、あるところに山の番人がいました。

あるとき、山番は森へ狩りにでかけました。すると、小さな子どものような、泣き声がきこえました。その声のするほうへいってみますと、一本の高い木のところにきました。そして、その上に、ひとりの小さい子が、ちょこんとすわっていました。

それは、母親が子どもといっしょに木の下でねこんでいたのを、ワシかなにかが、母親のひざにいる子どもを見つけて、そこへとんできて、くちばしでさらって、この高い木の上においたのにちがいありません。

山番は木にのぼって、その子をだきおろしました。

（この子は、うちへつれていって、うちのレーネといっしょに、そだててやろう。）

こう考えて、山番はその子をつれてかえりました。

こうして、ふたりの子どもは、いっしょに大きくなりました。

木の上で見つかった子は、鳥にさらわれたところを見つかったので、< みつけ鳥 > という名がつけられました。

みつけ鳥とレーネちゃんとは、とてもとてもなかよしになって、ふたりのうちのどちらかが、ちょっと見えなくても、たいそうかなしがるくらいでした。

（『グリム童話集（2）』P138）

■ 解説

これはいわゆる「木の上の娘」のモチーフです。実際、木の上で発見された「小さい子」は、女の子であると考えられます。

木の上で発見される娘は通常、鳥のような印象で、魔法を使います。この娘は「他界の姫」で、主人公（通常は男性）の「援助者」です。

あらすじ・その2（以下引用）

さて、山番のうちには、ひとりの年とった料理女がいました。

ある晩のこと、この料理女は、手おけを両手にさげて、水をはこびました。それも、いちどではなく、なんべんも、そとの井戸へいったりきたりするのでした。
　レーネちゃんは、それを見ていいました。
「ねえ、ザンネばあや。どうして、そんなにたくさん、水をはこぶの。」
「もし、おじょうちゃんが、だれにもいわないなら、そのわけを話してあげますよ。」
　レーネちゃんが、だいじょうぶよ、だれにもいわない、といいますと、料理女はこんなことをいいました。
「あしたの朝はやく、だんなさまが狩りにおでかけになったら、わたしは、この水を火にかけるんです。そして、おかまがぐらぐらわいてきたら、みつけ鳥をそのなかになげいれて、ぐつぐつ煮てやるんですよ。」
　あくる朝になると、山番は、いつもより、はやくおきて、狩りにでかけました。山番がうちをでたときは、子どもたちはまだ、ベッドのなかにねていました。
　そのとき、レーネちゃんが、みつけ鳥にいいました。
「あなたが、あたしをすてなけりゃ、あたしもあなたをすてないことよ。」
　すると、みつけ鳥がいいました。
「いつまでもだよ。」
　レーネちゃんは、ことばをつづけました。
「あたしね、あなたにいうことがあるのよ。ザンネばあやがね、ゆうべ、手おけで水をたくさん、うちのなかへはこんでいたのよ。で、あたし、なぜそんなことするのって、きいてみたのよ。そうしたら、あたしがだれにもいわなけりゃ、わけをはなしてあげるっていうの。で、あたし、だれにもいわないっていったのよ。そうすると、ばあやのいうにはね、あしたの朝はやく、おとうさんが狩りにいったら、おかまにいっぱい、お湯をぐらぐらわかして、あなたをそのなかにほうりこんで、煮てしまうんですって。だから、あたしたち、いそいでおきて、着物をきて、いっしょに、にげだしましょうよ。」

そこで、ふたりの子どもは、ベッドからおきて、いそいで着物をきて、うちをでていってしまいました。

（『グリム童話集（2）』P139）

■ 解説

これはロシア昔話『ヤガーばあさん』と同じ筋書きです。継娘が［人食いのヤガーばあさんの小屋＝加入礼の小屋］へ行かされます。継母の言いつけで「針と糸を借りて来い」と。継娘は［本当のおばさん＝名づけ親の妖精］のところへ行き、どうすればいいか尋ねます。

ヤガーばあさんは継娘を小屋に入れると、召使い女に言いつけて大釜に湯を沸かします。継娘を釜ゆでにするためです。この「釜ゆで」は、「加入礼」でしばしば行われたことであり、その意味は［ヤガー＝部族成員全員の共通の母］に「食われる」ための演出です。宮沢賢治の童話『注文の多い料理店』

が連想されますね。

ともあれ、継娘は［本当のおばさん］に教えられたとおりに、［３種類の門番＝①シラカバ、②門、③犬］を味方につけ、［援助者＝猫］の助けも受けて逃げ出します。ヤガーばあさんが追いかけてきます。継娘が猫にもらったタオルを投げると、背後に「川」ができ、ブラシを投げると、背後に「森」ができます。この昔話『ヤガーばあさん』では［主人公＝継娘］［援助者＝猫］ですが、『みつけ鳥』では［ヤガーばあさん＝ザンネばあや］［主人公＝レーネちゃん］［援助者＝みつけ鳥］ではないでしょうか。

あらすじ・その３（筆者要約）

料理女（ザンネばあや）は、子どもたちが逃げたことを知り、下男たちに命じて追いかけさせます。

２人の子どもは、次のように変身します。

①みつけ鳥が「小さなバラの木」に、レーネちゃんが「小さいバラの花（赤い花）」に。

②みつけ鳥が「教会」に、レーネちゃんが「シャンデリア」に。

③みつけ鳥が「お池」に、レーネちゃんが「カモ」に。

①と②では、下男たちが追いかけますが、③では、料理女が自ら追いかけます。料理女は池を見ると、腹ばいになり、

水を飲みます。そこへカモが近づき、料理女の頭をくわえて、池の中へ引きずりこみ、料理女はそのままおぼれ死んでしまいました。

めでたし。めでたし。

■ 解説

この「呪的逃走」を『海の王とかしこいワシリーサ』と比較しますと、やはり「レーネちゃん」が［主人公＝ワシリーサ］で、「みつけ鳥」が［援助者＝馬］であることがわかります。なぜなら③で、みつけ鳥が「お池」に変身しますが、『海の王とかしこいワシリーサ』では、［馬＝援助者］が「湖」に変身するからです。

もう一点、興味深いのは、［赤い花（主人公）＝シャンデリア＝火］であり、［鳥（援助者）＝お池＝水］だということです。古代の宗教観念では［火］は、［女性の生理］や［出産］と関係があり、［水］は［火］を鎮めるものです。［火＝命］［水＝死］かもしれません。

E. 死神の名づけ親（グリム童話・44番）

ここで少しブレイクし、『死神の名づけ親』という話を考えてみましょう。

あらすじ・その1（以下引用）

ある貧乏な男が、十二人の子どもをもっていました。その子どもたちにパンをやるために、夜昼(よるひる)、はたらかなければなりませんでした。

そこへ、十三人めの子どもが生まれました。

男はどうしてよいかわからなくなって、ひろい通りにでていって、いちばんはじめにであった人を名づけ親にたのもうと思いました。

男がさいしょにであったのは、神さまでした。

神さまは、男の心のなかにあることを、とっくにごぞんじだったので、こういいました。

「あわれなものよ、かわいそうに。わしがおまえの子どもに洗礼をさずけてやろう。その子の世話もしてやろうし、この世で、しあわせなものにもしてやろう。」

すると、男がいいました。

「あなたは、どなたですか。」

「わしは神じゃ。」

「それじゃ、あなたを名づけ親にたのむのは、よしましょう。あなたは金持ちには、ものをおやりになって、貧乏人は、ひもじいめにあわせて、知らん顔をしているんですもの。」

男がこんなことをいったのは、神さまがどんなにかしこく、富とまずしさを分配しているか、知らなかったからです。

こんなわけで、男は神さまとわかれて、ずんずん歩いていきました。

すると、悪魔が男のところへやってきて、いいました。

「なにをさがしているんだね。おれをおまえの子どもの名づけ親にたのむ気があるんだったら、その子に金貨をどっさりやるぞ。おまけに、世界じゅうの、ありとあらゆるたのしみも、させてやろう。」

男はたずねました。

「あなたは、どなたですか。」

「おれは悪魔だよ。」

「それじゃ、あなたを名づけ親にたのむのは、よしましょう。あなたは人間をだましたり、わるいみちにさそったりしますからね。」

男はそういって、また、ずんずん歩いていきました。

そこへ、骨と皮ばかりの死神が、つかつかとよってきていいました。

「わしを名づけ親にするがよいぞ。」

男はたずねました。

「あなたは、どなたですか。」

「わしは、すべての人を、おなじようにしてしまう死神じゃ。」

これをきくと男はいいました。

「あなたなら、おあつらえむきだ。あなたは金持ちでも貧乏人でも、区別なしに、むかえにきてくれますからね。あなたに、名づけ親になってもらいましょう。」

すると、死神はこたえました。

「わしは、おまえの子どもを金持ちにもしようし、有名な人にもしてやろう。わしを友だちにするものは、だれでも成功まちがいなしだよ。」

そこで、男はいいました。

「こんどの日曜日が洗礼です。ちょうどよい時間にきてください。」

（『グリム童話集（２）』P60）

■ 解説

本当にこれは「昔話」なのでしょうか。語り口が面白すぎです。ですが、子どもに洗礼を授けるのは、本当は「神」でも「悪魔」でもなく、「死神」だった、というのは正しいと思います。

その根拠となるのが、『いばら姫』に登場する「12 人の仙女たち」です。彼女たちも「名づけ親」であり、赤子に「福」を授けますが、その後（人類史的な後代に）、「運命の女神」になり、子どもの「死にざま」を予言します（※１）。

※１ ①福を授ける仙女と②運命の女神では、進化系統樹は［①→②］であろうと、現時点では考えています。

もうひとつ指摘しておきたいのは、「洗礼」とは文字通り「水」による儀礼だということです。［火＝命］［水＝死］という観念と重ね合わせますと、感慨深いものがあります。要するに、［火＝母＝命］［水＝名づけ親＝死］という観念です。

あらすじ・その２（以下引用）

死神は、約束どおり、すがたを見せて、ちゃんと名づけ親の役をつとめました。

さて、男の子は、ぶじに大きくなりました。

すると、あるとき、名づけ親がはいってきて、いっしょにこいといいました。

名づけ親は男の子を森のなかへつれだして、そこにはえている薬草を見せて、こういいました。

「さあ、名づけ親のおくりものをうけておくれ。わしは、おまえを有名な医者にしてやろうと思う。おまえが病人のうちによばれたときは、そのつど、わしのすがたをおまえに見せてやる。で、もし、わしが病人の頭のほうに立っていたら、この病人はきっとなおしてあげます、と思いきっていうがよい。そうして、病人にこの薬草をのませれば、その病人はなおるのだ。だが、わしが病人の足のほうに立っていたら、その病人はわしのものだ。そして、おまえはこういうのだぞ。もう、手のつくしようがありません、この病人をすくう医者は、世界にひとりもおりません、と。だが、ことわっておくが、この薬草を、わしの心にそむいてもちいてはならぬぞ。そんなことをしたら、おまえの身に、とんだことがおこらないともかぎらないぞ。」

（『グリム童話集（２）』P63）

あらすじ・その３（筆者要約）

　死神の名づけ親のおかげで、その若者は評判の医者になりました。

　若者は、はじめは名づけ親の指示したとおりに病人を診断しました。ところが、王さまの治療に呼ばれた時に、若者の心に邪心が芽生えました。

　死神が王さまの足もとに立っていたのです。しかし、若者は王さまを抱きかかえて、頭と足を反対にして寝かせました。そして薬草を飲ませますと、王さまはたちまち元気になりました。

　死神は若者に警告しました。「もう一度こんなことをしたら、おまえの命はないものと思え」。

それからまたしばらくたって、今度は王さまのお姫さまが重い病気になりました。若者がお城に呼ばれました。

見ると、死神がお姫さまの足もとに立っています。けれどもお姫さまがあまりにも美しいので、若者はまたお姫さまを抱きかかえ、頭と足を反対にして寝かせました。そうして薬草を飲ませますと、お姫さまはたちまち元気になりました。

あらすじ・その４（以下引用）

死神は、二度までも、じぶんのものを、だましとられてしまったのです。

それで、医者のところへ、大またにやってきていいました。

「おまえは、もうおしまいだ。こんどこそ、おまえの番だぞ。」

こういうと、氷のようにつめたい手で、手むかいもできないほどきつく、医者をつかまえて、地面の下のほら穴につれていってしまいました。

そこには、何千という火が、見わたせないほど、いく列にも、ならんでもえていました。大きいのも、ちゅうくらいのも、小さいのもありました。そして、またたきするまも、いくつかの火がきえたり、また、べつの火がもえあがったりしました。

そのため、ほのおが、たえずいれかわって、あちこちに、とんでいるように見えました。

そのとき、死神がいいました。

「わかるかな。これこそ人間の命の火なのだ。大きいのは子どもたちのだ。ちゅうくらいのは、はたらきざかりの夫婦のもの。小さいのは年よりのだ。だが、子どもや、わかいものでも、小さい火しかもっていないのが、よくあるぞ。」

「わたしの命の火を見せてください。」

医者はこういいました。心のなかでは、じぶんの命の火は、まだかなり大きいだろうと思っていました。

死神は、いまにもきえそうな、小さな、もえのこりの火をさしていいました。

「見なさい。これがそうだ。」

医者はぎょっとしていいました。

「あっ、名づけ親さん、おねがいですから、あたらしい火をつけてください。ごしょうですから。そうすれば、生きていられるんです。王さまにもなれるんです。美しいお姫さまのおむこさんにもなれるんです。」

「わしにはできん。あたらしいのがもえだすためには、どれかべつの火がひとつ、きえなけりゃならんのだ。」

「それなら、古いのをあたらしいものの上にのせてください。古いのがおしまいになれば、あたらしいのが、すぐつづいて、もえだすでしょうから。」

医者はそういってたのみました。

死神は医者の願いを、かなえてやるようなふりをして、あたらしい大きな火を、手をのばして、ひきよせました。

けれども、もともと、しかえしをするつもりですから、さしかえるときに、わざと、しくじりました。そのため、小さな火は、ひっくりかえって、きえてしまいました。

医者は、たちまち、ぱったりたおれて、こんどは、じぶんから死神の手におちいってしまいました。

（『グリム童話集（2）』P65）

■ 解説

地下の世界に「命の火の列」がある、というのは、とても神秘的です。「運命の女神が糸を紡ぐ」という観念とは、少し違います。

それはともあれ、「バラの木」に咲く「バラの花（赤い花）」が、「教会」に下がる「シャンデリア」と同等（本節D. みつけ鳥）であることから、[赤い花＝火＝命][木＝教会＝死]と解釈しました。ここから推測できることは、もともとの観念では、[赤い花＝王妃][鳥（みつけ鳥）＝王妃の影]だったのではないか、ということです。

F. ヨリンデとヨリンゲル（グリム童話・69番）

『ヨリンデとヨリンゲル』というグリム童話の登場人物は３人です。①ヨリンデ（娘）、②ヨリンゲル（若者）、③魔女。

あらすじ

ヨリンデとヨリンゲルという仲のよいふたりが、森の小道を歩いています。しかしその森は、魔女の住む恐ろしい森です。ふたりは道に迷い、夜になり、魔女の城の結界を越えてしまいます。フクロウに変身した魔女が現れ、ヨリンデはサヨナキドリ（鳥）に変えられました。ヨリンゲルは魔法をかけられ、石のように固まって、身動きができませんでした。

月が昇り、ヨリンゲルの魔法は解けましたが、彼は恋人を失いました。彼は泣きながら森を抜け、ある村に出ました。ヨリンゲルはその村で、何年か羊飼いをしました。

ある夜、ヨリンゲルは夢で「赤い花」を見ました。「赤い花」を持って城に入ると、その花でさわったものが、すべて魔法から解き放たれる夢でした。

目がさめたヨリンゲルは、そのような花がないものかと山や谷を探しました。そして見つけました。血のように赤い花で、花の中に真珠のようなつゆがひとつありました。

ヨリンゲルはその花を持って、魔女の城へ向かいました。

魔女の結界を越えても、体が固まることはありませんでした。花で門をさわると、門はひとりでに開きました。

城の中にはたくさんの鳥かごがありました。魔女が怒ってヨリンゲルに飛びかかろうとしますが、「赤い花」があるので近づけません。魔女は鳥かごをひとつ持って、部屋から出ようとします。今度はヨリンゲルが魔女に飛びかかり、「赤い花」で鳥かごを触りました。サヨナキドリがヨリンデに戻りました。

ヨリンゲルは、ほかの鳥かごも、ひとつ残らず、もとの娘に戻してやりました。

■ 解説

最後に魔女がどうなったのか、説明がないのが残念です。私ならこう結びます。「魔女は魔法を失い、フクロウになってどこかへ飛んで行きました」。

「赤い花」とは何でしょうか。この物語では、[赤い花＝援助者] で [鳥＝王妃] です。ですが、進化系統樹的に考えますと、[鳥＝木の上の娘＝女シャーマン] であり、[鳥＝援助者] [赤い花＝王妃] が正しいように筆者は考えます。それが「伝言ゲーム」のどこかの地点で、反転してしまったのではないでしょうか。

ひとりでに鳴るグスリ（引用・その1）

眠らないことというヤガーの難題は、ひとりでに鳴るグスリ（三弦のロシア民族楽器。原注）を手に入れる依頼と結びついている場合がきわめて多い。「おそらく、おまえに（グスリを。原注）やることになるだろう。だが一つだけ約束ごとがある。わしがグスリの音合わせをはじめたら、誰も眠らないこと」（＊Аф.123 原注）。「さあ、すわるがいい。眠るんじゃないよ。さもないと、ひとりでに鳴るグスリをもらえないよ」（＊См.316 原注）。

＊［Аф.］。「アファナーシエフ」という昔話研究家による『ロシア昔話集』（1897年）という著作からの引用を意味します。なお、後続の段落に［П（ペー）］というロシア文字がありますが、これは、昔話の収集地が、ロシアの「ペルミ県」（現ペルミ地方）であることを意味します。（引用者注）

＊［См.］。同様に「スミルノフ」という昔話研究家による著作『ロシア地理学協会アルヒーフの大ロシア昔話選集』（1917年）からの引用です。（引用者注）

ここに引用した例から判断すると、眠りのタブーは常にグスリのモチーフと結びついているという印象を受ける。しかしこれは普遍的関連ではなく、ロシアの資料に特徴的な傾向である。実際、この関連はロシアに特に頻繁に見られる。出発の時、妻が主人公に花を与える。「この花で耳に栓をしてください。何もこわがることはありません」という。愚か者はそのとおりにした。職人がグスリをひきはじめた。「愚か者は座っていたが、眠らなかった」（Аф.123 П 原注）。ここで、同じく自分の耳に栓をして、セイレーン（ギリシア神話中の海の怪物で、上半身は女、下半身は鳥。歌で人をひきよせる。原注）の歌声をさえぎるオデュッセウスのことが否応なく想い出される。歌で主人公を魅惑して殺すセイレーンという形象は、この類似によって明らかになる。

（プロップ『魔法昔話の起源』P79）

眠りの意味（引用・その2）

アメリカの資料を指摘することから、このモチーフの解明をはじめることにしよう。夫が死んだ妻を探しに出かける筋を研究したガイトンの著書を見れば、外来者はあくびをしても、眠ってもいけないことがわかる。生者であることがわかってしまうからである。ここでは睡眠がにおいと同じ意味をもっている。生者はにおいを発し、眠り、笑うゆえに、生者であることがわかる。死者はこういったことは何一つしない。だから死者の国を生者から守っている番人（ロシア昔話ではヤガー。引用者注）がにおい、笑い、眠りによって外来者の素姓を知り、それによって彼がさらに先に進む権利があるかどうかを決定するのは、自然のことである（※1）。

（『魔法昔話の起源』P80）

※1　こういう書き方は、読み手に推理することを要求しています。つまり、番人は外来者（他界への侵入者）を「見破る」ことが、[彼女＝番人]に与えられた仕事です。これに対し、外来者には援助者がいます。たいていは、外来者の妻です。さらに推理すれば、援助者は番人の「娘」です。具体的には[番人＝ヤガー＝魔女][援助者＝若いヤガー＝鳥]です。要するに、援助者は番人の「娘」ですが、外来者（主人公）の「妻」であり、番人から見て外来者は敵対者（娘婿）なのです。

『牛の子イワン』という物語では、番人（ヤガー）は外来者（主人公＝牛の子イワン）が「生者」であるとわかっているにもかかわらず、外来者を「他界」へ通します。どちらのパターンがより古層なのか、現時点ではわかりません。

■ 解説

「ひとりでに鳴るグスリ」と「赤い花」は一見、何の関係もないようですが、筆者には、遠いどこかでつながっているように思われます。

『魔法昔話の起源』P80には、次のような記述があります。

「出発の時、妻（※2）が主人公に花を与える。『この花で耳に栓をしてください。何もこわがることはありません』という。愚か者（主人公。引用者注）はそのとおりにした。職人（ヤガー、またはヤガーの手下。引用者注）がグスリをひきはじめた。『愚か者は座っていたが、眠らなかった』（Ａφ.123Π）」。

※２　私の考えでは、この「妻」はおそらく「鳥」であり、「若いヤガー」です。参考昔話は『どこかしらんがそこへいけ、何かしらんがそれをもってこい！』です。この昔話では、[妻＝マリア姫]は鳥であり、狩人である[主人公（夫）＝アンドレイ]に、捕らえられます。さらに「妻」は「夫」の出立の日に、「ハンカチ」と「糸玉」を渡します。「ハンカチ」は「ＩＤアイテム」で、「糸玉」は[道案内＝本来は鳥]です。

さらに別の解説書によれば、ドイツのハルツブルクには、ひとりの炭焼きが、森の中で宝物が隠されている洞窟を見つける話があるのですが、妖精（貴婦人）が彼に「花」を渡します。その「花」が洞窟の扉を開けるようです。ですが、炭焼きは宝物をリュックに詰め込むことに夢中になってしまい、うっかり「花」を洞窟の中に置き忘れてしまいました。その結果、炭焼きは二度と同じ洞窟を見つけられなかったということです。

ここから連想されるのが、アラビアン・ナイト『もの言う小鳥』です。女主人公（３人兄弟の末の妹。なぜ「女性」なのでしょう？）が神秘の山を登るのですが、山のふもとにいた仙人（男性）が、こう忠告します。山道を行くと、後ろから声をかけられる。自分をののしる声が聞こえる。だが、ふり返ってはいけない。ふり返ると、あなたは石になってしまう、と。そして仙人は、「何も聞こえないように」彼女に「小さな水晶の石（おそらくはふたつ）」を与えます。つまり［水晶の石＝耳栓］です。

もともとの宗教観念では、［水晶の石＝鳥のことばがわかる呪物］でした。それが「意味変え」を起こし、反対の役割をもつ呪物になったのでしょう（※3）。「赤い花」も呪物なのでしょうか。何とも言えません。多くの魔法昔話では、主人公は「自力で」他界にたどり着きます。いくつかの物語では、主人公は「魔法の糸玉」をころがしたり、「白い鳥」のあとを追いかけたりして、他界にたどり着きます（※4）。ということは、［呪物（魔法の糸玉）＝援助者（白い鳥）］でいいということになります。【X】呪物あり、と【Y】呪物なし、では、どちらが古型なのでしょうか。おそらく時系列としては、①呪物なし＋援助者なし、②呪物なし＋援助者あり、③呪物あり＋援助者なし、ではないかと思われます。その根拠は、最も原始的な民族は「死後の国」を「遠い遠い国」とは思っていなかった、というプロップの解説です。要するに「死後の国」は「村落を取り囲む森の中」だったのです。［援助者＝オオトリ（ワシ）、空を飛ぶ馬など］や［呪物＝魔法の糸玉、指輪など］が登場するのは、「死後の国」が「遠い遠い国」と認識された後です。なお、『ヨリンデとヨリンゲル』では、「赤い花」は「道案内」ではありません。ですが、やはり主人公を守る「呪物」ではあります。

ロシア昔話『赤い花』に登場する「赤い花」も「呪物」であり、「呪物を獲得するために」、物語の冒頭に[援助者＝商人の三女]が登場する、と考えることもできます(※5)。

※3 もともとの宗教観念では、主人公(シャーマン。古くは「王」、新しくは「賢者」)は「鳥のことば」を解し、その能力によって先々の災いを回避するので、「耳栓」は本来の観念の「意味変え」であり「反転」です。なお、最も古い宗教観念では、シャーマンが「鳥のことばを解する能力」を獲得する手段は、森の中の「賢者の小屋」で「火あぶりにされること」を通してでした。要するに「死と復活」の臨死体験をした者が「呪力」を授かるのです。おそらく「呪物」は、そのような残酷な儀礼を省略するために設定されたのでしょう。――先走りますが、この「呪物」はその後「王権の呪物」(cf. わが国の「三種の神器」)に発展します。

※4『海の王とかしこいワシリーサ』というロシア昔話では、[他界の姫＝ワシリーサ]の正体は「ハト」です。[主人公＝イワン王子]は湖のほとりに置き去りにされ、困っていると、おばあさんが現れ、教えてくれます。まもなく「12羽のハト」が飛んできて、羽衣を脱ぎ、水浴びをはじめる。その後、「13羽目のハト」が飛んでくる。あなたはその「13羽目のハト」の羽衣を隠しなさい、と。要するに、主人公を「他界」へ案内するのは[13羽目のハト

＝ワシリーサ］なのですが、この物語の「他界」は「湖の底」です。ということは、わが国の昔話『浦島太郎』の「カメ」が、この物語では「ハト」なのでしょうか。

※５ ロシア昔話『赤い花』では、「赤い花」を要求するのは「商人の三女」です。もともとの話型で［商人＝主人公］だったとすれば、［三女＝援助者］です。ギリシア神話では、［主人公＝英雄］に呪物探求を要求するのは「邪（よこしま）なオジ」でした。ギリシア神話『テセウスの冒険』とロシア昔話『赤い花』を比較しますと、［援助者の性別の反転］［援助者と主人公の反転］（三女が援助者→主人公）など、興味深いです。

いえ、これでもまだ「意味変え」が含まれています。王妃はもともと「村」にいるのです（王妃＝妹＝オジの娘）。王妃と結婚するために、主人公は「魔法」を獲得する必要がありました。つまり、主人公は「魔法」を獲得することで、「王」または「賢者」になる資格を得るのです。それを援助するのが、［鳥＝援助者］なのですが、彼女は「王権の授与者」というよりは、「王妃の影」だった、ということでしょうか。なぜ、「他界の姫」が主人公とともに、［故郷＝この世］へ逃走するのか、［王権の授与者→王妃の影］でいいのか、まだまだ完全には解明できません。現時点での仮説は以下の通りです。

①次代の王（狭義の魔法昔話）

——主人公（次代の王）が他界へ行き、冥王と対決し、呪物を獲得して、故郷（正確にはオジの家）へ帰る。[王権の授与者＝援助者]だが、主人公は「王権の授与者」を故郷へ**連れ帰らない**。ロシア昔話『魔法の指輪』型。

②賢者の卵（広義の魔法昔話）

——主人公（賢者の卵）が他界へ行き、賢者と対決し、「王妃の影」を獲得して、故郷へ帰る。[王妃の影＝援助者]であり、主人公は「王妃の影」を故郷へ**連れ帰る**。ロシア昔話『海の王とかしこいワシリーサ』型。

③文化英雄（神話）

——「賢者の卵」と「王妃の影」による「呪的逃走」が発展した形。主人公（または女主人公）が背後に呪物を投げると、山や川が創造される。ロシア昔話『魔女と太陽の妹』型。

なお、「ひとりでに鳴るグスリ」は、ヨーロッパでは「魔法のハープ」です。このハープも、聞く者を「眠らせます」。ですが、このパターンの物語では、主人公は[能動者＝聞かせる者]であり、[受動者＝聞く者]は[他界との境界を守る番人＝ドラゴン、ケルベロス＝ヤガーのなれの果て]です。『ハリー・ポッターと賢者の石』では、地下室の入口を守っている「三頭犬」にハープを聞かせると眠ってしまい、ハリー、ロン、ハーマイオニーの３人は、地下室へ侵入することに成功します。

何が言いたいのかと言いますと、本来の話型では［番人＝能動者］［主人公＝受動者］であるのに対し、「魔法のハープ」の話型では［主人公＝能動者］［番人＝受動者］と、モチーフが「反転」している、ということです。

要するに、何が「根幹」で、何が「枝葉末節」かを、常に意識する必要があります。これは「根幹」について、ある程度のイメージがあれば、そんなに難しいことではありません。

G. 雪白ちゃんとバラ赤さん（グリム童話・161番）

『雪白ちゃんとバラ赤さん』にも、「２人の女性」が登場します。『みつけ鳥』との関連から［赤い花（レーネちゃん）＝王妃＝バラ赤さん］［鳥（みつけ鳥ちゃん）＝王妃の影＝雪白ちゃん］が予想されます。まずは、あらすじを示します。

冬の日（あらすじ・その１）

森の中の小さな小屋に、お母さんと、２人の娘がいました。雪白ちゃんとバラ赤さんです。２人の娘はとても仲よしでした。

ある冬の日のこと、お母さんが本を読み、雪白ちゃんとバラ赤さんは糸を紡いでいました。すると、だれかがトントンと戸をたたきます。開けてみますと、それは１匹の黒いクマでした。クマは口を利き、こごえそうなので、中へ入れてくれと言います。

娘たちは顔を見合わせましたが、お母さんが「入れておやり」と言いますので、クマを入れてやりました。クマはその後、冬が終わるまで、３人といっしょに過ごしました。

春が来ると、クマは森へ帰って行きました。

森の小人（あらすじ・その２）

春が来たので、２人の娘たちは、森へ出かけました。①たきぎを集めに、②魚を釣りに、③森の向こうの町へボタンや糸を買いに。

その都度、２人は、同じ小人に会います。①木の切り株に長いひげがはさまって、取れなくなっていた。②釣りをしていたが、大きな魚に引っぱられ、長いひげが釣り糸にからまって、溺れそうになっていた。③森と町の間にある荒野で、ワシにさらされそうになっていた。

２人はその都度、小人を助けます。①と②では、雪白ちゃんがはさみで、小人のひげを少しだけちょん切ります。③では、２人でワシにぶら下げられている小人をつかまえて、ワシが小人を離すまで、どこまでも引っぱります。ですが、小人はこんなに助けてもらったのに、ちっとも感謝しません。いつもぷりぷり怒って、悪態をついて、どこかへ行ってしまうのでした。

最後に、２人が町で用事を済ませ、もう一度荒野を通りますと、小人が荒野に宝石の入った袋をぶちまけていました。どうやら小人は、宝石の入った袋をかついで歩いていたのですが、つまずいて袋をぶちまけてしまったようです。

小人はまた、２人に向かって悪態をつきました。そこへ大きなクマが現れ、小人に向かってうなり声を上げました。小人は途端に愛想(あいそ)笑いを浮かべ、クマにこう言います。

「どうぞ、クマさん、ごかんべんください。わたしの宝ものはのこらずあなたにさしあげます。まあ、ここにあるきれいな宝石をごらんくださいまし。命ばかりはどうぞおたすけを。こんなやせっぽちのけちな野郎（小人）が、あなたさまにとってなんになりましょう？お歯のあいだにはいったとて、なんのお感じもありませんよ。それよりか、ここにいるふたりのやくざむすめをひっつかまえなさいまし。こいつらはウズラの子みたいにあぶらがのっていて、あなたさまにあつらえむきのごちそうでございます。どうぞえんりょなくめしあがってください。」（『グリム童話集（４）』P372）

クマは小人をなぐりつけ、小人はそれきりぴくりとも動きませんでした。娘たちがあわてて逃げ出しますと、クマが後ろから声をかけます。

要するに、このクマは、冬の間、いっしょに過ごした、あのクマでした。同じ声をしていたからです。さらに驚いたことに、２人がふり返りますと、クマは美しい人間の若者に変わっていました。彼はある国の王子でした。魔法をかけられ、クマになっていたのです。

王子は雪白ちゃんと結婚しました。バラ赤さんは王子の弟と結婚しました。

（おわり）

■ 解説（その１）

筆者の考えでは、①雪白ちゃんは王妃ではなく、「王妃の影」ではないでしょうか。そうしますと、❶王子（クマ）も「次代の王」ではなく、「若い賢者（＝賢者の卵）」だと考えられます。要するに［②バラ赤さん＝王妃］［❷王子の弟＝次代の王］です。

ですが、この物語がやがて『白雪姫』に発展しますと、②バラ赤さんそのものが消えてしまい、②バラ赤さんの役割（王妃）が、①白雪姫（もともとは「王妃の影」）にスライドします。参考までに、筆者の考える各物語の人物対応を示します。

なお、「記号」の意味は以下の通りです。①援助者・女性（王妃の影）、②王妃（妹）、❶援助者・男性（若い賢者、義兄弟）、❷次代の王、❸主人公の敵対者（冥王、魔女、ヤガー）、③年配の援助者（仙女、名づけ親の妖精、援助者のヤガー）。「物語」は以下の通り。〖A〗雪白ちゃんとバラ赤さん、〖B〗白雪姫、〖C〗ガラスのお棺（かん）（グリム童話・163番）。

【人物対応・その1】

〖A〗	〖B〗	〖C〗
①雪白ちゃん	①×（登場せず）	❶鹿（援助者） ＊②の兄。 魔法で鹿の姿に。
②バラ赤さん	②白雪姫	❷仕立屋（男性）
❸小人（悪い小人）	❸継母（魔女）	❸悪い魔法使い（男性）
❶クマ（若い賢者） ＊魔法でクマの姿に。	❶7人の小人（援助者） ＊❷の義兄弟？	①×（登場せず）

❷クマの弟（次代の王）	❷王子さま	②姫 ＊❶の妹。 ❸に魔法をかけられ、ガラスの棺の中で眠る。

さらに、いくつかの物語を検討してみましょう。以下、〚D〛は『みつけ鳥』、〚E〛は『海の王とかしこいワシリーサ』、〚F〛は『ヤガーばあさん』（ロシア昔話）です。

【人物対応・その２】

〚D〛	〚E〛	〚F〛
①みつけ鳥	①かしこいワシリーサ ＊ワシリーサの正体はハト。	①継娘
②レーネちゃん（赤い花）	②妹（❷の妻＝王妃）	②×（登場せず）
❸ザンネばあや（魔女）	❸海の王（賢者）	❸ヤガー（魔女）
③狩人（②の父）	③湖のおばあさん（援助者のヤガー）	③本当のおばさん（仙女）
❶×（登場せず）	❶イワン王子（若い賢者）	❶ネコ（若い賢者？）
❷×（登場せず）	❷×（登場せず）	❷×（登場せず）
【４】呪的逃走（①＋②）（②＝バラ、シャンデリア、カモ）	【４】呪的逃走（①＋❶）（①＝ヒツジ、教会、カモ） 【５】つば＝①の分身	【６】山河創造（①）（川、森） 【７】３種類の門番（シラカバ、門、犬）

さらにいくつか検討しましょう。以下、〚G〛は『恋人ローラント』、〚H〛は『ヨリンデとヨリンゲル』、〚Ｉ〛は『赤い花』（ロシア昔話）です。

【人物対応・その3】

〚G〛	〚H〛	〚Ｉ〛
❸魔女	❸魔女	❸×（登場せず）
②妹娘（赤い花） ＊魔法で「赤い花」に	❷ヨリンゲル	③父親（年上の援助者） ＊［父親≒銅の額？］
①姉娘（魔女の娘） ＊②を他界へ導く ［①は②の前かけをほしがる］	①赤い花（援助者） ＊❷を他界へ導く ［赤い花≒火の鳥］	②末娘（王妃） ＊③を他界へ導く 「呪物探求」モチーフ ［末娘≒❸邪なオジ］ 【1】赤い花（呪物）
③ヒツジ飼い	③×（登場せず）	
❶×（登場せず）	❶×（登場せず）	
❷恋人ローラント	②ヨリンデ ＊魔法で鳥の姿に	❷野獣（次代の王） ＊魔法で野獣の姿に
【4】呪的逃走（②＋❷） （②＝カモ、バラ） 【5】血＝①の分身		

〚Ｉ〛赤い花、につきまして、さらに［遡及的＝退行的］に考察します。以下、［Ⅱ→Ⅲ→Ⅳ］と数字が進むに従い、物語の構造が「より古層」に退行していくとお考えください。

最も「古層」の〚Ⅳ〛は、典型的な「魔法昔話」です。

【人物対応・その４】

〖Ⅱ〗	〖Ⅲ〗	〖Ⅳ〗
『赤い花』第２の解釈 ❷父親（次代の王） ①末娘（援助者） ＊❷を他界へ導く ［末娘≒火の鳥］ ＊①は❶の「妹」で、 ❸海の王、の「娘」 cf. ワシリーサ（ハト） ②赤い花（王妃） ❶野獣（若い賢者）	『赤い花』第３の解釈 ❷父親（次代の王） ③末娘（援助者のヤガー） ＊❷を他界へ導く ［赤い花(a) ≒空を飛ぶ馬？］ ＊［空を飛ぶ馬 ＝他界への移動手段］ ①赤い花(b)(王権の授与者) ❸野獣(賢者、または冥王) ＊［指輪＝空を飛ぶ馬］	『赤い花』第４の解釈 ❷父親（次代の王） ②末娘（妹） ＊❷の「未来の妻」 ［②＝世俗の王妃］ ①赤い花(王権の授与者) ❸野獣（冥王）

■ 解説（その２）

上記〖Ｂ〗白雪姫と〖Ｆ〗ヤガーばあさんを比較しますと、〖Ｆ〗の【７】３種類の門番と〖Ｂ〗の❶７人の小人が近縁関係とも考えられます。ということは、〖Ｂ〗の②白雪姫は、もともとは②王妃ではなく、①王妃の影であったとも考えられます。比較してみます。

【人物対応・その５】

〚A〛	〚B＋〛	〚F〛
①雪白ちゃん（王妃の影）	①白雪姫（王妃の影）	①継娘（文化英雄） ＊呪的逃走によって山河を創造する。
②バラ赤さん（王妃）	②×（登場せず）	【３】継母 ＊①を他界へ行かせる ［継母≒邪なオジ］
③おかあさん（実母）	③×（登場せず）	③本当のおばさん（仙女）
❸小人（悪い小人） ＊［賢者≒海の王］	❸継母（魔女） ＊①を食べようとする ［継母＝ヤガー］	❸ヤガーばあさん（魔女） ＊①を食べようとする
❶クマ（若い賢者） ＊①と結婚する	❶王子さま（若い賢者） ＊①と結婚する	❶ネコ（若い賢者？）
❷クマの弟（次代の王） ＊②と結婚する	❷×（登場せず）	❷×（登場せず）
	【７】７人の小人 ＊劣位の援助者	【７】３種類の門番 ＊劣位の援助者

■ 解説（その３）

全体を見渡して気づくことは、本来的には［赤い花＝王妃］［鳥＝援助者＝王妃の影］であったのに、それが、物語によっては反転していることです。以下に、〚D〛みつけ鳥と〚H〛ヨリンデとヨリンゲル、あるいは〚A〛雪白ちゃんとバラ赤さん、〚B〛白雪姫、を比較します。

【人物対応・その6】

〚D〛	〚H〛
①みつけ鳥（鳥） ②レーネちゃん（赤い花） ❸ザンネばあや（魔女）	①赤い花（援助者） ②ヨリンデ（鳥） ❸魔女
〚A〛	〚B〛
①雪白ちゃん ②バラ赤さん ❸小人（悪い小人）	①×（登場せず） ②白雪姫 ❸継母（魔女）

筆者の考えでは、もともと『海の王とかしこいワシリーサ』のような［鳥＝王妃の影］の物語があり、それが「次代の王の他界訪問」という古い「魔法昔話」の影響を受け、［王妃の影→王妃］［賢者の卵（＝若い賢者）→次代の王］という意味変えが行われたのではないでしょうか。その結果［鳥＝王妃の影］［赤い花＝王妃］の関係が「反転」したのだろうと推測されます。時系列で示します。

【時系列】

（1）魔法昔話（狭義の）

——［主人公＝次代の王］の他界訪問を語る。

例、『魔法の指輪』（ロシア昔話）

①へび娘（王権の授与者＝主人公❷の援助者）

——［他界の王＝冥王］の「娘」。

＊「娘」にかぎかっこがあるのは、現実の社会制度では、この「娘」は「さらわれてきた娘」だからです。

＊①王権の授与者、は②妹（世俗の王妃）と対（つい）の関係にある登場人物です。

＊①王権の授与者、が【甲】主人公（次代の王）と結婚する話型、と【乙】主人公（次代の王）と結婚しない話型、がありますが、【乙】のほうが古型です。ロシア昔話『魔法の指輪』は【乙】の話型です。

❷マルティンカ（次代の王）

＊この物語の主人公（マルティンカ）は［王権の授与者＝へび娘］とは結婚せず、［呪物＝指輪］だけを得て、次の冒険にチャレンジします。「邪な王女」との対決です。援助者は［犬のジュルカ］と［猫のワシカ］です。物語の後半のプロットはアラビアン・ナイト『アラジンと魔法のランプ』と同じで、［邪（よこしま）な王女＝世俗の王妃］は最後には（『白雪姫』の継母のように）処刑されます（！）その意味において、この物語は「典型的な魔法昔話」ではありません。悩ましいです。

（2）呪的逃走譚

——主人公の逃走により、山河が創造されるさまを語る。

例、『海の王とかしこいワシリーサ』（ロシア昔話）

①かしこいワシリーサ

（女シャーマン＝王妃の影＝物語の主人公❶の援助者）

——［海の王＝賢者］の「娘」。

＊「かしこいワシリーサ」の正体は「ハト」。

❶イワン王子（男のシャーマン＝若い賢者）

＊他界訪問に出かける男性が、【A】次代の王の話型、と【B】若い賢者の話型、がありますが、【A】のほうが古型です。原則的に、【A】は上記の【乙】と結びつき、【B】が【甲】と結びつくと考えられます。細かく論じれば、【B】若い賢者の話型、の主人公を「王子」と表現するのはまちがいなのですが、慣例的に男の主人公は「王子」のようです。

（3）「二人姉妹」の物語

例、『みつけ鳥』

①みつけ鳥（鳥＝援助者）

②レーネちゃん（赤い花＝王妃）

例、『雪白ちゃんとバラ赤さん』

①雪白ちゃん（鳥？＝援助者）

②バラ赤さん（赤い花＝王妃）

（4）『恋人ローラント』

【第1の解釈】――（2）の反転型、（3）の縮小型

[継娘＋ローラント] を [王妃の影＋若い賢者] と解釈。cf.『海の王とかしこいワシリーサ』。

①継娘（赤い花＝王妃の影）

＊本来は [赤い花＝王妃] [鳥＝王妃の影] なので、これは（3）の反転型、とも考えられます。

❶恋人ローラント（若い賢者＝物語の主人公①の援助者）

＊本来は [男性❶＝主人公] [女性①＝援助者] ですが、この物語ではそれが反転しているので、（2）の反転型、としました。

❸魔女（ヤガー＝女シャーマン≒海の王）

②魔女の娘（王妃？／劣位の援助者？）

＊物語にはほとんど登場しないので、（3）の縮小型、としました。『海の王とかしこいワシリーサ』では [王妃＝妹] [劣位の援助者＝ 12 羽のハト] です。

【1】魔法の杖（呪物）

【第2の解釈】――（1）の反転型。

[継娘＋ローラント] を [王妃と次代の王] と解釈。cf.『魔法の指輪』。【人物対応・その3】〖G〗恋人ローラント、参照。上記の【第1の解釈】が発展したものなので、「より新層」と考えられる。

①魔女の娘（火の鳥＝王妃の影）

＊「火の鳥」の役割は、主人公（この物語では②継娘）を他界へ導くことです。「オセット族（カスピ海西岸）の神話」では「火の鳥」は「海の王」の娘たちです。つまり [火の鳥＝ワシリーサ＝ハト] です。

❸魔女（ヤガー＝女シャーマン≒海の王）

＊「海の王」の「12 人の娘たち」は「火の鳥」であることがあります。また、「ヤガー」は【a】他界との境界の番人である場合、と【b】他界の女王である場合、があります。ロシア昔話『ヤガーばあさん』の「ヤガー」はまさに【b】ですが、この「他界」は「女宿」の可能性があります。「ヤガー」が【a】の場合、この「ヤガー」はしばしば主人公（男性が多い）に [空を飛ぶ馬＝他界への移動手段] を授けます。この「ヤガー」を「贈与者のヤガー」と呼ぶ場合があります。物語の進化系統樹的には【a】のほうが「古い」と考えられます。

②継娘（赤い花＝王妃）

＊「典型的な魔法昔話」の場合、「王妃」は物語にはほとんど登場しません。『恋人ローラント』では［継娘≒王妃］が主人公なので、非典型例です。

❷恋人ローラント（次代の王）

（５）『赤い花』

【第１の解釈】――（２）の改造型、または反転型。

より「新層」。【人物対応・その３】〚Ｉ〛赤い花、参照。

③父親（年上の援助者＝銅の額［ひたい］？）

＊「銅の額」の役割は、主人公（この物語では②）を他界へ導くことです。

②末娘（王妃≒【３】邪なオジ≒①火の鳥）

＊記号【３】は［❸主人公の敵対者＝ヤガー］の「分身」とします。一般的には「継母」ですが、「邪なオジ」もそのグループです。

【１】赤い花（呪物）

＊仮に「赤い花」が「呪物」だとすれば、②末娘、は③父親、を「呪物探求の旅」に向かわせる「邪なオジ」の役割を担っていることになります。「赤い花」が［王権の授与者①→呪物【１】］へ、「末娘」が［邪なオジ【３】→王妃②］へ、意味変えされているので「改造型」としました。あるいは［火の鳥①→王妃②］［赤い花②→呪物【１】・援助者①］なので、「反転型」としました。

❷野獣（次代の王）

＊野獣は「指輪」を使って、②末娘を「この世」に送り返します。

【第２の解釈】――（１）の発展型。

より「古層」。【人物対応・その４】〚Ⅱ〛赤い花、参照。

❷父親（次代の王）

＊この解釈によれば、［父親＝商人］は「独身の男性」であり、［末娘＝商人の三女］は［商人の最初の妻＝王権の授与者］でなければなりません。

①末娘（主人公❷の援助者＝①火の鳥＝①王権の授与者）

＊この解釈によれば、［末娘＝火の鳥］は［主人公＝父親］を他界へ導きます。

②赤い花（王妃）

❶野獣（若い賢者）

＊［最も古層の解釈＝Ⅳ］では「野獣＝冥王❸」です。［他界の王＝若い賢者］というのは人類学的には不可解ですが、①末娘（王権の授与者＝女シャーマン）が「援助者」から「主人公」に変化するうちに、そうなった（冥

王❸→若い賢者❶）のでしょう。

（6）『ヨリンデとヨリンゲル』――（5）の復古型。
【1】赤い花（【1】呪物≒① [主人公❷の援助者]）
＊「呪物」は「援助者」と互換性があります。[援助者＝人・精霊・馬・鳥] ですが、[呪物＝物] です。
＊主人公❷を「結界を越える禁忌から守り」、「城門を開け」「鳥に変えられてしまった娘たちの魔法を解き」ました。「赤い花」の役割が明確なので、「復古型」としました。
②ヨリンデ（サヨナキドリ＝鳥＝主人公❷の配偶者≒王妃）
＊『赤い花』では言及のない、②末娘、の正体が「鳥」であることを確認できます。
❷ヨリンゲル（主人公≒次代の王）

（7）『白雪姫』――（3）の反転型、及び縮小型。
②白雪姫（鳥？＝王妃）
①援助者（赤い花＝登場せず）

もうひとつの可能性は、[赤い花≒火の鳥]です。つまり[白い鳥（ハト）→赤い鳥（火の鳥）→赤い花] の可能性です。なぜ「王妃」が「火」なのか、ですが、[火＝命] に加えて、古代の観念で [性交＝火] というものがあったからではないかと考えられます（日本神話『火の神の誕生とイザナミの死』）。

いずれにせよ、「宗教説話」としては、『海の王とかしこいワシリーサ』または『ヤガーばあさん』で、ひとつのピークを迎えているので（いわゆる「山河創造説話」です）、それ以降の物語はすべて「文芸的な娯楽説話」と考えられます。

さらに、この「山河創造説話」から、「三つの国の物語」（たとえば『銅の国・銀の国・金の国』や『イワン王子と火の鳥と灰色オオカミ』など）への展開も考えられます。

もうひとつ、思いつきました。『Ｆ』ヤガーばあさんの❶ネコ（若い賢者？）ですが、この存在と、『Ｉ』赤い花の❷野獣との関係性です。仮にこの❷野獣がライオンだったとしたら、［ネコ→ライオン］という成長過程が考えられないでしょうか。つまり、中国の観念である［コイ→竜］と似たような観念です。同じように［キツネ→オオカミ］という観念も考えられるかもしれません。

参考までに、『Ｊ』カエルの王さまを並べてみました。『Ｆ』ヤガーばあさん、『Ｉ』赤い花、と比較します。

【人物対応・その７】

『Ｆ』	『Ｉ』	『Ｊ』
①継娘	③父親	②姫
【３】継母 ＊①を他界へ行かせる。 ［継母≒【３】邪なオジ］ ＊継母はしばしば「魔女」であり、❸ヤガーと互換性がある	②末娘 ＊③を他界へ行かせる ［末娘≒【３】邪なオジ］	【１】金のまり（呪物） ＊②を井戸まで導く ［金のまり≒魔法の糸玉］
③本当のおばさん（仙女）	【１】赤い花（呪物）	③父王
❸ヤガーばあさん（魔女）	❸×（登場せず）	＊②に❷とキスするように促す
❶ネコ（若い賢者？）	❷野獣（ライオン？）	❷カエル（若い王さま）
【７】３種類の門番 ＊劣位の援助者		❶鉄のハインリヒ ＊❷の援助者（賢者？）

「ネコ」につきましては、ペロー童話『長ぐつをはいたねこ』が連想されます。ヨーロッパ人にとって「ネコ」が何を意味していたのか、興味は尽きませんが、今後の課題とします。

第２章　西洋絵画の深層心理

これまた「天の配剤」でしょうか。昨日、幸運にも、すばらしい本と出会いました。木村泰司著『名画は嘘をつく』(大和書房)です。木村氏には、以前、拙著『王女の押印・後編』(2012年。一粒書房)を上梓(じょうし)した際にもお世話になりました。その時に参照させていただいた木村氏の作品は『名画の言い分　巨匠たちの迷宮』(集英社)でした。今回も、同氏のすばらしい解説と鋭い分析に圧倒されながら、読み進めることができました。心からの敬意とともに、引用させていただきます。

A. 妻に娼婦の女神の格好をさせた痛恨のミス

レンブラント・ファン・レイン
《フローラに扮したサスキア》

本場イタリアを知らなかったレンブラント（以下引用）

イタリアでの修業が必須だったこの時代、歴史画（※）に対する需要があまりなかった当時のオランダで、レンブラントは歴史画家の下で修業にはげみました。

※この「歴史画」というのは、どうやら誤訳で、正しくは「物語画」であると、どこかで読んだことがあります。具体的には、「神話画」「宗教画」「歴史画」の総称です（①神話主題、②宗教主題、③歴史主題）。いわゆる「ラファエロ前派」の画家たち（活動年代は19世紀。活動地域はイギリス）が好んだのが、「シェイクスピア劇画」及び「アーサー王伝説画」でした（④文学主題）。これらも「歴史画」です。

余談ですが、百田尚樹氏によるノンフィクション小説『殉愛』がもめているようです。ノンフィクションであれば「事実に忠実」でなければなりません。逆に[小説＝フィクション]であれば、多少の脚色は許されます。ただし、実在の人物に対する侮辱はＮＧです。同じことが「歴史画」についても言えます。[歴史画＝物語画」であるならば、多少の脚色は許されるのでしょう。つまり、19世紀以前の「歴史」は「文学」の下位分類であり、20世紀以降の「科学」の下位分類としての「歴史」とは、若干異なっていたことが推測できます。(引用者注)

そして幸か不幸か、彼(レンブラント。引用者注)は若くして成功を収めてしまったために、生涯イタリアを訪れませんでした。それどころか、オランダから一歩も外に出ないままその生涯を終えたのです。

イタリアでの芸術修業が大切なのは、古代の伝統の強いイタリアでしか学び得ないことが多々あったからです。そのことが如実に表れているのがこの1枚(絵の引用は省略。引用者注)。花の女神フローラを務めたのは、レンブラントの妻サスキアです。

じつは、花の女神フローラは古代ローマでは娼婦の女神で、その祭典フローラリアは性的にもたいへん奔放(ほんぽう)なものでした。

古代の伝統の強いイタリアでは、ルネサンス以降フローラのモデルを務めるのは高級娼婦と決まっていました。右の絵(絵の引用は省略。引用者注)をご覧ください。ヴェネツィア派のティツィアーノの《フローラ》も、高級娼婦をモデルにしています。

現代でもそうですが、本場でなくては学べないことは多々あるのです。

（木村泰司『名画は嘘をつく』P48）

■ 解説

「花の女神」フローラは、ルネサンス時代の画家、ボッティチェリの絵画にも登場します。たとえば《ヴィーナスの誕生》、あるいは《春・プリマヴェーラ》。それらの絵を見ても、「花の女神」フローラに対する印象は変わりません。つまり、「女神」というものは、やはり「崇高な存在である」ということです。

人類学的なファンタジーを得意とする筆者の自由連想は、「女宿（おんなやど）」です。［銀の時代＝前期農耕時代］の少年は、一定の年齢に達すると「男宿（おとこやど）」に入学したように、少女も一定の年齢に達すると「女宿」に入学したのだろう、という空想です。

この「空想」は、完全に荒唐無稽なものではありません。確かな「記録」として、南米の前ヨーロッパ文明（マヤ・アステカ文明）の下では、神殿に仕える少女たちは、巫女（みこ）であると同時に「女宿」の生徒たちでした。少女たちはそこで、神聖な歌や踊りだけでなく、料理や裁縫も学んだのです。あるいは、ポリネシアの島々には、現代でも［女宿＝ウィメンズ・ハウス］があるそうで、やはり少女たちはそこで、料理や裁縫を習うとされます。

口承文芸学的には、ノルウェーの昔話『ノルウェーの黒い牡牛』、あるいはフランスを中心に、多くの類話が存在する『シンデレラ』や『ロバの皮』の中に、その制度の痕跡を推測することができます。

絵画的には、筆者は拙著『魔法の布』(2013年。青山ライフ出版)において、ベラスケスの作とされる《織り女(め)たち》を、[アルクメネ≒アテナ]を校長とする「女宿」と解釈しました。

「女宿」の教師たちは、一般的には「処女」であるとされます。人類学的には「ヤガー」(または「グレート・マザー」)であり、ギリシア神話的にはミネルヴァ(またはアテナ。手工芸と学問の女神)、ウェスタ(またはヘスティア。かまどの女神≒料理の女神)だと思います。あるいはディアナ(またはアルテミス。助産師の女神≒保育の女神)もそうかもしれません。それでは、なぜフローラ(花の女神)は、同時に「娼婦の女神」なのでしょう。

筆者はこう考えています。「女宿」の卒業試験として、少女たちは「処女」を喪失しなければならなかった。いわゆる「神聖娼婦」の制度です。その後フローラは、ある種の「仲人(なこうど)」として結婚のあっせんをした、と。

[銀の時代=初期農耕時代]の「結婚」や「処女喪失」につきましては、まだまだわからないことだらけです。ですが、確かに言えることは、これらの「儀礼」はどれも「いかがわしい」ものだったのではなく、むしろ「神聖な」ものだったということです。

B. タイトルからは想像もできない過激さ

ギュスターヴ・クールベ　《眠り》

娼婦は同僚に恋をする（以下引用）

《眠り》という穏やかなタイトルがつけられていますが、美の反逆者クールベらしく、ただ睡眠中の二人（の女性。二人とも裸。絵の引用は省略。引用者注）を描きたかったわけではありません。その姿態と装身具の乱れから、二人の関係性がうかがえます。

その強烈な写実性とスキャンダラスな裸婦像でも知られるクールベですが、あの有名な《世界の起源》（ベッドの上で脚を開いた女性の生殖器を描いた作品。原注）同様に、この作品も、オスマン帝国の前外交官ハリル・ベイによって注文されたと考えられています。この２枚とも、1988年まで一般公開を禁じられていました。

モデルの一人は画家ホイッスラーの恋人です。しかし、ほかのクールベの作品を考えると、明らかに娼婦の世界を描いたものと思われます。

娼婦たちの多くが、個人的な愛情の対象を、客である男性ではなく、同僚である女性に対して持つことが少なくありませんでした。19世紀後半のパリは、娼婦の数が急激に増えましたが、彼女たちはそのお互いの境遇から、労(いたわ)り合い慰め合ったのでした。

(『名画は嘘をつく』P32)

■解説

衝撃的な新情報です。人間関係は以下の三者です。①娼婦A、②娼婦B、③男性客。

通常の人間関係は、娼婦Aと娼婦Bが、男性客を取り合い、「敵対する」というものです。ですが、上記の人間関係では、娼婦Aと娼婦Bはむしろ「同志」であり、男性は単なる「客」、それも「隙(すき)あらば、むしり取れるだけむしり取ってやろう」と彼女たちが内心思っている、「カモ」でもあります。要するに、娼婦Aと娼婦Bにとって、男性客は「憎むべき敵」なのです。――「フェミニズム」の起源を見る思いです。あるいはこれは「アマゾネス」の末裔(まつえい)なのでしょうか。

本書の「はじめに」でも書きましたように、女主人公(要するに王妃)にとっての「援助者」には、母親的な援助者と姉妹的な援助者がいます。上記の《眠り》に描かれているのは姉妹的な援助者でしょう。ですが、ここにふしぎな母親的な援助者の物語があります。

それは、フランスのヴァロワ朝末期の王「アンリ2世」(在位1547～1559年)の物語です。彼の父は有名な「フランソワ1世」(在位1515～1547年)です。なぜ有名かと言いますと、彼（フランソワ１世）は大胆にも、神聖ローマ皇帝カール５世と争ったからです。あるいは、彼はあの有名なレオナルド・ダ・ヴィンチの晩年のパトロンだったからです。ともあれ、アンリ２世は、フランソワ１世と、最初の王妃［クロード・ド・フランス＝ルイ 12 世の王女］の間に生まれた次男でした。つまり、フランソワ１世はフランス王家の「婿養子」であり、それなりの実力のある人物だったと思われます（※１）。

※１　なぜなら、「先代の王」と血統によるつながりがあるのは「王妃」のほうであり、［王＝新王］は、大勢の候補者の中から「選ばれた」に違いないからです。血統による王と選抜された王では、当然のことながら選抜された王のほうが「実力の保証」があります。

フランソワ１世の王子フランソワ（まぎらわしい！）とアンリは、それぞれ８歳と７歳の時、父王が神聖ローマ皇帝カール５世に敗れたために（パヴィアの戦い。1525 年）、無期限の人質として、マドリッドへ送られました（1526 年）。その時、王子たちに優しい別れのキスをしたのが、亡き王妃（クロード。1524 年没）の侍女であった、ディアーヌ・ド・ポワティエでした。

王子フランソワとアンリのマドリッドでの暮らしは、王族にふさわしいものではありませんでした。スペイン人の牢番以外には人との接触がなく、母語（フランス語）を忘れかけてしまうほどでしたが、幼いアンリはただ、ディアーヌの「優しいキス」だけを胸に秘め、帰国の時を待ちました。彼らが帰国できたのは3年後、兄は11歳、アンリは10歳の時でした。

その後、アンリは、兄フランソワが18歳で亡くなったために、17歳で王太子になり、28歳で父の後を継ぎ（1547年。フランソワ1世没）、フランス王になります。彼（アンリ）の結婚は意外に早く、14歳の時に、同い年でイタリアのメディチ家の娘（カトリーヌ・ド・メディシス）と結婚しています。しかし、アンリは7歳の時から、あるいはそれ以前から、ディアーヌ・ド・ポワティエに恋をしていました（！）　ディアーヌは母（クロード）の侍女であり、年齢もアンリよりも20歳上でした。これはどう見ても「マザコン」です。

人間関係を整理してみましょう。要するに、アンリ2世を取り合って、ディアーヌとカトリーヌが争った物語でしょう？　ですって？　いいえ、違います。ディアーヌはむしろアンリ2世を励まして、アンリ2世をカトリーヌの寝室へ送ったのです。

性別が反転しているので、わかりにくいですね。アンリ2世とディアーヌは「同志」であり、アンリ2世の使命は「世継ぎを残すこと」でした。ですから、アンリ2世はディアーヌへの恋心に心を乱されながらも、自らの義務を思い、カトリーヌの寝室へ通ったということになります。

ですが、一般的には「王妃」は自身の側近として、「乳母」なり「侍女」なりを連れて行くものです。たとえば、ＮＨＫ大河ドラマで有名になった『篤姫（あつひめ）』（2008年）には「幾島（いくしま）」という名の侍女（老女＝母親的な援助者）がいましたし、平安時代の「清少納言」も「紫式部」も、要するに［中宮（ちゅうぐう）＝王妃］の［教育係＝侍女］でした。

王には複数の側室がいて、それぞれに［侍女＝側近］がいて、それが互いに競い合い、争い合う、そういうシチュエーションが一般的な中、「アンリ２世の物語」は、ディアーヌ・ド・ポワティエが［王＝アンリ］の側近であると同時に、結果的に［王妃＝カトリーヌ］の側近としても作用したところに、奥深さがあるのだと思います。

余談ですが、ディアーヌ・ド・ポワティエの社会的な身分は、アンリ２世の「公認の寵姫（ちょうき）（メトレス・アン・ティトゥル）」でした。一般的には、公認の寵姫は、王妃の「敵」と解釈されることが多いようですが、より冷静に解釈すれば、ディアーヌには、カトリーヌに対する国民の憎悪（※２）を、「身代わりになって」受ける役割があり、むしろディアーヌはカトリーヌの［援助者（一般的には姉妹的な援助者）］だったと考えられています。

※２　なぜなら、王妃は多くの場合、外国人であり（たとえば、カト

リーヌ・ド・メディシスはイタリア人)、国民の憎悪を浴びやすいからです。あるいは、戦争に負けたり政策が失敗したりした場合にも、その責任を、公認の寵姫(ディアーヌ)に負わせれば、王家の傷は浅くなります。いわゆる「歴史物語」で語られる「傾城(けいせい)の美女」も、多くはそういうものだったのかもしれません。

あるいは、こんなふうにも考えられます。[ディアーヌ＝姑][カトリーヌ＝嫁]。一般的には、嫁と姑の「戦争」の物語が好まれますが、冷静に考えれば、カトリーヌもディアーヌも、アンリ２世(カトリーヌから見れば「夫」、ディアーヌから見れば「息子」)の幸せを望んでいるのであって、そういう意味では、カトリーヌとディアーヌは「同志」でもあるのです。この場合、ディアーヌはカトリーヌの「母親的な援助者」になります。

C. 愛人に処女性を求めた矛盾

フランソワ＝ユベール・ドルーエ
《ウェスタの巫女(みこ)に扮したポンパドゥール夫人》

宮廷画家のおべっか（以下引用）

ルイ15世の公認の寵姫（公妾。原注）ポンパドゥール夫人の晩年の肖像画（絵の引用は省略。絵画制作年、1763年頃。引用者注）です。彼女のお気に入りの画家によって描かれました。この作品が描かれた1～2年後に、夫人は世を去ることになります（1764年、ポンパドゥール夫人没。享年42歳。引用者注）。古代ローマの竈(かまど)の女神に仕えた巫女に扮した姿で描かれた、ドルーエが十八番とした扮装肖像画です。

古代、ウェスタの巫女に選ばれたら、純潔を守り処女でなくてはいけませんでした。竈の女神に仕えていたので、聖なる火を絶やさないことも重要な役割でした。夫人の手には彼女たちについての本が、背後には聖なる火が燃え盛っています。

しかし、国王の寵姫（つまり愛人。原注）だった夫人が、聖なる処女に扮するのはいかがなものでしょうか。つまり、これは肉体的にではなく、精神的に夫人が純潔であるということを強調しているのでしょう。もちろん、宮廷肖像画家だったドルーエの庇護者であった夫人に対する「よいしょ」も否めません。

(『名画は嘘をつく』P112)

■ 解説(その1)

ルイ15世は、ルイ14世の曾孫(そうそん＝ひまご)で、ルイ16世の祖父です。ちなみに、スペイン王カルロス3世は、ルイ15世のいとこです。筆者は、この系図(フランス・ブルボン王朝)を初めて見た時、とてもふしぎに思いました。要するに、息子よりも、孫よりも(ルイ14世の場合)、祖父が長生きしたということです。

この時代、天然痘やはしか、赤痢などに罹患(りかん)すると、王侯貴族でも、あっというまに死んでしまいました。さらに、「瀉血(しゃけつ)」(※)などという魔術的な治療法が、死亡率の高さを後押ししました。

※[瀉血]。体の中の「悪い血」を排出することで、健康を得ようとする近代以前の治療法。具体的には、上腕の血管に管を刺し、血管を押し絞って排血したようです。

それはともあれ、ポンパドゥール夫人は、ルイ15世が最も愛した「公認の寵姫」でした。彼女以前には、マイイ伯爵夫人、ヴァンティミール侯爵夫人、シャトールー公爵夫人、がいて、彼女（ポンパドゥール侯爵夫人）以降には、ルイ16世妃マリー・アントワネットとの険悪な関係で知られる、デュ・バリー伯爵夫人がいます。

【インターネットから転載】
ポンパドゥール夫人は体を壊したため1750年（28歳。引用者注）以降は公妾を退き、国王（ルイ15世。引用者注）とは友人として付き合った。性的関係はなくなったものの、彼女は国王から深く信頼され有力な助言者となった。ポンパドゥール夫人は政界にポンパドゥール派と呼ばれる派閥を形成し、「私が支配する時代」と自ら言うほどの権勢を持つことになる。ポンパドゥール夫人の奢侈（しゃし）と浪費は当時の人々から非難されたが、彼女は芸術家のパトロンとなり、ルイ15世時代のフランス芸術の発展に無視しえない貢献をなしている。セーヴル（地名。引用者注）に王立磁器製作所を設立し、セーヴル焼を完成させたのもポンパドゥール夫人の貢献である。彼女は建築家のパトロンにもなり、パリ市内のルイ15世の屋敷（現在のコンコルド広場。原注）やエコール・ミリテールの建築をしたアンジュ＝ジャック・ガブリエルに出資している。また、彼女は啓蒙思想を擁護して百科全書派を教会の攻撃から守り、百科全書の刊行を実現させた貢献もある。
一方で彼女は「鹿の園」（Parc-aux-Cerfs）と呼ばれる個人的な娼館をつくり、多数の若い女性たちに国王への性的奉仕をさせた。「鹿の園」の娼婦の一人マリー＝ルイーズ・オミュルフィの裸体画が現代に残されている。この様な乱脈な女性関係が元で、国王は処女の血の風呂に浴しているだの、90人の非嫡出子がいるだのといった淫らな噂がフランス中に流れてしまった。

■ 解説（その2）

引用文中の「マリー＝ルイーズ・オミュルフィの裸体画」とは、宮廷画家フランソワ・ブーシェによる《ソファーに横たわる裸婦（黄金のオダリスク）》です。「ロココ趣味」を代表する作品とされます。［キリスト教vsルネサンス］の戦いにおいて、「ルネサンス」に一歩先を歩かせた要素のひとつが「裸体は芸術」だったというのは、皮肉と言えば皮肉でしょう。

ともあれ、ここから筆者が連想するのは、やはりＮＨＫ大河ドラマで話題になった『春日局』（1989年）です。彼女（春日局＝かすがのつぼね）は徳川将軍家・第３代当主になる家光（いえみつ）の乳母でした。家光はある時、遊女（＝娼婦）に恋をするのですが、彼女はどうやら「関ヶ原の戦い」の敗者の娘でした。要するに、彼女から見て徳川将軍家は「仇（かたき）」だったのです。彼女は苦しんだあげく、自殺します。

以来、家光は、女性に関心がなくなってしまいました。春日局は心配します。

そんなある日、春日局は寺の門前で露天の売り子をしている娘と出会います。その娘というのが、家光の初恋相手だった、くだんの遊女と瓜二つなのです。春日局はその娘を説得し、城に連れて行きます。まるで「ポンパドゥール夫人」と「鹿の園の娼婦」のようです。

「ポンパドゥール夫人」と「鹿の園」の関係は、まさに「女宿の校長」と「女宿」の関係です。ですから、彼女が「ウェスタの巫女」の姿をしているのは、筆者から見て、そんなに違和感のあるものではありません。さらに、こういう言い方は、若干お上品さに欠けるかもしれませんが、ポンパドゥール夫人は28歳で、公妾を「卒業」しているのですから、いわゆる「後家処女」の状態だったとも言えます。

ですが、やはりもう少しお上品に考えて、画中の夫人の背景にある「大きな香炉」は［フランスそのもの≒鹿の園］であり、「燃え盛る火」は［芸術≒王］であり、「そこに投げ入れられる護摩木（ごまき。ただしこれは仏教用語です）」が［芸術家への援助≒娼婦たち］だったのではないでしょうか。そして、「香炉の前に立つ女神」こそが「ポンパドゥール夫人の化身」だったと思われます。

それにしても「芸術」と「性」を等価に考えるあたり、「ルネサンス」の香りを感じます。

いえいえ、「フランスの名誉」のために、もうひとつの情報を加味します。前節でご紹介した「ディアーヌ・ド・ポワティエ」ですが、この時代、宮廷の女官たちは、ある種の「女宿」

で学んでいました。ディアーヌの師匠は、フランス王シャルル８世（在位1483～1498年）の姉アンヌ・ド・ボージューでした。彼女（アンヌ・ド・ボージュー）が言わば「女宿の校長」になって、未来の宮廷女官たちを教育していました。フランソワ１世の母ルイーズ・ド・サヴォワもまた、アンヌ・ド・ボージューの［宮廷サロン＝女宿］で学んだ教え子のひとりだったのです。ここからまた、［女宿の校長＝結婚をあっせんする仲人］というファンタジーに、説得力が出てきたのではないでしょうか（参考文献、木村泰司『美女たちの西洋美術史　肖像画は語る』光文社新書）。

D. 優雅すぎる読書タイム

フランソワ・ブーシェ　《ポンパドゥール夫人》

読書家の夫人が書斎に舞台を設定（以下引用）

ルイ15世の公妾（公認の寵姫。原注）となったポンパドゥール夫人。公式なポジションだったその地位には、伝統的に貴族の既婚女性がなるのがお決まりごとだったのですが、彼女はブルジョワ階級出身です。前代未聞となる公妾の誕生でした。

その美貌と知性でルイ15世を魅了した夫人ですが、王の公妾となれば、国民の憎悪を一身に背負うのも任務の一つでした。貴族階級出身の女性なら、一般の国民の憎悪など気にもしなかったのですが、ポンパドゥール夫人は国民の憎悪だけでなく、平民階級出身ということから、ヴェルサイユ宮殿内でも貴族階級に反対勢力がありました。

心身ともに落ち着くことがなかった夫人の癒しは読書でした。当時は王侯貴族の女性たちはほとんど本など読まない時代でしたが、夫人はたいへんな読書家だったのです。その夫人の希望を受けて描いたのがこの肖像画（絵の引用は省略。引用者注）です。さり気なく描かれているようですが、夫人はあくまでも書斎で本を手にしている姿で描くよう強く要求したのでした。

（『名画は嘘をつく』P154）

■ 解説（その１）

あれあれ？　ということは、この絵には「うそ」はないということでしょうか。

「ポンパドゥール夫人」につきましては、筆者にはもう一枚、お気に入りの肖像画があります。カンタン・ド・ラ・トゥール（画家の名前）による《ポンパドゥール》です。中野京子の解説文を引用します。

すべてを備えた寵姫（以下引用）

この絵の彼女（ポンパドゥール夫人。引用者注）は、寵姫になって十年ほどたつ三十四、五歳。ふつうなら容色の衰えや、ライバルになりそうな若い愛妾の登場に不安を覚えそうなものだが、王（ルイ15世。引用者注）の心を完全に掌握している余裕が、ごく自然なリラックスした態度にあらわれている。表情は、まさに有能なキャリアウーマンのそれだ。このまま現代高層ビルのオフィスへ連れてきてパソコンの前へ座らせても、なんら違和感はないだろう。どの時代のどの国にもいる、美貌と才覚でのし上がる女性の典型といえる。

宮廷一の実力者（ポンパドゥール夫人。引用者注）はまた自己演出力にも長けており、本作でもしっかり才色兼備ぶりをアピールしている。完璧なファッション・センスは、華やかで繊細なロココ文化の牽引者(けんいんしゃ)たる証だし、指先ではらりとめくった楽譜や背後の楽器は音楽への、机に並べた重々しい書物(『法の精神』『百科全書』。原注)や地球儀は最先端の学問への、足元のデッサン帳(彼女自身が描いたとされる。原注)は美術への、自らの関心と貢献を示すものだ。

権勢をほしいままにしたこの美女は、しかし生まれは貴族ではなかった。日本語の「侯爵夫人」という言い方は、まるで侯爵の夫を持っているかのような誤解を与えるが、そうではない。彼女本人に対して、王がポンパドゥールの領地と侯爵という貴族の位を与えたのであり(後に公爵へ引き上げた。原注)、正確には「ポンパドゥール女侯爵」と呼ぶべきなのだ。

では夫はいなかったのか？——いた。ダビデ王に妻バテシバを奪われた、ウリヤのような夫が。ただしウリヤと違い、デティオール氏は命を取られることはなく、それどころか、妻を差し出す見返りに高位高官を餌(えさ)として提供された。憤然と拒否したが。

マダム・ド・ポンパドゥールの幼名は、ジャンヌ・アントワネット・ポワソン。新興支配階級たる富裕なブルジョワジー出身で、高い教養と貴族並みのふるまいを身につけた。二十歳の時、四つ年上の裁判官デティオール氏と結婚、子どもをふたり産む(どちらも早世。原注)。一方で、野心家の彼女はヴェルサイユ入りを狙っていたとも言われる。別荘での宴(うたげ)

にヴォルテールやモンテスキューなど文化人を招いたり、狩猟へ行く十五世の目にとまりたくて自ら四輪馬車に鞭を当てもした。めでたく王の愛を勝ち得たのは、結婚三年目（夫は寝耳に水だったらしい。原注）。公式寵姫として堂々のデビューは二十四歳であった。

（中野京子『名画で読み解く　ブルボン王朝 12 の物語』P116）

■ 解説（その2）

なんだか、ＮＨＫ朝のテレビ小説『花子とアン』の「蓮子（れんこ）さんの駆け落ち」みたいです。夫［嘉納（かのう）伝助＝デティオール氏］は「寝耳に水」だったのですから。

嘉納伝助（九州の石炭王）は、妻・蓮子（侯爵家の令嬢で、後に歌人）が残していった大量の本を、「こげなもの！」「こげなもの！」と叫びながら、書棚から叩き落としました。最後に天井を仰ぎ、「わあ！」と泣くシーンは、とても印象的でした。

確かに、女性の最も古い「職業」は「娼婦」ということですが、「宮廷女官」も［女神官（おんなしんかん）＝巫女］も、それなりに古いですよね。というか、この三者は、時々交わって、混在していたのでしょうか。

E. 王妃をインテリに見せるイメージ戦略

エリザベート＝ルイーズ・ヴィジェ＝ルブラン
《1788年の本を手にしたマリー・アントワネット》

生涯に４～５冊しか読まなかった（以下引用）

フランス王室には伝統的に「公妾」が存在しました。王妃たちにとっては面白くない存在ではありましたが、公妾は外国から嫁いできて何かと国民の憎悪の対象となりがちだった王妃たちの身代わりにもなったのです。したがって、ルイ15世の公妾だったポンパドゥール夫人も、生前は国民の憎悪を一身に背負っていました。

しかし、ルイ16世は公妾を置かなかったため、オーストリア出身のマリー・アントワネットに憎悪が集中するようになります。彼女の目立つ性格も、それに拍車をかけました。そのため、イメージアップ作戦で描かれたのがこの１枚（絵の引用は省略。引用者注）です。

遊び好きと評判の王妃のイメージを覆すように、本を手に落ち着いて座っている姿で描かれています。まるで本好きのようなイメージですが、実際の王妃は生涯に４～５冊しか読まなかったそうです。王妃の内殿にある膨大な数の本も、王妃としての体面を保つためだけのものだったのです。

（『名画は嘘をつく』P156）

■ 解説（その１）

そうそう。これですよ。「うそ」というのは。

王妃マリー・アントワネットのイメージアップ作戦につきましては、もう一枚、ご紹介したい絵があります。再び、中野京子です。

描かれた死の匂い（以下引用）

この『マリー・アントワネットと子どもたち』（絵の表題。絵の引用は省略。引用者注）は、アントワネット三十二歳の肖像画である（絵画制作年、1787年。引用者注）。

描いたのは当時もっとも成功した女性画家エリザベート・ヴィジェ＝ルブランで、この八年ほど前に初めて王妃の肖像画を手がけて以来、すっかり気に入られ、ほとんどアントワネット専属のように彼女の絵を二十点以上も描いている。当時の肖像画家は、衣装の色や質感をどれほどリアルに表現できるかで評価されたというが、ヴィジェ＝ルブランはそれに加えて対象を実際以上に優美に描く術を知っており、とりわけ貴族女性たちからの人気を誇った。

中でも本作は、彼女の筆の冴えがのびやかに発揮された秀作とされる。女盛りを迎えた王妃の美しさ、子どもたちの愛らしい仕草、スカートに縁取りされた毛皮やレースの繊細な描写。色彩も、華やかな赤を基調にしながら全体はしっとり落ち着いた印象を与え、完成度が高い。

にもかかわらず、当時この絵はあまり好意をもたれなかった。画家に責任はなく、モデル（アントワネット。引用者注）が憎まれすぎていたからだ。ちょうど有名な「首飾り事件」（アントワネットの名前を利用した詐欺事件。原注）が不快な決着を見た後——首飾りをしていない（画中のアントワネットが。引用者注）のはそのせいなのか？　——、放埒（ほうらつ）で傲慢な赤字夫人はこの絵で悪評を揉（も）み消そうとした、つまりこれは、やさしく我が子を抱く家庭的な王妃のイメージを国民に浸透させようとのプロパガンダ絵画、と見なされたのである。

確かにそうした意図がなかったとは言えまい。遅ればせながらアントワネットは、「国母」のイメージで敬愛されたマリア・テレジア（オーストリアの女帝。アントワネットの実母。引用者注）に倣おうとしたようだ。これまたあまりに遅すぎたが……。

温かな色彩で描かれた、情愛あふれる母子の触れ合い。けれど絵からは幸福感が漂ってこない。皆の視線はばらばらで、アントワネットの表情もどことなく虚（うつ）ろだ。長男が指さす緑色の幼児用ベッドは無人で、黒々と不気味に口を開けている。それもそのはず、ここに寝ていた次女が亡くなったばかり。この絵は、我が子を失った可哀（かわい）そうな王妃、というもうひとつのメッセージをも伝えているのだ。

しかし「パンがなければお菓子を食べればいい」と言い放ったとされる（もちろんこれは反アントワネット派が流したデマだが。原注）王妃を、今さら誰が気の毒と思うだろう？　そもそも長期にわたる貧困と飢えで、国民にとって死はあまりにも日常で、「オーストリア女」へ同情する余地などなかった。革命はこのわずか二年後である。

（中野京子『名画で読み解く　ハプスブルク家12の物語』P148）

■ 解説（その2）

要するに、この時代、[上から下へ] のプロパガンダなど、国民はとっくにお見通しで、逆に [下から上へ] のプロパガンダ（パンがなければお菓子を食べればいい）が、王妃を苦しめていた、ということでしょうか。そして一般に [上から下へ] のプロパガンダが「ポジティヴ・キャンペーン」なのに対し、[下から上へ] のプロパガンダが、往々にして「ネガティヴ・キャンペーン」になってしまうのが残念です。――もっとも、その先にあるのが、[自己批判＝科学的精神] だと考えれば、これまた「弁証法的展開」なのでしょうか。【正】自画自賛、【反】対象攻撃、【合】自己批判。

[下から上へ] のプロパガンダ。もしかしたら、「王妃は生涯に、本を４～５冊しか読まなかった」も、「反アントワネット派」の流したデマだったのかもしれません。「プロパガンダ合戦」というのは、恐ろしいものですね。――ただし、「デマ」

は自然発生的、無意図的なもので、「プロパガンダ」という意図的なものと混同すべきではない、という予備情報も考慮に値します。

「王妃が次女を亡くした」。これはあくまでも、ひとつのニュートラルな情報です。「通常の状態」であれば、国民は王妃に同情し、「亡き王女」に対して哀悼の意を表したことでしょう。ですが、その当時、フランス国民は「通常の状態」ではなかったようです。飢饉（ききん）が続き、人々は飢えていました。「衣食足って礼節を知る」。そして、当時の宗教感情は、「飢饉」の責任を「誰のものでもない」とはせず、「そういったものすべて」の責任は「王家」にある、と考えていたのです。信じがたいことではありますが、これが［王権神授説＝シャーマニズム］の正体だったのです。要するに、王は魔法使いでなければならず、魔法の力を失った王は処刑されるという、例の構図（フレイザーの『金枝篇』）です。

それはともあれ、どうしてルイ 16 世は「公認の寵姫」を置かなかったのでしょう？　「オーストリア女」などと罵倒された王妃が気の毒です。

「外国人に対するヘイト・スピーチ」、その根源にあるのは、「自分たちとは異なる世界に住む人々に対する排斥感情」です。マリー・アントワネットの場合は、［フランス人 vs オーストリア人］でした。ポンパドゥール夫人の場合は、［貴族階級 vs ブルジョア階級］でした。そして連想されるのが、わが国の皇室における「美智子妃」「雅子妃」という「民間出身の皇太子妃」です。

「公認の寵姫」とは、必ずしも「王にべったり」かつ「王妃の敵」ではありませんでした。むしろ「王妃の味方」でもありました。そういう役割の人間について、少し考えてみるのはどうでしょうか。

TOMORROW

作詞・作曲　岡本真夜

涙の数だけ強くなれるよ
アスファルトに咲く花のように
見るものすべてにおびえないで
明日（あした）は来るよ　君のために

（中略）

季節を忘れるくらい
いろんな事があるけど
二人でただ歩いてる
この感じがいとしい

頼りにしてる　だけど時には

夢の荷物　放り投げて
泣いてもいいよ　つきあうから
カッコつけないで

涙の数だけ強くなろうよ
風に揺れている花のように
自分をそのまま　信じていてね
明日は来るよ　どんな時も

（以下略）

■ 解説

傷心のマリー・アントワネット王妃に向かって「涙の数だけ強くなれるのでございます」と声をかけるのは誰だったでしょう？　女流画家ヴィジェ＝ルブランでしょうか。池田理代子原作の『ベルサイユのばら』には、ヴィジェ＝ルブランは登場しませんでしたね。

F．称賛の対象が絵の中にいない

ヨハネス・フェルメール　《牛乳を注ぐ女》

フェルメールが唯一描いたメイドの絵（以下引用）

17世紀のオランダ風俗画では、キッチンで家事にいそしむメイドが描かれることが多かったのですが、風俗画の名手フェルメールがメイドを主役に描いた唯一の作品です（絵画制作年、1658～60年頃。引用者注）。

メイドは、男主人を惑わす性的な存在として描かれることが多かったのですが、17世紀後半になると、女性の美徳を称賛する風俗画が増えます。これもその1枚（絵の引用は省略。引用者注）です。

ヘラルト・ダウの描いた蠱惑的なメイド（229ページ。原注）と違い、フェルメールのメイドはがっしりとした体形で素朴そうな女性です。しかも彼女は、硬くなってしまったパンにミルクを注いで調理し、食材を無駄にしないよう家事にいそしんでいます。

一見、雇い主に忠実なメイドの姿を称賛しているかのように映る作品です。しかし、じつは称賛されているのはこの家の主婦、すなわち雇い主である女主人です。

当時、メイドの監督は主婦の大事な仕事でした。すなわち、

「主婦の鏡」として女性の美徳を称賛している１枚なのでした。

（『名画は嘘をつく』P216）

■ 解説

主婦とメイドの関係。それはつまり、女主人公（王妃）と援助者（王妃の影）の関係です。

たとえば、あなた（女性）が自営業の家に嫁入りしたとしましょう。

（１）フェーズ・その１：義理の母――母親的な援助者

①嫁（年下）、②姑（年上）

（２）フェーズ・その２：義理の姉妹――姉妹的な援助者

①嫁（年上・年下）、②小姑（こじゅうと）（夫の姉妹）、③義理の姉妹（夫の兄弟の妻）

（３）フェーズ・その３：義理の娘――娘的な援助者

①姑（年上）、②嫁（年下）、③娘（年下）

つまり、最初は「嫁」であり、母親的な援助者や姉妹的な援助者に囲まれて活動します。その後、年を取り、息子に嫁が来れば、今度は自分が「姑」になり、「嫁」は娘的な援助者となります。

これは何も自営業に限ったことではなく、たとえば会社に就職した場合もそうです。初めは「新米」で、やがて「中堅」

になり、最後は「ベテラン社員」になります。

人間関係の基本は「異性関係」ではなく「同性関係」だった、という予備知識が必要です。「嫁」と「姑」であれ、「新米主婦」と「ベテランのメイド」であれ、2人は本来、いがみ合う関係ではなく、むしろ「協力関係」にあったのです。

木村氏は、この絵は「メイドを称賛した絵ではない」と言われます。そうかもしれませんが、そうではないかもしれません。この絵のメイドは「少し年配」です。ですから「新米主婦」にとって、このような「ベテランのメイド」は心強いのではないでしょうか。

筆者は最近、直木賞を受賞した西加奈子の小説『サラバ！』（小学館）を読みました。主人公は歩（あゆむ）という名前の男性ですが、彼は父の赴任先であった、イラン（革命前のイラン。親米路線の王政でした）で生まれたそうです。そこには現地人のメイド（個人名バツール）がいて、とても可愛がってもらったそうです。バツールには「アユム」が発音しづらく、「アームー」と呼ばれていた、と。彼女の「アームーナイナナーイ」という歌うような呼びかけは、耳にかすかに残っている、と。見知らぬ外国で出産というのは、母親にしてみれば、さぞ心細かったことでしょう。どうやらバツールは少し年配で、自身は7人の子どもの母親だったということです。いわゆる「肝っ玉母さん」です。こんな「頼れるメイド」がいてくれたら、「新米主婦」はどんなに心強かったでしょう！

G. 家事にいそしむメイドを称えた絵ではない

ヘラルト・ダウ　《玉ねぎを刻む少女》

媚薬を刻みつつ思わせぶりな視線を投げる少女（以下引用）

17世紀、オランダ絵画の黄金時代に人気を博したジャンルに風俗画があります。現代人には何気ない日常生活のワン・シーンを描いているだけのように映りますが、プロテスタント社会らしく、信仰への導きや、美徳･悪徳といったメッセージ性が強い点が特徴です。とくにこの時代、家事をサポートするメイドが、一家の男主人を性的に惑わす存在として描かれているものがあります。

この作品も、家事にいそしむメイドを称えているわけではありません（絵画制作年、1646年。引用者注）。思わせぶりな視線を向けるメイドが刻んでいる玉ねぎは、当時は媚薬と考えられていました。横たわった水差しと空（から）の鳥かごは純潔の喪失、つりさげられた鳥も性行為を示唆しています。

それに対し、彼女の隣にいるこの家の子どもらしい無邪気な少年は無垢（むく）の象徴です。その子を無視して、いったい彼女は誰に媚（こび）を売っているのでしょうか。穏やかな日常生活のワン・シーンとはほど遠い光景なのです。

（『名画は嘘をつく』P228）

■ 解説

この絵のメイドは「少女」なので、彼女は娘的な援助者、あるいは「軽んじられたメイド」だったのでしょう。

筆者はむしろ反論したいのです。この年若いメイドが男主人に色目を使うのは、①まず第一に、この家の女主人が彼女（メイド）に優しくないからです。つまり、彼女の「不道徳」の責任は「女主人」にある、ということです。あるいは、彼女（メイド）の「色目」には「女主人への復讐」の意味がある、ということです。②次に、自身（メイド自身）の境遇に対する不満が考えられます。つまり、この「不道徳」の責任は「未成熟な社会」にある、というものです。要するに、このメイドは男主人と「いい関係」になることで、自身の境遇が少しでも改善されればいいと考えているのではないでしょうか（※1）。

①は「個人的な恨み」ですが、②は「社会的な恨み」です。②はさらに二分割されます。まず若いメイドの「火遊び」は「お小遣い稼ぎ」程度のもの。これならまだ無難です。むしろ「怖い」のが次の場合です。若いメイドは「男主人」を踏み台に、自身の「社会的身分」のステップアップを狙っている。つまり、「若いメイド」は隙あらば、自身が男主人の「新しい妻」となり、[古い妻＝女主人]を追い出そうとしているのです（※2）。

※1　これまた品の悪い言い方ではありますが、たとえば「女優の

卵」は「権力者と寝ることで」主役の座を射止めることがある、というううわさ話があります。要するに「芸術家と娼婦は紙一重」という世間に根強いイメージです。良家の父親が、娘の芸能界入りに反対する所以（ゆえん）です。

逆に言えば、ヨーロッパでは古来、「娼婦」に対するイメージが他地域よりも高かった、つまり、必ずしも［娼婦＝悪］ではなかった、ということかもしれません。

※２　本章の小節Ｄ．で少しだけ登場した「マリー＝ルイーズ・オミュルフィ」は、ルーアン出身のアイルランド系の娼婦でしたが（姓に「オ」がつくのはアイルランド系です）、彼女は自分が「公認の寵姫」になれると勘違いし、ルイ 15 世にポンパドゥール夫人の悪口を並べ立て、逆に宮廷を追放されてしまいました。

いずれにせよ、メイドというのは「社会的弱者」です。仮に彼女が、道徳的な間違いを犯したとしても、その責任を、すべて「弱者たるメイド」に負わせるのは、いかがなものでしょうか。「水心（みずごころ）あれば魚心（うおごころ）」ではありませんが、「誘う側（メイド）も悪いが、誘われる側（男主人）も悪い」のではないでしょうか。

そう思って、もう一度、この絵をまじまじと眺めますと、あの『失楽園』の物語が思い出されるのです。［禁断の木の実＝りんご］を勧めたエヴァ（女）も悪いが、勧められて素直に食べたアダム（男）も悪いのではないか、と。

何だか、彼女の刻んでいる「玉ねぎ」が「りんご」のように見えてきました。そして「つりさげられた鳥」も「天国からの降下」、つまり「失楽園」そのものを象徴しているように見えてきました。

ですが、この絵の制作年代を見れば、上記の連想は、筆者の思い込みとわかります。絵の制作年は1646年です。その時代、物語は常に「強者」の視点から語られ、「弱者」に対する憐れみなど、「思いつきもしなかった」のでしょう（※3）。この絵から、あの『椿姫』（オペラの初演＝1853年）まで、まだまだ200年の隔たりがあるのです。

※3　図式的に表現すれば、こうなります。[メイド＝誘惑する者＝悪] [男主人＝誘惑される者]。さらに、この「男主人の未来」は以下の二選択肢です。[男主人・善＝誘惑を拒絶] [男主人・悪＝誘惑に負ける]。視点は常に [強者＝男主人] にあり、[弱者＝メイド] の置かれた境遇が顧みられることはありません。——ただし、唯一例外的なのが「シェイクスピア」です。彼の生存年は「16世紀後半」（1564～1616年）でしたが、彼の「弱者への視線」は温かでした。

第3章　椿姫

A. 椿姫（ヴェルディ）

『椿姫』は、フランスの作家デュマ・フィスの小説『椿姫』を、イタリアの作曲家ヴェルディがオペラ化したことで、「不滅の生命」を獲得した作品です。主人公が「高級娼婦」という難解なものですが、19世紀ヨーロッパの「ロマン主義」や「写実主義」を理解する上で、恰好の作品でもあります。中野京子の名文とともに解説を試みます。

（a）「汚(けが)れなき魂」の発見

あらすじ（以下引用）

1850年代パリ。高級娼婦ヴィオレッタは、自宅で催したパーティーで、田舎出の純情な青年アルフレードと出会う。彼の一途(いちず)な恋心にひかれた彼女は、これまでの享楽的な生活をやめ、郊外にふたりだけの新居を定めた。だがある日アルフレードの父親ジェルモンが訪ねてきて、良き市民である息子の評判を傷つけないよう、別れてほしいと頼み込む。その懇願(こんがん)に負けたヴィオレッタは、泣く泣く身を引かざるをえなかった。

そうとは知らないアルフレードは、裏切られたと誤解して、傷心の旅に出る。やがて真実を知った彼が、急いでパリへもどってきたとき、肺を患っていたヴィオレッタはすでに死の床にあった。

（『愛と裏切りの作曲家たち』P180）

本文・その１（以下引用）

（1852年の。引用者加筆）二月初め、ふたり（※１）はヴォードヴィル座（パリにある劇場の名前。引用者注）へ、デュマ・フィスの五幕劇『椿姫』の初演を見に行く。四年前に発表された原作は、作者デュマ本人と、有名な高級娼婦マリー・デュプレシの、なまなましいモデル小説だったこともあり、大いに評判をとった。その待望（たいぼう）久しい劇化である。

※１［ふたり］。ヴェルディと、彼の愛人ジュゼッピーナ・ストレッポーニ。この時、ヴェルディは最初の妻を病気で亡くし、ストレッポーニとパリで同棲していました。ストレッポーニは、元メゾソプラノの歌手でした。『椿姫』は、デュマ・フィスとマリー・デュプレシの物語であると同時に、ヴェルディとストレッポーニの物語でもありました。（引用者注）

大成功の舞台だった。新進劇作家デュマの誕生に湧（わ）く客席で、ヴェルディも拍手を送った。拍手しながら彼は、何かしら見えないものの手に導かれたように感じた。今のこの時期に、この物語……。

貧困から這(は)い上がるため身を落とした、椿姫ことヴィオレッタには、ストレッポーニのイメージを重ねずにいられなかったし、彼女（ヴィオレッタ。引用者注）を愛するアルフレードは、年齢こそちがえ、華やかな社交界にとまどう田舎者で、愛する女性を一途(いちず)に思う気持ちは自分（ヴェルディ。引用者注）と似ていた。そして、社会的道徳をふりかざしながら、ふたりの仲を裂こうとするアルフレードの父ジェルモンの姿は、まるでバレッツィ（※２）そのものではないか。

（中野京子『愛と裏切りの作曲家たち』P192）

※２［バレッツィ］。ヴェルディの養父で、最初の妻の父。ミラノ郊外の保守的な村ブッセートの名士で音楽愛好家。貧しいヴェルディ少年を引き取り、音楽の勉強をさせた恩人でもありました。（引用者注）

■ 解説

この物語は、単に、息子が愛人を守り抜き、父に打ち勝つ物語ではなく、父と息子の「和解」の物語でもあります。「父と息子の愛と憎しみ」。精神分析学的にも興味深い物語です。

本文・その２（以下引用）

『椿姫』の原題は、『椿を持つ女』。

これは娼婦であるヒロインが、劇場の桟敷(さじき)席に座り、好物のボンボン（洋酒入りのチョコレートトリュフ。引用者注）の袋と椿の花を、人目につくところへ置いていたことからきている。椿の色はふだんは白、月のうち数日だけ赤という、かなり露骨な告知板だ。この日は営業しません、という意味になる。

ヴェルディはそのような下品さを避けるため、（タイトルを。引用者加筆）『ラ・トラヴィアータ（＝道を踏み外した女性。原注）』へと変えた。このタイトルの変更が意味するところは、けっして小さくない。社会的立場の弱い女性が、たまたま道を踏み外すことはありえないことではなく、それをただ道徳的に責めるだけでは何も解決しないと訴えるためには、ヒロインに普遍性を持たせる必要があった。

そもそも働く女性は軽蔑されていた時代である。自立して生活する女性が、良家の子女ではありえなかった。『椿姫』初演と同年（1853年。引用者注）、クリミア戦争が勃発するが、このとき活躍したナイチンゲールは、どれほど強い反対を押し切って看護婦になったことか。現在でこそ看護婦という職業は聖職とされているが、それは名門出身のナイチンゲールが、目覚ましい成果を上げたからに他ならない。それまでの看護婦といえば、下層階級出身の無教養で身持ちの悪い娘がつく仕事で、半ば売春婦なみに思われていたのだ。

同じように、お針子もまたそう見なされていた（椿姫のモデルとなったマリー・デュプレシも、元お針子。原注）。デュマはこう言っている、「娼婦の増加に拍車をかけたのはお針子であり、彼女らは情事と労働を両立させていた」。彼はけっして非難しているのではない。彼の弱者へ向ける目は、常にあたたかだった。なぜなら彼自身、父アレクサンドル・デュマ（フランスの作家。代表作は『巌窟王』『三銃士』など。引用者注）が、年上のお針子に産ませた私生児だったのだから。

そしてもうひとつの＜いかがわしい＞職業、それが女性芸術家である。マリー（デュプレシ。引用者注）が、公爵夫人と見紛うほどの上品さで名を馳せていたころ、姐御肌のがさつな大胆さで人気を二分した高級娼婦がいた。その女性コーラ・パールは、元歌手だった。コーラほど有名にはなれなかった「舞台よりベッドを選んだ」歌手や女優なら、それこそ山ほどいたであろう。一人前の歌手であっても、たいていは劇場主の愛人と、相場が決まっていた。スタンダール（フランスの作家。代表作は『赤と黒』。引用者注）は、「劇場主がプリマドンナに腕を貸して散歩しているかどうかが、小さな町の最大の関心事だった」と書いている。田舎の人々にとっては、歌手も＜椿姫＞も同類なのだ。

ストレッポーニを見る、ヴェルディの故郷の人たちの目は、そういうものだった。しかも彼女本人、自らをラ・トラヴィアータではないと言い切ることはできなかったろう。

（『愛と裏切りの作曲家たち』P194）

■ 解説

要するにヴェルディは、満を持して愛人を連れて故郷に帰ったものの、村人たちの総スカンに遭い、泣く泣くパリに引き返したというわけです。ヴェルディにとってショックだったのは、尊敬し、実の親以上の愛情も感じていた義父バレッツィが、村人たちと同じ反応を示したことでした。

ヴェルディは、もともと感情を表に出さず、口下手でもあったのですが、切々と義父に訴えます。

本文・その３（以下引用）

そして（ヴェルディは。引用者注）義父にこんな手紙を書く。

「あなたが住んでいらっしゃるのは、他人のすることに口ばかりはさみ、自分たちの考えに合わないものは何でも非難するという、そんな悪癖（あくへき）のある土地なのです（……）あなたのような寛大で親切で立派なお方が、村の噂話に左右されたり、信じたりすることなどないよう、お願いしたい」

行間（ぎょうかん）から、抑えた怒りがにじむ。

ヴェルディは帰郷に際し、それなりの覚悟をしていたつもりだった。けれど偏見（へんけん）の強さは、彼の予想をはるかに超えた。まして信頼していた義父までも、理解しようという姿勢さえ見せないとは。

「わたしはあなたに私生活を話すのに、何のためらいもありません。隠さなければならないことなど、何もないからです。わたしの家には、誰の世話にもならないひとりの自由な女性がいます。彼女は暮らしてゆくのに十分な財産を持ち、わたし同様、孤独を愛しています。彼女にせよわたしにせよ、いちいちみんなに行動を説明する必要はないはずです」

ヴェルディは、ストレッポーニの半生がけっして誉められたものではない（※3）のを知っていたが、しかしそれはすでに遠い過去のことだった。それも自分と知り合う前の（※4）。

※3　ストレッポーニは、マリー・デュプレシほどの極貧家庭の生まれではありませんでしたが、兄弟が多い上に、父を早くに亡くすという、「転落する女性」のひとつの典型的なバックグラウンドを持っていました。彼女は母や弟妹を養うために、17歳で歌手デビュー。私生児をふたり産みます。それぞれの子どもの父親は、それぞれ別の男性でした。（引用者注）

※4　中野京子の文章から推測すれば、ヴェルディがストレッポーニと出会ったのは1842年ごろ、ヴェルディ29歳、ストレッポーニ27歳のころです。当時ヴェルディは、出世作『ナブッコ』を完成させており、ストレッポーニは同オペラの準主役であるアビガイッレ役で出演したということです。――その後「同棲」したのが6年後（1848年）、故郷に帰ったのが1849年（？）、戯曲『椿姫』を見たのが1852年となります。（引用者注）

いつまで罰せられ続けなければならないのか。そもそも誰に罰する権利があるというのだろう。彼女は若い日の過(あやま)ちで子どもを産んだが、里親に預けて、ずっと手当を送っている。喉を酷使(こくし)しすぎてスカラ座(イタリア・ミラノにある歌劇場。引用者注)は早くに引退したものの、パリで声楽を教えたり演奏会を開いて、立派に自活してきていた。まさに「誰の世話にもならないひとりの自由な女性」なのだ。ヴェルディの手紙からは、愛する女性を断固守る気迫(きはく)が伝わってくる。

「わたしの家では、彼女はわたしと同じように、むしろわたし以上に、敬意を払われるべきです。誰であれ、そうしない者は許しません」

(『愛と裏切りの作曲家たち』P186)

■ 解説

ここで終わらないところが、この物語の本当のすばらしさです。中野京子の文章は、あまりにもすばらしいので、筆者の出る幕はありません。

本文・その4／対決(以下引用)

『椿姫』のオペラ化が決定した。

まず台本作りだが、戯曲をオペラにするのは、削る作業でもある。たとえばヴェルディは後年、シェークスピアの『オセロ』を、ほとんど内容は変えずにオペラ化した。このとき、原作の二五〇〇行を八〇〇行に圧縮している。それでいて上演時間はほぼ同じ、同一台詞でも、歌えば三倍以上長くなるということだ。

『椿姫』は台詞量が多いので、いつもより大胆に削除しなければならない。台本作家に対してしつこく書き直しを要求するのが、ヴェルディのやり方だった。今回も削りに削って、簡潔で歌唱向きの台本に作り変えていったが、ただ一カ所だけは、原作にまったくといっていいほど手を加えなかった。

第二幕。アルフレードの父が、登場する場がそれである。このシーンをオペラの要としたばかりか、音楽によって意味を増幅させ、原作よりもっと印象を強烈にしてみせた。義父バレッツィへの、二通目の手紙ともいうべきメッセージを込めて。

幕が開くと、パリ郊外の別荘。アルフレードとヴィオレッタの愛の巣である。一幕目の華美な夜会に比べて、健康的な幸福感が漂う。ヴィオレッタの病気（結核。引用者注）も、規則正しい生活のおかげで小康を得ているらしい。

そこへいきなり、アルフレードの父親ジェルモンが訪ねてきた。息子の留守をみはからい、性悪女を懲らしめるようなつもりか、居丈高な態度だ。ヴィオレッタが気品をもって応じたため、少しは姿勢を改めるが、それでも財産目当ての娼婦との思いは抜けない。そこで彼女は証拠書類を見せ、ふたりの生活を賄っているのは自分であること、それもこれまでの貯えを吐き出しながら暮らしていることを示してみせる。
ようやく彼にも、ヴィオレッタの真剣な愛情と、気高い心が通じるのだった。だが驚きながらもやはり地方の名士としては、ふたりの仲を認めるわけにはいかない。ジェルモンは説き伏せにかかる。あなたとのことが元で、アルフレードの妹の縁談も破談になるかもしれない。それでは、せっかくこれまで美徳を誇ってきた我一門の家名に傷がつく。それに今でこそアルフレードは夢中になっているけれど、いつか愛も冷めるだろうし、冷めたときにはきっとあなたの過去にこだわって、互いに傷つけあうにきまっています、と。
神は許してくれても、この人（ジェルモン。引用者注）はけっして許してはくれないのだ。ヴィオレッタはついに折れ、アルフレードとの別れを受け入れるのだった……。
この長い長い二重唱は、息づまる緊迫感に満ちている。刻々とふたりの感情が変化してゆくさまを、音楽で十全に表現する。ヴィオレッタははじめ憤慨し、そして抗議し、哀願し、ついには諦める。ジェルモンは軽蔑し、驚き、憐憫を覚えつつ、さいごは安堵する。歌詞ではなく音楽が、ヴィオレッタの哀しすぎる決断に説得力を与える。
ここでジェルモンは、息子を思うひとりの親としてばかりでなく、市民道徳を隠れ蓑にエゴイズムを押しつける強者として描かれる。彼は不公平な社会の代弁者であり、道を踏み外した女を倫理的に罰する存在だ。まっとうに生きている人間が、醜業婦に対して行なう当然の権利、そう信じきっている者の強さと怖さを、ヴェルディは何としても描いておきたかった。

その一方で、ヴェルディの音楽は、その裏にあるジェルモンの迷いをも、あますところなく表現してみせた。独裁的で厳格な顔を示しながら、ジェルモン本来の魂には曇りがない。だからヴィオレッタの魂に触れ得たのだし、彼女の自己犠牲に胸を突かれもしたのである。偏見を捨てれば、彼が大いなる愛を与えることのできる人間だということ。そのこともまた、ヴェルディが描きたかったことだった。

ジェルモンは、義父バレッツィそのものであったから。

（『愛と裏切りの作曲家たち』P198）

本文・その５／和解（以下引用）

デュマの原作でほんの脇役にすぎなかったアルフレードの父が、オペラではこうして、恋人たちに対抗する重要人物へ変えられた。

したがって終幕、死の床にあるヴィオレッタのもとへ駆けつけた彼（ジェルモン。引用者注）が、「後悔で胸が張り裂けそうだ。わたしは何と思慮のない老人だったことか」と悔やむ姿に、この物語の悲劇性はいっそう際立つことになる。

ヴェルディはこの『椿姫』を、たった一カ月で書き上げた。ここには寡黙な彼の思いのたけが込められている。ありとあらゆる感情が、豊かにうねっている。これは、口下手な恋人の熱いラブレターであり、従順な息子の抗議の声なのだ。これほどの燃える思いを受け取ったストレッポーニは、どんなに嬉しかったことだろう。そして良心に訴えられたバレッツィもまた、感じるところがあったにちがいない。

このオペラのおかげで、現実の三人は冷静に賢明に行動した。結果はオペラとちがい、ハッピーエンドである。ヴェルディとストレッポーニは正式に結婚し、ともに八十代の天寿を全うするまでいっしょに暮したし、バレッツィとも和解した。

舅と婿は、やはり親子以上の深い縁だったのだろう。バレッツィは、ヴェルディがピアノで弾く＜行け、わが思いよ、金色の翼に乗って＞（『ナブッコ』中の合唱。今ではイタリアの国歌のようになっている。原注）を聴きながら、「わたしのヴェルディ……」とつぶやいて、他界した。

（『愛と裏切りの作曲家たち』P202）

■ 解説

この物語の登場人物は３人です。①ヴェルディ、②ストレッポーニ、③ジェルモン。

当初、③は「敵」でした。しかし、最後は和解します。——何かを思い出しませんか？

百田尚樹によるノンフィクション小説『殉愛』。あの問題

（※５）は現在、係争中であり、部外者があれこれ言うのは控えるべきかもしれません。ですが、仮に人間関係を、①百田氏、②未亡人、③長女、とした場合、①は②をかばうばかりではなく、③と和解することも、真剣に考えるべきだと筆者は思います。

※５　小説家の百田尚樹が、2014年１月に（食道ガンのため）亡くなった歌手やしきたかじんの闘病記を書きあげ、『殉愛』と題された本が同年11月７日に発売されました。それに対し、やしき氏の最初の妻の長女が、同書の内容は、2013年10月に入籍した［三番目の妻＝未亡人］の言い分のみを取り上げ、自身には取材がなく、かつ、自身の名誉を傷つける内容が含まれている、として、同書の出版差し止めと損害賠償を求めて提訴したものです。

なお、「娼婦」について、筆者には印象に残っている、ある台詞（せりふ）があります。ＮＨＫ大河ドラマ『龍馬伝』（2010年）のワンシーンだったと思います。記憶を頼りに、再現してみます。

ある時、龍馬（りょうま）（坂本龍馬。土佐藩出身の幕末の浪人）は長崎に滞在し、長崎の遊女と知り合いました。その遊女が自分の身の上を振り返り、こんな話をしたのです。「とうちゃんは腕のいい大工だった。でも、かあちゃんが死んでおかしくなって、毎日、酒ばっかり飲むようになった。それで、あたしが８歳の時に、とうちゃんはあたしを人買いのところへ連れて行った。とうちゃんは最後に、『じゃあな、元気でな』って、それだけ。でも、あたしはとうちゃんのこと恨んだりしない。道でとうちゃんに会ったら、こう言ってやるんだ。あたしは誰にも頼らず、たったひとりで生き延びたよ。だから褒(ほ)めて、って」。

「遊女」にしろ、「特攻隊」にしろ、誰が彼らを責められるでしょう。完璧とは言えない社会制度の中で、懸命に生きた若者たちがいた、それで十分ではないでしょうか。

（b）百田尚樹vs宮崎駿

『殉愛』の裁判につきましては、今後のなりゆきを見守りたいと思います。今回、筆者が論じたいのは、百田尚樹の別の作品『永遠の0（ゼロ）』（書籍刊行は2006年。映画の劇場公開は2013年12月）についてです。というのも、この作品に対して、スタジオジブリの宮崎駿(はやお)監督が、苦言を呈したという情報をキャッチしたからです。

【インターネットから転載】

「今、零戦の映画企画があるらしいですけど、それは嘘八百を書いた架空戦記（『永遠の0（ゼロ）』。引用者注）を基にして、零戦の物語をつくろうとしているんです。神話の捏造をまだ続けようとしている。『零戦で誇りを持とう』とかね。それが僕（宮崎駿。引用者注）は頭にきてたんです。子供の頃からずーっと！」

「相変わらずバカがいっぱい出てきて、零戦がどうのこうのって幻影を撒き散らしたりね。戦艦大和もそうです。負けた戦争なのに」

■ 解説

確かに、アニメ映画『宇宙戦艦ヤマト』（劇場公開、1977年）につきましては、筆者も長い間、違和感を持っていました。戦後の歴史観では、大日本帝国は「悪の枢軸国」だったはずなのに、アニメではちゃっかり「正義」になっていて（※6）、しかも「敵」である「ガミラス星人」は、どう見ても旧ドイツ兵。だいたい、「ガミラス」という響きからして「ゲルマン」をもじっているような……。

※6　ただし、あの物語（宇宙戦艦ヤマト）の時代設定は2199年。言わば「未来」と「過去」のパラレル・ファンタジーです。なぜ「過去」かと言いますと、ヒーローたち（宇宙戦艦ヤマトの乗組員たち）の乗る船の名が「ヤマト」である必然性がないからです。船の名を「ヤマト」とすることで、「あの戦争」には（日本の側にも）一分の「正義」があった、という日本人の深層心理をくすぐる映画であったことは否めません。

いや、そうではないのかもしれません。要するに「技術」に罪はないのです。「戦艦大和」を起点とするすばらしい技術（宇宙戦艦ヤマト）を、地球環境改善のために使う（「放射能除去装置」を得るために遠い「イスカンダル星」へ旅立つ）という、物語の設定そのものに、何らかの強いメッセージがあったのかもしれません。あるいは「ガミラス本星」と「イスカンダル星」が「双子の関係」にあり、「ガミラス本星」が「もはや人の住めない廃墟星」であった、というのも興味深かったです。要するに「ガミラス本星」は「地球のひとつの未来」でもあったのです。もっと言えば［ガミラス本星＝地球］だったのです。――10代の頃に比べて、筆者も少しは「おとな」になれたでしょうか。

要するに「ガミラス星人」は「故国（ガミラス本星）を捨てて、他の惑星に移住した人たち」であり、「ヤマトの乗組員」は「故国（地球）をクリーンアップすることを目標に掲げた人たち」だったわけです。ですが、理想を言えば「放射能除去装置」の技術は［外国人＝イスカンダル星人］に頼るのではなく、自ら開発してもらいたかったです。おそらく「技術」についての「具体的なイメージ」がないために、［外国（他惑星）＝異郷＝他界］が出現するのであり、人類学的な「魔法昔話」の世界観と、とても近似した精神構造であることがわかるのです。「すばらしい他界から、呪物（魔法）を持ち帰る文化英雄」という「魔法昔話の世界観」と。――話がわき道にそれました。

もしもあの映画（宇宙戦艦ヤマト）をアメリカ人が見たとし

たら、中国人が見たとしたら、あるいはドイツ人が見たとしたら、どう思うだろう……。それはともあれ――。

『永遠の０（ゼロ）』は小説（フィクション）なので、[架空＝神話]だからどうのと言われる筋合いのものではありません。確かに、「特攻作戦」は「自爆テロ」と変わらないかもしれません（※７）。あるいは、彼ら（特攻戦士）は「洗脳」されていたのかもしれません。それでも彼らの「国を思う気持ち」や「家族を思う気持ち」に嘘偽りはなかったと思います。『椿姫』との関連で言えば、「特攻隊」と聞いただけで拒否反応を示すというのは、「娼婦」と聞いただけで「悪女」と決めつけるのと、何ら変わりません。完璧ではなかった社会制度の中で、精一杯生きた若者たち。その「汚れなき魂」に思いを寄せるのが、「あの作品」の正しい読み方ではないでしょうか。

※７　この「特攻作戦は自爆テロと同じ」という主張は、百田氏がこの小説を書こうと思い立った動機のひとつのようでもあります。というのも、作中の重要人物のひとり、新聞記者の高山隆二が、そのような主張の持ち主だったからです。さまざまな主張が交錯し、読者を「考えさせる」のが小説のひとつの使命であり、特定の主張へ読者を誘導するのは「二流小説」だと思います。その意味において、宮崎氏の発言は、読者をやや侮辱していると言えます。ひとつ確認すべきなのは、「零戦（ゼロせん）で誇りを持とう」というのは、未来の戦争（これも可能性としては、とても

低いのですが）において、「特攻作戦」がくり返されるという意味ではない、ということです。あくまでも零戦の「技術」に誇りを持とうという意味だと思います。

筆者の立場は以下の通りです。「自虐史観」が「絶対的な誤りではない」という主張（従来の、やや左寄りの歴史観）は、「自虐史観」が「絶対的な正解でもない」という主張（昨今の、やや右寄りの歴史観）と、表裏一体である、と。要するに、「絶対」が「相対」に変質し、国民ひとりひとりが「考えること」を要求される時代になった、ということです。

ところで、宮崎駿監督と言えば、アニメ映画『風立ちぬ』（劇場公開は2013年7月）の制作者ではなかったでしょうか。よく知られているように、『風立ちぬ』は零戦（ゼロせん＝ゼロ式戦闘機）を開発・設計した航空技師、堀越二郎を主人公とした物語です。

【インターネットより転載】

もちろん、自身（宮崎駿。引用者注）が『風立ちぬ』で基にした零戦設計者・堀越二郎の戦争責任についても言及。堀越の著書である『零戦』は共著であり、もう一人の執筆者が太平洋戦争で航空参謀だった奥宮正武だったことから「堀越さんは、自分ではそういうものを書くつもりはなかったけど、説得されて、歴史的な資料として残しておいたほうがいいんじゃないかっていうことで、書いたんだと思うんですけど」と前置きし、「堀越さんの書いた文章っていうのは、いろんなとこに配慮しなきゃいけないから、本当のことは書かないんだけど、戦争責任はあるようだけれども自分にはないと思うって書いています。面白いでしょう？　僕はこの人は本当にそういうふうに思った人だと思います」と弁護。

■ 解説

難解ですが、こういうことでしょうか。堀越氏の著書『零戦』に書かれている「堀越氏の意見」の多くは、堀越氏の真意ではないと解釈すべきであり、その「法則」に則（のっと）って「自分（堀越）には（戦争責任は）ないと思う」を意訳すれば、それはつまり「自分（堀越）には戦争責任はあると思う」という意味である。

残念ながら、筆者は同意できません。「技術」に罪はないのです。その技術を「何に使うか」を決定し、命令する、「神輿（みこし）の上の人たち」に責任があるのです。早い話が、戦闘機の技術も、旅客機の技術も、同じでしょう。「娼婦」にしても、娼婦の技術と、接客業（飲食業、旅館業、小売業など）、営業職、もっと言えば、教職や医療・介護職、保育等の技術も、その根本は同じなのではないでしょうか。言わば「人を愛する技術」です。はやりのことばを使えば「おもてなしの技術」でしょうか。

要するに「兵士」も「娼婦」も「人間」であり、「情の深い兵士」「情の深い娼婦」は存在したということです。筆者はスタジオジブリ作品のファンではありますが、この［百田 vs 宮崎］論争においては、百田氏に加勢せずにはいられません。

百歩譲って、堀越氏が「自分には戦争責任がある」と思っていたとしても、彼に向かって「そんなことはないよ。そんなに思い詰めることはないよ」と呼びかけることはできます。人間の美しさは「悔いている人を赦すこと」であり、「悔いている人を責め立てること」ではないのです。

（c）Nisei たちの戦争～日系人部隊の記録～

先日、ＮＨＫの「クローズアップ現代」を見ていたところ、衝撃的な内容と出くわしました。「Nisei たちの戦争～日系人部隊の記録～」です（2015 年 5 月 13 日放送）。

山崎豊子『二つの祖国』でも描かれているように、アメリカ西海岸（ロサンゼルスなど）に移住した日本人たちは、人種差別に苦しみながら、「アメリカ人」として認めてもらおうと、懸命に働いていました。ところが「二世たち」が 10 代になったころ、大日本帝国の艦隊がハワイの真珠湾を攻撃し（1941 年 12 月）、第二次世界大戦が始まります。アメリカ当局は「日系移民」たちが「大日本帝国」のスパイになることを恐れ、彼らを収容所送りにします（1942 年）。こうして「日系移民」たちは、仕事も財産もすべて失います。

ここまでは、すでに知られていることです。今回、衝撃的だったのは、ここから先です。

アメリカ当局は「二世たち」に、アメリカ軍に入隊することを命じます。彼らはヨーロッパ戦線に送られ、最も危険な任務を遂行させられました。敵がどこに潜んでいるかわからない恐怖の森、山の上から狙い撃ちされるのを覚悟の上で崖を登る極限の進軍。その部隊、442部隊は、死亡・傷害率が他の部隊の5倍もあり、ある歴史家によれば、「二世たちは消耗品だった」との見方もなされています。

実際、ドイツ軍に包囲された米兵（白人部隊。テキサス大隊275人）を救出せよ、という作戦では、救出に向かった日系兵900人のうち、200人が死亡し、600人が負傷するという苛酷なものでした。要するに、日系兵たちは「捨て石」だったのです。

しかし、生き残った日系部隊の元兵士たちは、そのような苦しかった経験を戦後も語ることなく、胸に秘めたままでした。終戦後40年以上たった1988年、レーガン大統領はようやく「日系人収容所」の非を認め、公式に謝罪しました。すでに、三世、四世の時代になっていました。

現在、「二世」の元兵士たちは、90歳を越えています。彼らはようやく自身の経験を語り始め、記録が残され始めています。彼らの尊い「犠牲」によって、アメリカの日系人たちは、その存在を認められたとも言えます。

アメリカ建国の精神は「働かざる者、食うべからず」です。アメリカにとって「役に立つ者」はアメリカ人として認められるが、「役に立たない者」はアメリカ人として認められない。要するに「条件付きの愛」です。

賛否両論あると思います。ですが、これは「ひとつの考え方」として理解する必要があります。

実は筆者は学校の生徒だったころ、運動が極端に苦手でした。運動会はいつも憂うつでした。結局、どの競技に参加しても、クラスの成績に貢献できないのです。私のような「マイノリティー」は「マジョリティー」の迷惑にならないように、隅っこのほうで小さくなっているのが「正しい」のだ。私は本気でそう思っていました。そして納得していました。そこには何の不満も、怒りもありませんでした。

その代わり、「マイノリティー」には「マイノリティー」の人生の楽しみ方がある、と考えていました。それは「想像する」ことでした。「マイノリティー」には「マイノリティー」の生き方がある。「マイノリティー」が「マジョリティー」と同じ土俵で競い合ったところで苦しいだけ。

ずいぶんと、ひねくれた子どもでした。そして、ふと気がつきました。「あの思想」は今も続いている、と。なぜなら［マイノリティー＝自費出版］［マジョリティー＝商業出版］だからです。それはともあれ――。

日系兵について、インターネットでさらに調べたところ、また興味深いことがわかりました。

【インターネットから転載】
1944年1月以降、収容所の日系2世は徴兵の対象となった。敵性分子とののしられながらも、日系人の若者の中には、アメリカに忠誠を誓って志願兵となって出兵する者も多くいた。戦時収容局は、17歳以上の全ての日本人や日系2世に対し、忠誠登録を実施した。その質問表の中に「自ら進んでアメリカ陸軍の戦闘任務に就くかどうか」と、「アメリカに絶対の忠誠を誓い、外国の武力からアメリカを守るか、また日本の天皇などに対する忠誠を拒否するか」があった。
これは、日本人の血が流れている身としては、つらいものがあり、そう簡単にYes と言えない内容である。鉄条網の中に囲い込んでおいて、何をかいわんや、である。江戸時代の隠れキリシタンを調べる踏み絵のようなものである。
ある者は、苦しんだ挙句Yes と答え徴兵されたり、ある者は、No と答えアメリカに忠誠がないとされ（2つともNo と答えた者は「No,No,Boy」と言われた。原注）、さらに奥地の砂漠にある収容所に送られたりした。

■ 解説

引用させていただいて何ですが、引用文中の「鉄条網の中に囲い込んでおいて、何をかいわんや、である」という言い方は、少しおかしいと思います。要するにアメリカは、当初、日系人全員を「忠誠なし」と判断して収容所送りにしましたが、その後、「忠誠登録」というふるいにかけることで、「イエス」と答えた者からは、「忠誠なし」のレッテルを剥がしたということでしょう。

いや、これをもう少し「心理学的に」解釈できないでしょうか。たとえば「ノー、ノー、ボーイ」たちは最初に貼られた「忠誠なし」のレッテルそのものに反発していた、とか。

筆者の「自由連想」が動き出しました。筆者が最初の出版社（A社）から貼られたレッテルが「この作家は、どうせ１冊しか書かない」でした（※８）。筆者はそれに反発し、出版社を乗り換えて、２冊目以降を出版しました。「２冊目以降」は、言わば「意地」であり、筆者は「最初のレッテル」を、自力で剥がしたのです。

※８ もう少し正確に言えば「1冊しか書かない著者など、口を持たない死者に等しい」でしょうか。おそらくその編集者は「自分の仕事」が好きではなかったのでしょう。そんな仕事なら、さっさとやめればいいのに、などと思うのは無責任でしょうか。「やめたくてもやめられない嫌いな仕事」とどう折り合いをつけるのか。そういうストレスは「日々の晩酌」で解消してください。「顧客（著者）に八つ当たり」するのは筋違いです。

結果論としては、「神ならぬ編集者」に、その作家がこの先「何冊書くのか」は見えなかったということです。たとえ「1冊しか書かない著者」が「9割」だったとしても、自分の担当した作家が「9割」のほうなのか「残りの1割」なのかはわからないでしょう。
ですから「仕事はがまんしてでも笑顔で」が正解です。「スマイル・ゼロ円」なのに、その「ゼロ円」を惜しんだというのは、「プロ意識が足りない」と言われても仕方がないのではないでしょうか。
ですが、なぜ筆者はこの問題について、くり返しくり返し悩まされるのでしょう。おそらく筆者は「上記の答え」に満足していないのです。
「1冊しか書かない著者」、それはつまり「殴られても殴り返さない人」ではないでしょうか。これに対し、筆者は「殴り返した」のです。逆に言えば、もしも[殴られなければ＝意地悪をされなければ]、筆者も「1冊で終わっていた」のです。筆者は彼（A社の編集者）を「変わりダネの援助者」と呼んだことがあります。プロップのことばで言えば「偽りの主人公」、もう少し広げた分類名は「トリックスター」です。
この存在（トリックスター）がいなければ、物語は先へ進んで行かないのです。「殴る」のもお約束なら、「殴り返す」のもお約束なのでしょうか。「怒り」も「憎しみ」も、結局は「感謝」と同義なのでしょうか。

さらに、「なぜ『1冊しか書かない作家』は敬意を払われないのか」とか、「顧客（＝著者）を満足させない商業活動が許されていいのか」といった問題提起とも、順次闘ってきました。

その結果、筆者は「A社」を許せたでしょうか？　許せていません。自身にとって「不本意なレッテル」を「貼られた」というだけで、筆者はずーっと怒っているのです。それにもかかわらず、筆者は上記の「ノー、ノー、ボーイ」を「女々しい」などと、内心、軽蔑しているのです。これは大いなる矛盾ではないでしょうか。

論点を整理してみましょう。

①「ノー、ノー、ボーイ」の論理

・自分はアメリカに忠誠を誓っていた。

・それにもかかわらず、アメリカはそれを否定した（「忠誠なし」のレッテルを貼り、収容所送りにした）。

・ならば上等だ。アメリカの「レッテル」通りに、「忠誠なし」になってやる。

②徴兵に応じた「2世たち」の論理

・自分はアメリカに忠誠を誓っていた。

・それにもかかわらず、アメリカはそれを否定した（「忠誠なし」のレッテルを貼り、収容所送りにした）。

・その後、アメリカは「従軍」を条件に、前記の「レッテル」を剥がしてやろうと交渉してきた。

・この好機を利用しない手はない。これでようやく最初の想い（自分はアメリカに忠誠を誓っていた）を認めてもらえる。

③筆者の論理

・筆者は出版社Ａに原稿を送った時、Ａ社から敬意を払ってもらえると思った。

・それにもかかわらず、Ａ社は筆者に敬意を払わなかった。どうやら「Ａ社の論理」は「１冊しか書かない作家に価値はない」というもののようだ。

・筆者はそれに反発し、「２冊目以降」を書いた。

・筆者は「１冊しか書かない作家」ではなかったので、「Ａ社の論理」において「価値のない作家」ではないはずだ。

・その前提の上で、筆者はＡ社と同等の発言権を持つ者として、Ａ社に抗議する。「１冊しか書かない作家に価値はない」という論理はおかしい、と。

上記の③は、あくまでも「ひとつの仮説」です。本題にもどりますと、やはり筆者は、②徴兵に応じた「２世たち」の論理のほうが「建設的」だと判断します。

「移民」というのは、何らかの事情で「祖国を捨てた人たち」です。少なくとも「１世」はそうです。そういう人たちが［第二の祖国＝アメリカ］に忠誠を誓うのは、ある意味、当然です。もしも「ノー、ノー、ボーイ」が、本当に「アメリカに忠誠を誓えない」のであれば、彼らは「日本に帰るべき」です。彼らの[帰るべき祖国＝日本]は現存します（※９）。かつての「ユダヤ人」とは条件が違います。アメリカは、そういう点では、とてもシビアです。

※９　この「構造」は、在日朝鮮人、在日韓国人についても適用できます。「第二の祖国」に忠誠を誓えないのであれば、「第一の祖国」に帰ればいい、というものです。同様に、アフリカに「リベリア（字義は「自由」）」という国がありますが、あの国は、アメリカに奴隷として強制的に連れて来られた黒人たちが、「自由を獲得する」という信念とともに建国されたと筆者は理解しております（建国は 1847 年）が、残念なことに、20 世紀末に二度の内戦が勃発し「西アフリカ最悪の紛争地域」となってしまいました。ともあれ、「権利」と「義務」は背中合わせ、というのがアメリカ人の哲学のようです。

要するに「徴兵に応じた２世たち」は[自身を『１世』と同化させた人たち＝アメリカを『祖国』に選んだのは、自分の意思だ]であり、[応じなかった２世たち＝ノー、ノー、ボーイ]は[自身を『１世』と峻別（しゅんべつ）した人たち＝アメリカを『祖国』に選んだのは、自分の意思ではない]だったのでしょう。彼ら（ノー、ノー、ボーイ）は、あたかも「継母（アメリカ）に虐待され、実母（日本）にこだわる継子（ままこ）のように」反発してしまったのでしょうか。それはともあれ――。

実際、筆者は完璧な「日本人」ですが（厳密には「帰国子女」ですが）、日系兵たちがヨーロッパ戦線で、日本の同盟国（ドイツ・イタリア）相手に戦ったという話を聞いても、怒りを感じません。ただし、彼らが「東アジア戦線」に配属されていたら、よくわかりません。彼らを「東アジア戦線」に配属しなかったのは、アメリカの「武士の情け」だったのでしょうか。

それはともあれ――。

実は筆者も、1年ほどアメリカの中学校で学んだことがあります。要するに、筆者の「マイノリティー体験」の原点は、「海外子女だった過去」にあったというわけです。

確か、月曜日の1時間目の授業の前に、「国旗に敬礼」という儀式がありました。授業前、3分間の儀式です。生徒全員が起立し、教室の隅に掲げられている、アメリカ国旗に敬礼するのです。あの「右手を左胸に当てる」例の「敬礼」です。

I pledge allegiance to the flag of United States of America, and to the Republic for which it stands.

（私は、アメリカ国旗と、それが象徴する共和国に忠誠を誓います）

One nation under God individual with liberty and justice for all.

最後の文の意味はよくわかりません。「この国は、神の下（もと）に、全国民に自由と正義を分け与える点において、特筆すべき国である」かな？　あるいは「individual」の第一義は「分割不能」なので、南北戦争の悲劇を念頭に置いているのかもしれません。だとすれば、翻訳はこうなります。「私が忠誠を誓う国、それは、神の下に、全国民に自由と正義を分け与え、分割不能の国（もうひとつの意訳＝不滅の国）である」。それはともあれ――。

筆者はその当時、中学２年生でしたが、この「儀式」に、特に抵抗はありませんでした。自分は今、アメリカで暮らしていて、アメリカの食材を口にしている。アメリカの空気を吸っている。アメリカの学校に通い、アメリカの警察に守られている。だから、アメリカに忠誠を誓うのは当然だ。

ということは、振り出しにもどり、世界のどこで暮らしても、自らのアイデンティティーを手放さないユダヤ人とイスラム教徒は、通常の「ロジック」が通用しない、「困った人たち」なのでしょうか。

確かに、３世になっても、４世になっても、日系人の「顔立ち」は変わりません。そのために、結局「見えない差別」が未来永劫続くのなら、いっそ、アイデンティティーを保ち続けたほうが得、という考え方もあるのかもしれません。言わば「アイデンティティー」は「溺れた時の浮輪」です。

ここで、もう一度『宇宙戦艦ヤマト』です。

ガミラス星人は「故国を捨てて」「新天地を目指した」人た

ちです。要するに、「日本を捨てて」「アメリカに移住した」人たち、あるいは、「ヨーロッパを捨てて」「アメリカに移住した」人たち、「ドイツを捨てて」「アメリカに移住した」ユダヤ人たち、などです。

これに対し、戦艦ヤマトの乗組員は「故国の傷を癒やすために」「できる限りの努力をした」人たち、です。

どちらが「正しい」という問題ではありません。それぞれに言い分があり、それぞれにメリット・デメリットがあります。

ＮＨＫ朝の連続テレビ小説『まれ』(2015年度前期)。あのドラマの中に、興味深い表現がありました。人間には「風の人」と「土の人」がある、と。「風の人」というのは、町から村へ、あるいは村から町へ、さまよい歩く人のことで、ヒロインである「まれ」の家族がそうです。あるいは、東京でのモデルデビューを夢見る「いち子」がそうです。

これに対し「土の人」とは、その土地に根を下ろしどこへも行かない人です。主人公(まれ)に思いを寄せる純朴な青年「けいた」がそうです。あるいは、無口で謎めいた同級生「みのり」がそうです。

アニメ『宇宙戦艦ヤマト』と比較しますと、[ガミラス星人＝風の人][ヤマトの乗組員＝土の人]でしょうか。もっとも[ヤマト]は「イスカンダル星」を目指して「旅をする」のですから、狭義の「土の人」とも、また違うのかもしれません。あるいは、『まれ』のヒロインも、能登から横浜へ、パティシエ（ケーキ職人）の修業に出て、おそらく最後はまた[ふるさと＝能登]へ帰るのだろうと予想されますので、あえて名づけるとすれば「鮭の人」（※10）でしょうか。「♪志（こころざし）を果たして　いつの日にか帰らん　山は青きふるさと　水は清きふるさと」（唱歌「故郷」より）。それはともあれ――。

※10 いわゆるドイツの「教養小説」の根底にあるのは、この「職人の旅」だとされています。ドイツには「職人に敬意を払う」伝統があり、「職人の旅」を崇高なものと考える風土があるようです。そういったドイツの精神的風土は、日本と似ていると思います。その結果、両国ともに「ものづくりの国」として発展していったのでしょう。

筆者と「出版社」との関係で考えますと、筆者は「風の人」であり、「ガミラス星人」でした。筆者は[最初の出版社＝A社]に納得がいかず、そこを飛び出しました。

これに対し、「土の人」はどうかと言いますと、[A社]と徹底的に話し合い、自分の意見を伝え、ある時は妥協し、ある時は主張して、最終的には[A社]を、自分好みの環境に変えていく、というスタイルでしょう。

くり返しますが、「どちらが正しい」という問題ではありません。

再び「移民」です。移民を「受け入れる側」からすれば、「選べる」わけです。ですから、できれば「才能のある人」「役立つ人」を求める、というのは自然です。

これも筆者と「出版社」との関係で考えますと、どうも「A社」は「完成した作家を引き抜く」タイプの出版社でした。「海のものとも、山のものともわからない新人」を「一から育てる」というタイプではありませんでした。要するに「出版社」にも[風の出版社＝引き抜くタイプ][土の出版社＝育てるタイプ]があるようです。そして筆者は「A社」が[風のタイプ]だったことに腹を立て、自身も[風のタイプ]として行動した、ということになります。

①「ノー、ノー、ボーイ」の論理

・自分はアメリカに忠誠を誓っていた。

・それにもかかわらず、アメリカはそれを否定した(「忠誠なし」のレッテルを貼り、収容所送りにした)。

・ならば上等だ。アメリカの「レッテル」の通り、「忠誠なし」になってやる。

④筆者の論理・その２

・筆者はまだ「卵」であり、年長者の「指導」を必要としていた。

・Ａ社は[土＝育てること]よりも[風＝引き抜くこと]を優先し、手のかかる「卵」ならいらない、という態度だった。

・ならば上等だ。筆者も［風］になり、出版社を次々と渡り歩いてやる。

人間関係は「鏡」ですね。

最後の最後に、「特攻作戦」と「自爆テロ」の違いについて。

これまた「天の配剤」か、筆者はまた、大変興味深い本を読むことができました。「スアド」という名前（ただし、これは偽名のようです）のシスヨルダン（イスラエル占領下のヨルダン？）人女性によるドキュメンタリー『生きながら火に焼かれて』（ヴィレッジブックス）です。この本を読むと、イスラム文化圏の男性が、全員ではないにしろ、女性を「家畜以下」にしか扱わないことがわかります。『永遠の０（ゼロ）』に登場する特攻隊員、宮部久蔵には、妻子を思いやる心がありました。たとえ「フィクション」でも、これは「根拠のあるフィクション」です。すべての人間関係の基本は「家族」だと思います。「女がひとり消えた（殺害された、の意。引用者注）からといって、誰が気にするだろう」というイスラム文化圏と比較して、日本の「家族関係」は一歩だけ、文明的だったと思います。

純粋に学問的に述べれば、「特攻作戦」の標的が［軍艦＝軍事施設＋軍人］だったのに対し、「自爆テロ」の標的は［民間人＋民間施設］というのが看過できない違いだということです。その意味においては［空爆＝東京・広島・長崎など］［上陸＋進軍＝沖縄戦］のほうが、より「自爆テロ」に近い、という考え方もあるようです。

ですが、「攻撃者が死ぬことを前提にした攻撃」というのは、やはり衝撃的であり、「特攻作戦」は「二度とくり返してはいけない戦法」だとは思います。

B. ヴェーバー。最後の４カ月

【カルル・マリア・フォン・ヴェーバー】

1786 ～ 1826 年。享年 39 歳。死因、結核による呼吸器不全。死亡地、ロンドン。

ドレスデン宮廷のドイツオペラ楽団の楽長として、ドイツオペラ（※１）の地位向上に努めました。ヴォルフガング・アマデウス・モーツァルトによるドイツオペラ（『魔笛』）の伝統を継承し、自らの『魔弾の射手』（ドイツオペラ）によってドイツ・ロマン派のオペラ様式を完成、そしてリヒャルト・ワーグナー（代表作『ニーベルングの指環』『タンホイザー』『ローエングリン』など）へと流れを導いた作曲家として重要です。

※１［ドイツオペラ］。オペラの発祥地はイタリアであり、それまでは、ドイツ人の作曲家によるオペラであっても、イタリア語の台詞（せりふ）と歌詞によって進行するのが普通でした。「ドイツオペラ」とは、台詞と歌詞がドイツ語であると同時に、物語の舞台がドイツであることが重要です。この運動は、ドイツ人の郷土愛や、民族意識の向上に寄与しました。ある意味、「ドイツオペラ」と「グリム童話」は、車の両輪だったと言えます。ドイツオペラの頂点は言うまでもなく「ワーグナー」ですが、その先駆者である「モーツァルト」と「ヴェーバー」を無視することはでき

ません。彼らは言わば「ドイツオペラ三兄弟」だったのでしょう。

代表作、オペラ『魔弾の射手』『オベロン』、器楽曲『舞踏への招待』など。

結核に罹患したのは、27歳のころと推定されます。生い立ちは以下の通り。

父親は＜ヴェーバー劇団＞の団長、母親は歌手で、旅から旅の生活でした。父フランツ・ヴェーバーの兄フリードリンの娘コンスタンツェは、人気作曲家のモーツァルト（1756～1791年）と結婚しました。息子の音楽的才能に気づいた父親が、第二のモーツァルトにするべく天才教育をほどこしたのは、当然のなりゆきでした。

息子も、それに応え、ピアニスト、指揮者としていくつかの宮廷を経た後、30歳でドレスデン宮廷楽長になります。終生その地位にあり、信念を持って音楽改革（ドイツオペラの地位向上）に取り組みました。

30歳を過ぎてから、長い求婚期間を経て、8歳下のカロリーネと結婚し子どもを2人授かります。この物語は、彼カルル・マリア・フォン・ヴェーバーの「愛の物語」です。

なお、ヴェーバーの最初の喀血は、1821年7月、34歳のときでした。出世作『魔弾の射手』の初演（1821年6月18日。ベルリン王立劇場）の1カ月後でした。

病の進行（引用・その1）

激務をぬって、（『魔弾の射手』成功の。引用者加筆）二年後（1823年。引用者注）には、ウィーンからの注文作『オイリアンテ』を完成させた。大歓声とともに迎えられ、面目（めんぼく）をほどこす。

しかしこのころから、傍目（はため）にもわかるほど、病状は重くなっている。ヴェーバーの愛弟子（まなでし）で、同居していたベネディクトがこう書き記す、「彼（ヴェーバー。引用者注）はここ数週間で、十歳も老けたようにみえる（……）おちくぼんだ目、無気力、渇いた消耗（しょうもう）性の咳。危険な健康状態なのに、これまでどおり、几帳面（きちょうめん）に公務をこなしている」と。

さすがのヴェーバーも、これ以上はもう無理だった。楽長の仕事を休み、マリーエンバート（マリーエン温泉、の意。引用者注）へ長期療養に出かける。その甲斐（かい）あって、体調は少し持ち直した。だがドレスデンへもどると、彼はまた同じ仕事量をこなそうとする。

一年以上創作活動から離れ、焦燥感を覚えていたこともあるが、理由はそれだけではない。いや、むしろ、これまでとはまったく別の理由から、彼はがむしゃらに働く必要にかられた。名声はもういい。十分得た。ドイツオペラ発展への努力ももういい。道筋はつけた。これからは他の人間が引き継ぐことだ。今後は、自分だけを頼りにする者たちのため、愛する家族のため、仕事をしなければならない。

世の中の仕組みは依然(いぜん)として、音楽家が恵まれないようになっていた。ヴェーバーも、知名度に見合う収入はなかった。おまけに治療費がかさみ、家計は不安定だ。子どももふたりできた。大黒柱(だいこくばしら)の自分に、万が一のことがあれば……。

彼が何よりも一番大事にしたのは家族だった。長い求婚期間を経て、八歳下のカロリーネと結婚したのは、三十を越えてからである。彼女は歌手だったが、ヴェーバーの第一印象のとおり——「幸せな家庭を与えてくれるため、生まれてきた少女だ」——ぬくもりある家庭の、中心となってくれている。自分にもしものことがあっても、妻子を迷わせることだけはあってはならない。

イギリスから、新たな仕事の依頼が来たのは、そんなころである。英語による新作オペラを一本作ること、『魔弾の射手』英語版を作ること、そしてそれらをロンドンのコヴェントリーガーデン劇場で指揮すること、と。報酬は莫大(ばくだい)だった。ドイツに比べ、イギリスは経済的にはるかに豊かで、自らは生産することなく、盛大にオペラを消費していた。ヴェーバーは迷った末、周りの反対をおしきって引き受ける。

一年近く、英語オペラ『オベロン』(※2)に取り組んだ。その間も、まじめな彼は英会話のレッスンを受け、呆(あき)れたことに宮廷楽長の仕事も続けていた。毎日の散歩さえ禁止され、階段を駆け上がったばかりのように、いつでも息を荒くしていたというのに。

※２「オベロン」は、シェイクスピアの喜劇『真夏の夜の夢』に登場する「妖精の王」の名前だと思います。(引用者注)

一八二六年、二月。いよいよ出発が決まった。医者はそのときになっても、しつこく忠告した。イタリアの温かい気候なら六年はもつけれど、冬のイギリスでは数カ月、場合によっては数週間しかもたない、やめるように、と。

言われるまでもないことだった。ヴェーバー自身、こんな手紙を書いている。「親愛なる友よ。イギリスでは、大金を稼いでこようと思う。家族に残すためのね。ロンドンへは死にに行くようなものだが、妻には何も言わないでほしい」

妻を心配させない——それが最後の最後まで、彼が気にかけたことだった。

しかしカロリーネは、夫の痩せた身体を乗せた馬車が、ついに砂埃(すなぼこり)の向こうへ見えなくなるまで立ちつくし、泣き続けた。「夫の柩(ひつぎ)が音たてて閉まるのを聞きました」と、後に彼女は語っている。

(『愛と裏切りの作曲家たち』P55)

大都市ロンドン（引用・その２）

ヴェーバーは旅先から、ほぼ毎日のように妻へ手紙を出している。元気なときには長めの、不調なときには震える筆跡(ひっせき)で、短いのを。

（中略）

当時、ベルリンの人口が二〇万足らずだったことを思えば、一〇〇万都市ロンドンが、いかに巨大であったか。ここには富が集まっていた。当然、各国から芸術家たちも集まっていた。いわば芸術の黄金時代に、このイギリスの首都はあった。ヴェーバーが約束された報酬は、『オベロン』作曲料五〇〇ポンド、四回の指揮に二二五ポンドだった。他に、夜会（やかい）へ出席するたび三〇ギニー、歌曲をひとつ作っても、同じだけもらうことになっていた。

「マダム・クーツ邸で、夜会。数曲伴奏し、イギリス国歌の即興（そっきょう）演奏もした。で、三〇ギニー、つまり二一〇ターラー稼いだよ。こんなことが、ドイツでも他の国でもできると思うかい？」と、うれしそうに書くヴェーバー。「気持ちよい時を過ごし、十二時には寝た」——しかしひどい咳の発作が起こったことは、内緒にしておく。

（以下略）

（『愛と裏切りの作曲家たち』P58）

チャリティコンサート（引用・その3）

『オベロン』初演（1826年4月。引用者注）。「完璧な勝利」だった。観客は総立ちになり、ヴェーバーは幾度もカーテンコールに呼び出された。

翌日、妻に報告する。「今朝は、疲れきっているけれど、あのような勝利のあとなので気分はいい」。しかし同じ日の日記には、短くこう記されている。「きわめて不快」

カロリーネが病状を心配する手紙をよこすので、ヴェーバーは努(つと)めて元気に見せかけようと決意していた。それでもときどき、ふっと本音が漏(も)れる。「芸術には飽き飽きした。仕立屋として暮らし、日曜日には休み、丈夫な胃と朗(ほが)らかで安らかな気分が持てれば、それに勝る喜びはない」

彼は不安で孤独だった。どんより曇ったロンドンの空にはうんざりだし、度重なる夜会も苦痛なだけだ。仕事に追われる毎日でも、ドレスデンには家族がいて、肉体の苦痛をやわらげられた。ここには愛する妻子がいない。それが欠けていれば、世界は欠けている。

だが、その選択をしたのは自分だった。それがまちがいとは思いたくない。死までの短い時を、妻子のそばで過ごすより、できる限り働いて、十分な金銭を残してやるほうを選んだ。それがヴェーバーなりの、最大の愛情表現であったから。

（中略）

ヴェーバーの五月二十六日のコンサートは、人気作曲家の失敗例として知られることになる。敗因のひとつは、不運が重なった点。この日はエプソムのダービー競馬があり、さらに豪雨だった。しかしほんとうの理由、それは相も変わらず、音楽家の地位の低さにあったと言えよう。チャリティコンサートの客は、そのチケットの高さからいって、とうぜん富裕階級の人々である。作曲家は当時の慣習として、いちいち招待券を持って彼らの屋敷を回らねばならなかった。服を着るのさえ一時間半もかかり、人に支えられてしか出歩けなくなっていたヴェーバーに、それはもはや不可能だったのだ。

損失をこうむった彼は、六月初めにもう一度コンサートを開き、今度こそ大金を得て家へ帰ろうと決める。「神の御心(みこころ)があれば、六月十二日にここを発(た)つ。神よ、もう少しだけ力をお与えください！」

望郷の念は抑えがたくなっていた。死は覚悟しているが、せめてやはり家で死にたい。一目でいいから、今いちど妻子に会いたいと。

（『愛と裏切りの作曲家たち』P61）

「たくさんの美しいバラ」（引用・その４）

ヴェーバーは半ば死んだような状態で、なお働いていた。コンサート用の新曲作り、指揮、リハーサル、夜会めぐり。愛する家族に、どれだけ多く残してやれるか、ほとんどそればかり考えている。毎日がそのための闘いだ。

結婚前、彼はカロリーネにこんな手紙を書いたことがある。「君がぼくの人生に編みこんでくれた、たくさんの美しいバラをありがとう」。それからもう十年以上たつのに、妻に対する彼の愛情は深まる一方だった。

彼女を悲しませたくない。彼女をかばって、必死に元気を装い続ける。「安心してほしい。心配はいらない。何のやましさもなしにそう言える」「ハイキングに出かけた。新鮮な空気で生き返った」「気分爽快」「テムズ川を遊覧したよ。限りない生の息吹と喜びを与えられた」

だが彼の日記が伝える、残酷な現実はこうだ。「刺すような胸の痛み」「二度もひどい痙攣」「食欲なし。夕方、青酸の蒸気を吸入」「急に熱が出る」「高熱と呼吸困難」「絶望的な喘息発作。ああ、神よ！」「ぼくはもう、壊れた機械だ」

男女の愛情表現の差を、しみじみ感ぜずにはいられない。おそらくこんな愛し方をする女性は、めったにいないのではないか。ヴェーバーが示したやさしさは、男性にしかできない、あるいは真の男性だからこそできた行為であったろう。もし自分が彼の妻なら、真実を語ってほしかったのに、と思う女性もいるはずだが、それでもなお、ヴェーバーのこの愛の深さ、大きさに胸打たれない者がいるだろうか。

六月五日早朝、来客があった。召使いがヴェーバーの寝室のドアをノックしたが、応答がない。鍵をこじあけて入ると、彼は左手に頭をのせたまま、まるで眠っているように穏やかな表情で息絶えていた。死後五、六時間と診断された。身辺はきちんと整理され、召使いへの心付けも、封筒に用意されていた。

四十年足らずの生涯のうち、ゆうに十二年は病床にあった彼、ヴェーバーの最後の手紙は、この二日前に投函されている。もちろん、最愛の妻へだ。「いとしい不平屋さん、この前の手紙は、とてもうれしかった。君たちが元気でいるとわかり、何という幸福！（……）ペイトン（有名なソプラノ歌手。原注）のコンサートの指揮をして、思ったよりうまくいった。一〇〇ポンドほど余ったよ（……）君たちは楽しく暮らしているようだね。お客が毎日来るって。結構なことだ。家に帰ったら、手伝ってあげるよ。もしかしたら、二、三日早く帰れるかもしれない（……）神が君たちみんなを祝福し、健康をお与えくださいますよう。君たちといっしょにいられたらいいのに。心からのキスをおくります。いとしい君。ぼくへの愛を守り、明るい気持ちで、ぼくのことを考えておくれ」

（『愛と裏切りの作曲家たち』P64）

■ 解説

中野京子の名文、名訳に、敬意を表します。

C. 新しすぎて失敗した（ビゼー）

【ジョルジュ・ビゼー】

フランスの作曲家。1838 ～ 1875 年。

彼は、その短い生涯（享年 36 歳）の中で、オペラを 15 作制作しましたが、初めの 14 作まではすべて空振りでした（※１）。満を持して作曲した 15 作目『カルメン』も、初演（1875 年３月）は不評でした。ビゼーはうつになり、田舎にひきこもります。初演から３カ月後の６月３日、奇しくも『カルメン』第 33 回目の上演が行われていた夜でしたが、パリのオペラ・コミック座宛てに一通の電報が届きました。「世ニモ恐ロシキ災イ、ワガ不運ナルびぜー死ス」。関係者の多くが「自殺」を疑いました。しかしビゼーの死因は、ストレスによる心臓発作だったようです。

※１　ただし、ビゼー作曲のオペラ『美しきパースの娘』（1866 年）の劇中歌『小さな木の実』、劇付属音楽『アルルの女』（1872 年）などは名曲とされます。

自殺かもしれない……（引用・その１）

誰もが知っている人気オペラだからといって、必ずしも初演時から正しく評価されたものばかりとは限らない。

むしろ傑作というのは、往々にしてその時代にあっては革新的すぎることが多く、聴衆の反発を買いやすい。ヴェルディの『椿姫』しかり、プッチーニの『蝶々夫人』しかり。初演はさんざんな失敗を喫している。

ジョルジュ・ビゼーの『カルメン』初演も同じだった。オペラ・コミック座へ一夜の娯楽を求めに来る上品なブルジョワの観客にとって、『カルメン』の世界は、まるでオペラにふさわしくなかった。カルメンが、カスタネット代わりにと皿を割るシーンでは、ひとりの紳士が憤然と席を立ったといわれる。

（中略）

案の定、最後の幕は、冷え冷えとした雰囲気のうちに下ろされた。ビゼーは、心から同情してくれる数人の友人と、力ない握手を交わした。無表情を装ってはいても、どれほど彼が落胆しているか、友人たちにはよくわかった。この作品に自信を持ち、賭けるところのあったのを、知っていたからだ。

劇場を出たビゼーは、夜の明けるまでパリの町を歩き回った。世間の評価を必要以上に気にし、被害妄想の気もあった彼の心に、どんな思いが渦巻いていたことだろう。

しかも打撃はこれだけで終わらない。翌日からは、メディアの容赦ない批判が、これでもかと続く。とうとう鬱状態になり、一時的だが左耳が聞こえなくなった（※２）ほどだ。

※２ これは典型的な「転換性ヒステリー」の症状です。要するに（批判など、これ以上は）「聞きたくない」のです。（引用者注）

これまでの音楽的功績を称（たた）えられ、レジオン・ドヌール勲章を授与されたことも、何の慰めにもならなかった。「パリの空気に毒殺されそうだ」と、田舎へ転地したのが、急死の電報の届く数日前。ビゼー自殺の噂が、あっという間に広まったのも無理はない。

まだ三十六歳。死亡した日（６月３日。引用者注）は、自らの結婚記念日でもあった。

（『愛と裏切りの作曲家たち』P18）

マザコンの優等生（引用・その２）

さかのぼること三年前（1872年。引用者注）、ビゼーはオペラ・コミック座から作曲依頼を受ける。この時点では、まだ台本は決まっていなかったようだ。

妙なことに、誰がメリメの原作（小説『カルメン』。舞台はスペインだが、作者はフランス人で、フランス語文学。引用者注）を題材にしようと言い出したか、よくわかっていない。ビゼー本人が、是非（ぜひ）にと望んだわけでもないらしい。いや、実際はそうだったのに、彼の存在感の薄さのせいで、記憶されていないだけなのだろうか。小肥りで鼻眼鏡をかけた、目立たない教師然とした彼には、カリスマ性のかけらもなかった。

ともかく翌春になると、台本作家たちもビゼーも『カルメン』に取り組んでいた。原作の大幅な手直し(※3)は、ビゼーの考えの反映だったのだろうか。それもはっきりしない。

※3 ジプシー女カルメンに惹かれる、主人公の「ドン・ホセ」を、原作では「悪党」として描いていますが、オペラでは「気が弱く、嫉妬深い男」として描いていることを指しているのでしょうか。中野氏は「オペラ版のドン・ホセ」を、「ビゼー自身の分身」と解釈しています。(引用者注)

ともすると、ビゼー自身には作品に対する確たる思想がなかった、と見られがちだ。それには理由があって、ひとつは彼が、地味なキャラクターだったこと。強烈な自意識で皆を引っ張っていくというより、リハーサルを重ねながら、関係者の希望や意見——これが際限なく多かった!——をできるだけ取り入れ、いやがらず何度も書き直した。それで、妥協ばかりしている(事実、原作にはないミカエラという、いかにも<良い娘(こ)>の創作は劇場側の要求に従ったもの。原注)と見られたのだろう。(以下略)

(『愛と裏切りの作曲家たち』P20)

■ 解説

うーん。身につまされます。要するに「オペラ」は「共同作業」の産物であり、作曲家ひとりのものではないということですね。ちょうどルネサンス時代の絵画が、「工房」という組織によって作り上げられる「工芸品」だったように。それに引き換え、筆者は「編集者」の意見に思いっきり反発し、これではまるで「中二病(ちゅうにびょう)」（※４）みたいではないですか。

※４　いわゆる「中学二年生」は反抗期の真っただ中にあり、周囲にやたらと反発する傾向があるので、インターネットの意見交換などで、周囲にやたらと反発する人のことを「中二病」というようです。

というより、筆者は拙著『王女の押印・後編』において、《カルメン》を取り上げたのですが、当時の筆者の解釈は、以下のようなものでした。つまり、オペラ・コミック座の「オリジナル版」が不評だったので、ウィーン国立歌劇場が「改訂版」を制作し（1875年10月初演）、それがヒットの始まりだった、と。ですが、どうやらそうではなかったようです。「フランス語」を「ドイツ語」に翻訳したものの、台本そのものは「同じ」だった。つまり「同じ筋書き」が「場所」と「時間の経過」によって、「駄作」から「傑作」へ、百八十度反転した、ということです。――また「やらかして」しまいました。

「下品で低俗で、不愉快で平凡で……」（引用・その3）

にもかかわらず『カルメン』は、日がたつにつれてじわじわ人気を上げてくる。フランスでではない。ドイツ語訳によってウィーンで。ハンガリー語訳によってブダペストで。イタリア語訳によってペテルスブルク（現サンクトペテルブルク。引用者注。チャイコフスキーが見て、「十年後には、世界一人気の高いオペラになる」と、さすがの予測をしている。原注）やロンドンで。スウェーデン語によってストックホルムで。さらにはニューヨークやメキシコなど、世界中いたるところで上演され、圧倒的に支持されるようになった。

そしてフランスへもどってくる。同じ作品なのに、もはや不愉快でもなければ卑猥でもなく、ましてや平凡どころではない大傑作として、華々しく再演され、観客の喝采（かっさい）を浴びるのである。

批評家たちはどうしたか。ついこの前、勝手放題に罵（ののし）った批評家連中は？　もちろん、何食わぬ顔して誉（ほ）めそやしていた。

（『愛と裏切りの作曲家たち』P31）

写実主義（引用・その4）

あと数カ月でいい。あと数カ月、ビゼーは長生きするべきだった。そうすれば、『カルメン』の革新性が受け入れられてゆく過程も、自分の名前がオペラ史に刻まれる瞬間も、見届けることができただろう。

時代を見る彼（ビゼー。引用者注）の目は、外れてはいなかった。新しい風が待たれていたのだし、その風が現実直視の風だということは、他の芸術分野が教えてくれていた。写実主義絵画が。（以下略）

（『愛と裏切りの作曲家たち』P32）

■ 解説

要するに、中野氏は、ビゼーのオペラ『カルメン』の価値は「写実主義」にある、とおっしゃっているわけです。専門家のおっしゃることですから、正しいと思いますが、筆者は少し違ったふうに見ています。

筆者の考えでは、『カルメン』の一番の価値は「異国情緒」にあります。そして、この要素（異国情緒）は、古典主義、ロマン主義の時代にも存在しましたが、写実主義において、より強く、より前面に押し出されたと考えています。

仮に、[古典主義＝おとぎ話] としますと、「おとぎ話」の語る「おとぎの国」「夢の国」は、どこにあるのか特定できない「遠い遠い国」です。おそらく19世紀は、地理上の「冒険」が「植民地化」に変質し、さらに「植民地」が「点」から「面」へと拡大した時代と考えられますので、「遠い遠い国」は「地図上の特定の国」「現実の国」になってくるわけです。その意味では（「空想の国」が「現実の国」に変化したという意味では）、「異国情緒」と「写実主義」は親和的だった、とも言えます。

ちなみに、19世紀後半のヨーロッパでわき上がった[ジャポニズム＝日本趣味]も、その延長線上にあったのではないでしょうか。確かに、「浮世絵」の芸術的な価値が高かったというのが直接的な動機ではあったのでしょうが、「日本」という国が、彼らの地図(※5)では、「アラブを越え、アフリカ・インドを越え、中国を越えた、はるか東の島国」であるという予備知識が、彼らの想像力を刺激したのではないでしょうか。

※5 いわゆる「極東」という表現が、「ヨーロッパ中心の地図」で見た場合の表現であることにお気づきでしょうか。仮に「日本を中心にした地図」を見れば、「日本」は「極東」ではなくて、[中央＝センター]なのです。

ここから『カルメン』にもどりますと、「ジプシー」というのは、当時のフランス人にとって、ひとつの「異国の人々」だったのだと思われます。ですから『カルメン』が彼らに与えた一番の刺激は「異国情緒」だったのだと筆者は訴えたいのです。

それでは「異国情緒」の何がそんなに「革新的」かと言いますと、いわゆる「視点の反転」です。今度は、ロマン主義と写実主義の比較です。

ロマン主義の場合、語り手は［自分＝ヨーロッパ人］です。「自分」はこう思う、「自分」はここに価値を見る。これがロマン主義です。情熱的で多弁です。これに対し、写実主義はこうです。「異国」には自分たちとは違う、こんな文化がある、こんな価値観がある。要するにロマン主義が「多弁」で「遠心伝達的」なのに対し、写実主義は「寡黙（かもく）」で「聞き役に徹し」「求心自問的」なのです。

中野氏の言う「写実主義」においても、「現実の美醜をありのままに描写し、作者の自己主張は控えめになる」とされます。ですが、やはり「問題提起」はあるのだと筆者は思います。「自分」とは異なる「異国」の価値観に触れることで、あるいは「異国のキャラクター」を主役に、彼らに語らせることで、観客の頭脳がかき回されるのです。あたかも「サラダボウル」の中で、異なる食材がかき回されるように。これが19世紀ヨーロッパ精神に訪れた「第２の革命」だったのだと筆者は考えています。［第１の革命＝ロマン主義］［第２の革命＝写実主義］。

なまいきなことを書きました。精神分析的に解釈すれば、［写実主義＝性器愛的］、［ロマン主義＝肛門愛的］と言えると思います。写実主義は［求心的＝内向的］で、ロマン主義は［遠心的＝外向的］なのです。興味深いのは、「肛門愛」には「肛門サディズム」（※６）という攻撃性があることです。「ロマン主義」が好む「革命」（※７）が連想されます。［古典主義＝口唇愛的］につきましても、［おとぎ話＝空想的＝お菓子のような甘さ］という観点から、成立すると思いますが、「胃袋愛」（※8）と「異国への探求心」との関係につきましては、今後の課題とします。

※6 残念ながら、筆者が知っているのは「ことば」だけで、詳しい内容は知りません。筆者の勝手な空想を述べますと、要するに、赤ん坊と母親を結びつける「大便」は、赤ん坊から母親への「贈り物」なのですが、同時に、母親を自分（赤ん坊）に縛りつける「鎖」でもある、ということでしょうか。要するに「支配」です。単純に考えれば［大便＝お金］であり、［赤ん坊＝雇用者］［母親＝被雇用者］でしょうか。あるいは「大便」のもつ［汚物としての側面＝破壊性］から、［赤ん坊＝暴君］［母親＝奴隷］という関係性が築かれる、ということでしょうか。――男性にはイメージしにくいかもしれません。ここで言う「大便」とは「おむつ替え」のことです。

※7 この「革命」には二義があり、第一義は「格差を打ち壊して平等を実現する」です。「フランス革命」がこのイメージです。これに対し第二義は「被支配者が支配者を倒し、自らが新しい支配者になる」です。これは、中国史の概念としての「革命」です。人類史的には［第二義］のほうが「古い」と考えられ、「肛門サディズム」もまた、赤ん坊が［母親＝女王］を倒し、自らが［王］にな

ることかもしれません。[肛門サディズム＝第二義の［革命]]。――ということは、「肛門サディズム」は[ロマン主義＝フランス革命]とは無関係ということになります。悩ましいです。

※８ 筆者の造語です。筆者のもともとの考えは、口唇愛、肛門愛、性器愛のうち、肛門愛の変異形として、胃袋愛があるのではないか、というものでした。ですが、現時点ではむしろ「胃袋愛」は性器愛の後ろ、胃袋愛＝潜伏期（同性愛期）ではないかとも思います。なぜなら、口唇愛と肛門愛は［自分＝赤ん坊］と［相手＝母親］という「二者関係」の世界なのに対し、性器愛は［父親］を加えた「三者関係」、胃袋愛は［同性の友人たち］を加えた「多者関係」だと考えられるからです。胃袋愛＝潜伏期（同性愛期）の精神世界では、「自分」から見て［他者＝興味のあるカテゴリー］が複数存在し、いわゆる「コレクター心理」によって説明可能な世界が出現します。詳細は拙著『ヘビの魔法・改訂版（前編）』をご参照ください。

D.「成功者」の憂うつ（ベッリーニ）

ノルマ（以下引用）

初演／1831年／ミラノ

作曲：ヴィンチェンツォ・ベッリーニ（1801～1835年）

物語：ローマに支配されていた、紀元前50年ごろのガリア地方（※1）。土着のケルト族の族長は、ローマと対決姿勢を取っている。だがその娘ノルマは巫女（みこ）長でありながらひそかにローマ軍将軍ポリオーネとの間に、ふたりの子どもまで産んでいた。

※1 ［ガリア地方］。「ガリア」とは現フランスです。古代ガリア人はケルト系の民族で、金髪碧眼、長身で多産、激情的で好戦的な、いわゆる「蛮族」でした。「ケルト系」とは、「ケルト語を話していた」という意味です。難解ですが、彼ら（古代ガリア人）は、現フランス人の祖先とされ、要するに「現フランス人」は「民族語を奪われた人々」ということになります。いわゆる「先住民」にとって、「民族語を手放すか」「保持するか」は、究極の選択になります。図式的に言えば、古代ガリア人は「ローマ人」によって、政治的にも文化的にも「征服」されたのです。

アメリカには「移民」もいますが、「先住民」もいます。「移民」が「民族語を手放す」のは、ある意味、自身の意思です。筆者の経験

> 知によれば、すでに「2世」の段階で、[祖国のことば=日系なら日本語]はほとんど話せなくなります。タレントのベッキーさんやウエンツさんをイメージすれば(祖国のことば=英語)、わかりやすいでしょう。ですが、「先住民」はどうでしょうか。
>
> 韓国が日本を憎む理由のひとつに「民族の文化を抹殺されそうになった」があります。いわゆる「同化政策」は現代の価値観では「悪」とされます。ですが、そのような言い方だけで、ネイティヴ・アメリカンや日本のアイヌ、古代ガリア人の「選択」を、責めることはできません。
>
> 要するに「同化」には、デメリットと同時に、メリットもあったのです。筆者は時々「空想の翼」を広げる癖があるのですが、もしも第2次大戦後、日本の公用語を「英語」にしていたとしたら、今の日本社会はどうなっていただろう、などと空想します。「英語がわからない」というコンプレックスから解放され、今よりもっと自己主張ができたのではないか、とか。ですが、その代償に、「祖先の文学」が読めない、という悲哀もあったのでしょう。言語というものは、一度失われてしまいますと、二度と取り戻すことができなくなるのです。(引用者注)

あるとき、彼女(ノルマ。引用者注)が妹とも思って可愛がっている若い巫女アダルジーザが、敵と愛し合っていることを告白しにきた。聞くと、相手はポリオーネだという。嫉妬のあまりノルマは、アダルジーザを火焙(ひあぶ)りにしようか、それとも自分の子どもたちを殺そうかと苦しみ抜く。けっきょく彼女が選んだ道は、神に背(そむ)いた罪を一族に謝罪し、自ら火刑台に上ることだった。その気高い心に打たれ、愛を蘇(よみがえ)らせたポリオーネもまた、彼女の後を追うのだった。

(『愛と裏切りの作曲家たち』P70)

■ 解説

筆者の大好きな「ガリア」です。「ガリア」とは現在の「フランス」です。作曲家ベッリーニはイタリア人(≒ローマ人)ですから、これもひとつの「異国情緒」でしょうか。ですが、ふと、この物語の人物構成は、あの『ニーベルンゲンの歌』(※2)の人物構成と似ていると気がつきました。ただ、火葬の火に飛び込む男女の順序が逆転しています。

※2 細かいですが、『ニーベルンゲンの歌』は、12世紀の中世ドイツ文学(作者不詳。物語の舞台は[ブルグント=西ドイツ]ですが、[ドナウ方言=南ドイツ方言]で書かれているそうです)で、ワーグナーのオペラの表題は『ニーベルングの指環』です。ワーグナーが参照したのは「中世ドイツ文学」よりもさらに古い[エッダ=北欧神話]のようで、両者の登場人物の名前は若干違います。大きな違いは「ブルグントの姫君」の名前で、前者(ドイツ文学)では「クリームヒルト」、後者(ワーグナー)では「グートルーネ」です。おそらく「ワーグナー」の典拠のほうが正確ですが、「中

世ドイツ文学」も芸術的価値が高く、有名なので、ここではそのまま「クリームヒルト」としました。中世ドイツ文学『ニーベルンゲンの歌』につきましては、拙著『賽の河原』をご参照ください。

《ノルマ》

①ノルマ（女）、②ポリオーネ（男）、③アダルジーザ（女。飛び込まず）

《ニーベルンゲンの歌》

❶ジークフリート（男）、❷ブリュンヒルト（女）、❸クリームヒルト（女。飛び込まず）

おさらいしますと、『ニーベルンゲンの歌』では、❶ジークフリート（英雄）が自分（❷ブリュンヒルト）ではなく、❸クリームヒルトと結婚したことに腹を立て、❷は❶の弱点（❶は竜の血を浴びて不死なのですが、唯一、背中の１カ所に、弱点がありました。ギリシア神話に登場する［英雄アキレスの弱点＝アキレス腱］と同一モチーフです）を、敵対者に教えます。❶は死にますが、❷は後悔し、自ら❶の火葬の火の中に飛び込みます。

ちなみに、口承文芸学的に「より古い」プロットが、「人魚姫」型の物語です。「人魚姫」型の物語にも「２人の女性」が登場しますが、［人魚姫＝❷王権の授与者］は、自ら身を引き、

❶王子と❸世俗の王妃の結婚を祝福します。物語の「聞き手」はやるせない気持ちになりますが、[人魚姫＝❷王権の授与者]の気高い行いに、最終的には賛同せざるを得ません。

さて、このオペラ『ノルマ』の作曲者がベッリーニです。あまり聞いたことのない作曲家ですが、それもそのはず、彼はわずか33歳で世を去っています。ですが、彼の人生は、それなりに華やかなものでした。

ふたり（引用・その1）

十九世紀前半のヨーロッパ・オペラ界は、ロッシーニという、いわば燦然と輝く太陽の下にあった。その人気はいっかな衰えを知らず、その作風の影響から自由でいられる作曲家など、ほとんどいないといっていいほどだった。

そんななか、誰がポスト・ロッシーニになるか、水面下で長く熾烈な闘いが続けられていた。そしてついに、ふたりの作曲家が、自他ともに認める次代の担い手となる。

ひとりは、音楽家の家に生まれ、小さなころから才能を発揮し、ナポリ音楽院で学んだ。成績優秀なため、学費は免除された。卒業作品のオペラは出来がすばらしく、即、サン・カルロ劇場から新作依頼がくる。それに成功すると、今度は一流の証し、ミラノ・スカラ座までが作曲を求めてきた。大いにその期待に応えたことで彼は、弱冠二十六歳、第三作目にして、一流の折り紙をつけられる。

もうひとりは、彼より四歳年上だった。質屋の門番を父に、女工員を母に、音楽とは無縁の環境で育った。慈善家の援助で音楽学校へ進み、十九歳でデビュー。次から次に三十作以上を発表したものの、大して評判にもならない状態が長年続き、ようやく名前が知られ始めたときは、三十三歳になっていた。

彼らがナポリで初めて出会ったとき、年長のほうはプロで、若いほうはまだ学生だった。しかしこの学生は才気あふれ、人目を引く美男子だ。周囲の予想どおり、みるみるうちにオペラ界の寵児（ちょうじ）となり、社交界で引っ張り凧（だこ）の存在になり、人妻との恋あり、歌姫たちとのアバンテュールありの、華やかな話題の主（ぬし）になる。人気台本作家ロマーニが、無報酬で台本を書いてやってもよいと申し出たことも、優秀さの証しとして評判を高めた。作曲料も倍々に跳（は）ね上がり、生涯、公的地位（教師、楽長、理事など。次段落参照。引用者注）につく必要はなかった。台本もゆっくり吟味（ぎんみ）し、年に一作ていどのペースで、質の高いオペラを書き上げていった。

かたや早くにプロになっていたほうだが、プロとはいえ凡庸（ぼんよう）なプロと見なされていた。したくもない教師や、気苦労の多い楽長の仕事の他、演奏旅行までこなさなければならない。「貧乏なオペラ作曲家ほど、かわいそうな職業はありません」と手紙でこぼす。熱烈な恋の相手と結婚したのは、三十歳を過ぎて、いくらか生活に余裕ができてからだ。大成功した後でさえ、玉石混淆の作品を産み続け、約二十五年の創作期間で七十作（ちなみに多作といわれたロッシーニでも、二十一年の創作期間で三十八作。原注）ものオペラを残した。

こんな、対照的なふたりである。ナポリ、ミラノ、パリと、彼らの人生は交差し、世間からは好敵手どうしと思われ、それなりに親しいつきあいもあった。が、心の裡は別だ。まったく端から気づかれぬまま、片方は黒い憎悪の塊となり、相手を敵視し続ける。

人間というのは面白い。このふたり、どちらがどちらを嫉妬したろう？

年下の作曲家のほうが、あらゆる点で、年上の作曲家の先を走り続けた。パリへの進出も先だし、大御所ロッシーニからの援助もはるかに多かったし、男性としての魅力も、収入も、作品の人気も、常に上を行っていた。にもかかわらず、相手を恐れ、相手の出方に不安を感じ、一方的に憎み、私信のなかで口汚く罵倒せずにいられなかったのは、年下のヴィンチェンツォ・ベッリーニのほうなのだ。年上のガエターノ・ドニゼッティは、まさかベッリーニが文字どおり自分（ドニゼッティ。引用者注）を叩き潰そうとしているなどと、夢にも思ったことはなかった。

（『愛と裏切りの作曲家たち』P72）

■ 解説

たいへん面白いです。この三者関係も、前出の三者関係と似ています。❶ジークフリート、❷ブリュンヒルト、❸クリームヒルト。［1］ロッシーニ、［2］ベッリーニ、［3］ドニゼッティ。

こういうのを「カイン・コンプレックス」というのでしょうか。〖1〗神、〖2〗カイン（兄）、〖3〗アベル（弟）。

「時系列」を簡単にまとめます。

《フェーズ・その1》　ミラノ

ベッリーニのオペラ第3作『海賊』

——初演1827年ミラノ

ドニゼッティのオペラ第32作『アンナ・ボレーナ』

——初演1830年ミラノ

ベッリーニのオペラ第7作『夢遊病の女』

——初演1831年3月ミラノ

ベッリーニのオペラ第8作『ノルマ』

——初演1831年12月ミラノ

《フェーズ・その2》　パリ

ベッリーニのオペラ第10作『清教徒』

——初演1835年1月パリ

ドニゼッティのオペラ第49作『マリーノ・フェリエーロ』

——初演1835年3月パリ

パリ社交界（引用・その2）

当時のパリはヨーロッパ文化の中心だった。とりわけ、オペラで成功するというのは、パリで成功することと同意語と考えられていた。パリを目指さなかった作曲家はいない。ヴェルディであれヴァーグナーであれマイヤベーアであれ、うまくゆくゆかないは別として、皆この大都市（パリ。引用者注）へ一度は足を踏み入れ、ここでの上演に気を配っている。

パリには大きなイタリア人街もあり、イタリオペラを上演するイタリア座は、権威ある公けの機関（イタリア音楽好きのナポレオンが創設した。原注）であるばかりでなく、フランス上流人士お気に入りの劇場だった。ベッリーニがパリに到着した一八三三年、このイタリア座の＜顔＞だったのが、ロッシーニである。

ロッシーニは十年前からパリに定住し、大勢の崇拝者に囲まれながら、鷹揚に自国（イタリア。引用者注）の新人を援助していた。愛想の良い美青年で、自分（ロッシーニ。引用者注）とはまったく作風の異なるベッリーニを、彼はとくに可愛がった。ベッリーニのパリ到着前にもう『海賊』『夢遊病の女』を公演してやっている。

この太っ腹な巨匠（ロッシーニ。引用者注）の力添えで、ベッリーニはイタリア座と契約を結ぶことができた。そしていつもどおりの慎重さで、オペラ制作の準備をしつつ、華やかな社交界へもデビューした。たちまち注目の的になるのも、いつもどおり。

（『愛と裏切りの作曲家たち』P82）

ひとり相撲（引用・その3）

「ひょっとしてもう君の耳にも入っているかもしれないが、ドニゼッティがこのパリへ来て、ロッシーニの推薦でイタリア座にオペラを書くというんだ。契約金がいくらか、今いろいろ探っているところだ。奴（ドニゼッティ。引用者注）が全力あげて書いているのはわかっているから、きっと、噂はほんとなんだろう。契約はいくらでだか、知らないが……」

ベッリーニの歯噛(はが)みする様子が、目に見えるような手紙である。

いよいよ噂が真実とわかったとき、ショックで「この三日間、発熱してしまった」ほどだった。一種の被害妄想にも陥(おちい)ったようで、ロッシーニに対してまで悪口を言う始末だ。言う、とはいっても、彼（ベッリーニ。引用者注）のような世渡り上手は、絶対に相手（ロッシーニ、またはドニゼッティ。引用者注）にそれと悟られない。激情のまま、支離滅裂な手紙を出す相手は、親しい友人や血縁に限っている。

（『愛と裏切りの作曲家たち』P85）

勝利再び（引用・その4）

ドニゼッティのイタリア座デビューを阻止(そし)できないとわか

ると、ベッリーニは今度も作品で捩伏(ねじふ)せてやろうと決意する(※3)。

※3 1830年から1831年にかけての、ナポリを舞台にした『アンナ・ボレーナ』(ドニゼッティ)、『夢遊病の女』(ベッリーニ)、『ノルマ』(ベッリーニ)の戦いも、結局はベッリーニの勝ちでした。(引用者注)

だが制作中の『清教徒』に、彼は今ひとつ自信が持てなかった。新しい台本作家に代えたため、筋立ての整理が悪い。それとフランスの観客の嗜好(しこう)が、イタリアのそれとでは必ずしも一致してはいないだろう(※4)。何としても、そのあたりのことを、ロッシーニからアドヴァイスしてもらい、『ノルマ』のときのような圧倒的成功を手にしたかった。

※4 ベッリーニの代表作である『ノルマ』は、フランスが「蛮族」であった時代の物語です。それを[パリ=フランス]で仮に上演したとしたら、成功するかどうか。これも筆者の「空想の翼」ではありますが、確かに微妙です。比較対照として、アメリカ文学『風と共に去りぬ』(ミッチェル作)が連想されます。南北戦争の敗者「南部」を舞台に「敗者の視点から」描かれた物語です。「現代的な感性」ではOKでしょうが、19世紀初頭の感性ではどうだったでしょうか。(引用者注)

ベッリーニ得意の外交手腕が発揮される。将を射んと欲(ほっ)すればまず馬を射よ、を実践する。ロッシーニ公然の愛人で、後に妻となるオランプ(※5)に近づき、その信頼を得る。すると彼女の言いなりと噂されていたとおり、ロッシーニはこれまで以上の好意を彼(ベッリーニ。引用者注)に示し始めた。『清教徒』の総譜を点検し、自ら手を入れてくれた他、上演効果を上げる方法について、つききりで助言してくれる。おまけに劇場側との契約も、ベッリーニに有利になるよう取り計らってくれた。

※5 彼女もいわゆる「高級娼婦」でした。(引用者注)

叔父宛てに、ベッリーニは早々と勝利宣言をする。「ロッシーニの好意を勝ち取り、ぼくは心の中で叫びました。ドニゼッティよ、来るなら来いってね」

初演は一八三五年一月末。嵐のような喝采(かっさい)。ベッリーニは改めて、ポスト・ロッシーニの最有力候補であることを、万人に見せつけた。

もはやドニゼッティの出る幕とは思えない。彼(ドニゼッティ。引用者注)のパリ初演は、そのわずか一カ月後である。「ベッリーニの新作(『清教徒』。引用者注)は、台本があまりよくないのに成功して、よかったです(……)。あれほどの成功はぼく(ドニゼッティ。引用者注)には無理と思うけれど、でも、そうなってくれたら嬉しい」と控え目な希望を表明するドニゼッティ。

ベッリーニは、ドニゼッティの公演前日のリハーサルをロッシーニとともに見に行き、出来の悪さをせせら笑った。またも自分の勝ちを確信し、敵の無能さをこきおろす。「あのオペラ（ドニゼッティの『マリーオ・フェリエーロ』。引用者注）は短命。あっという間に幕を閉じると、宣告されたも同然です。だって今までで最悪だから。あきれたことに、これはあいつ（ドニゼッティ。引用者注）の四十八作目（※6）ですよ」。ベッリーニのほうは、十作目だった。

※6 筆者の計数では「49作目」なのですが、まあ、いいです。（引用者注）

初日の失敗も、自分の目で確かめたかったのだろう。また見に出かけ、「あいつはサクラをいっぱい集めたのに（……）並みの結果」と、友人に報告している。ベッリーニが罵（ののし）ったほど、駄作だったわけではない。だが短命だろうとの予測は的中し、五回上演されて終わった。まさに『清教徒』人気につぶされた格好で、ドニゼッティはナポリへ引き返す。

ここまで圧勝しながら、だがなおベッリーニは、ドニゼッティを叩くのをやめない。後に出た新聞評が比較的良かったことに腹を立て、「なにしろあいつときたら、パリ中の劇場や、とくに記者連中に対して、まるで道化みたいに御百度参(おひゃくどまい)りしていたんだから、悪く書かれるはずがない」

そういう自分（ベッリーニ。引用者注）も、同じような工作をせっせと行なっていたことは言わない。

ベッリーニはいったい何をそんなに恐れていたのだろう。踏まれても踏まれても、逞(たくま)しく花開く雑草のようなドニゼッティの靭(つよ)さをだろうか。自分が子どもっぽい性格で天才肌だったから、相手の愚直(ぐちょく)さ鈍感さに、神経を逆撫(さかな)でさせられたのだろうか。あるいは、ドニゼッティが楽天的な性格で誰からも好かれ、幸福な結婚生活を送っていることに嫉妬したのだろうか。

それとも、一作一作身を削ってしか創作できない自分とは反対に、出来不出来の差はあろうと、悲劇でも喜劇でも楽々と多作する能力を持ったドニゼッティを、羨(うらや)んでいたのだろうか。心の奥では相手のほんとうの力量を、それももしかしたら現在のではなく、将来見せつけるであろう実力を、認めていたのだろうか。

あるいはまた、作品の優劣とはまったく別のところで、自分（ベッリーニ。引用者注）は彼（ドニゼッティ。引用者注）に負けるかもしれないという、不吉な予感を覚えていたのだろうか。人生の残り時間という点で。

（『愛と裏切りの作曲家たち』P88）

■ 解説

中野京子劇場ここにあり。面白くてたまりません。作曲家も「人の子」だったのですね。

筆者の解釈では、[２]ベッリーニ、の作風は、師である[１]ロッシーニ、とは似ていませんでした。中野氏も書いています。

つまり彼（ベッリーニ。引用者注）は、ロッシーニ風の軽(かろ)やかさから離れ、登場人物の激しい、なまの感情を音楽へ取り入れたのだ（これが後に、ヴェルディへと受け継がれる。原注）。ストーリーは、楽しく他愛ないものから、悲劇的で波瀾万丈(はらんばんじょう)の展開へ変わり、歌い方も、声の華やかさに遊ぶのではなく、たっぷり情感を込めたドラマティックなものになる。ロッシーニ旋風は続いていたが、にもかかわらず、時代はそういうロマン主義的斬新(ざんしん)さをも求めており、その期待をじゅうぶん満たしたのが、ベッリーニのオペラだった。

（『愛と裏切りの作曲家たち』P78）

おそらく、ベッリーニの「ロマン主義的斬新さ」は、彼が自力で編み出したものだったのでしょう。どの世界においても、その道の先頭を行く者は、大変です。それに対しドニゼッティは、その道の「２番目を行く者」でした。だから[ベッリーニ＝カイン＝兄]であり、[ドニゼッティ＝アベル＝弟]なのです。

［先頭を歩く者＝ベッリーニ］から見れば、［自分の後ろを歩く者＝ドニゼッティ］は、どんなに気楽に見えたことでしょう。彼（ドニゼッティ）は、自分（ベッリーニ）が身を削るようにして、血のにじむ思いで編み出した「新しい技の数々」を、何のためらいもなく模倣し、気ままに盗み取って行く。許せない。断じて許せない。

そう思って、自分自身を振り返れば、たとえば［筆者＝ドニゼッティ］［中野京子＝ベッリーニ］でもあるのです。なぜなら筆者は、中野京子が苦労して外国語の生(なま)資料を読み、構成し、書き上げたご本を、ただ気ままに読み、まるで「つまみ食い」のように引用して、自分の本を書いているだけなのですから。筆者が中野氏から（ちょうどベッリーニに憎まれるドニゼッティのように）憎まれたとしても、返す言葉もございません。

はい、筆者は「のみ・しらみ」です。中野氏が織り上げた「美しい絹織物」のようなご本を、気ままにつまみ食いし、自分の本を書いている、「のみ・しらみ」のような害虫です。

「のみ、しらみ、馬の尿（ばり）する枕元」（松尾芭蕉）。やれやれ。

あるいは、こんな川柳（？）が思い出されます。「織田が搗(つ)き、羽柴が捏(こ)ねし、天下餅(もち)、座りしままに、食うは徳川」。芸術家にとって、「長生き」も大事かもしれません。

さて、ベッリーニの「死」は唐突に訪れました。1835年9月23日、あの「勝利宣言」から9カ月、ドニゼッティの「敗北」をせせら笑ってから7カ月。死因はアメーバ感染による腸カタルでした。享年33歳。

葬儀（引用・その5）

ベッリーニの葬儀を取り行ったのはロッシーニである。二〇〇人もの大合唱という、壮大な弔い。ロッシーニはまた、墓石用の寄付をし、諸々(もろもろ)の後始末をすべてこなした。

そして、葬儀で流す音楽の指揮をしたのは——墓場のベッリーニはさぞかし憤慨(ふんがい)したろう——なんとドニゼッティだった。彼はレクイエム『V・ベッリーニの死を悼(いた)む哀歌』まで作曲した。憎まれていたなど露(つゆ)知らず、心からその死を悼みつつ。

ベッリーニは、この日のこんなふうに来るのをおぼろに悟り、ドニゼッティを憎んだのかもしれない。さらに死の三日後、生涯の敵（ドニゼッティ。引用者注）が最高傑作『ランメルモールのルチア』（※7）を発表して大喝采を浴びることも、あるいは予感していたのかもしれない。

（『愛と裏切りの作曲家たち』P94）

※7［ランメルモールのルチア］。このオペラにつきましては、拙著『ヘビの魔法・改訂版（前編）』で紹介させていただきました。

（引用者注）

瑠璃色の地球

松田聖子

夜明けの来ない夜は無いさ
あなたがポツリ言う
燈台の立つ岬で
暗い海を見ていた

悩んだ日もある　哀しみに
くじけそうな時も
あなたがそこにいたから
生きて来られた

朝陽が水平線から
光の矢を放ち
二人を包んでゆくの
瑠璃色の地球

■ 解説

この歌『瑠璃色(るりいろ)の地球』は、「ドニゼッティ」から「ベッリーニ」への、感謝の歌だと思います。

E. プッチーニ・コンプレックス

【ジャコモ・プッチーニ】

1858～1924年。

主な作品、オペラ『マノン・レスコー』(1893年)、『ラ・ボエーム』(1896年)、『トスカ』(1900年)、『蝶々夫人』(ちょうちょう)(1904年)、『トゥーランドット』(1926年)など。

1903年2月、霧の濃い夜に自動車で帰宅中、カーブでハンドルを切りそこね崖下に転落。運転手とともに重傷を負う。両脚大腿骨を骨折。全治3年。

この時、住み込みの看護婦(小間使い)として雇われたのが当時16歳の村娘、ドーリア・マンフレーディだった。彼女は誠実に仕事をこなし、プッチーニ夫妻の信頼を得た。その後、通算5年間、プッチーニ家に仕えた。

ところがある日、プッチーニの妻エルヴィーラが2人(ドーリアとプッチーニ)の仲を疑い、ドーリアを突然解雇する。さらに、解雇の理由を公表する。「雇い主との淫行ゆえに馘(くび)」と。

ドーリアは苦しんだ末、服毒自殺。

その後、ドーリアの遺族がエルヴィーラを訴え、泥仕合に。

なお、ドーリアに介護されながら完成したオペラ『蝶々夫人』は、日本を舞台にしている。原作はアメリカの短編小説

『蝶々夫人』(ジョン・ルーサー・ロング)、またはその戯曲化作品『蝶々夫人』(デーヴィッド・ベラスコ)。英語の表題は『マダム・バタフライ』。

エルヴィーラは悪妻か（引用・その１）

いわゆるプッチーニ・ヒロインと呼ばれる、女性の典型がある。

『ラ・ボエーム』のミミ、『トゥーランドット』のリュー、そしてこの蝶々夫人など、社会的立場が低く、優雅で繊細(せんさい)、報(むく)われない愛に身を捧げる、はかない陽炎(かげろう)のような女性たち(※1)、プッチーニがほんとうに愛した、だが現実にはいそうもない女性たちだ。

※１［陽炎のような女性たち］。いわゆる「カゲロウ（昆虫）」を、英語では何というのか。少し気になって、辞書で調べてみました。［メイフライ＝五月の蝶］だそうです。おそらくアメリカ人の小説家（ジョン・ルーサー・ロング）が、この長崎の遊女を「マダム・バタフライ」と名づけたことの背景には、［はかない人生＝蝶のようだ］という、日本語と共通する美意識があったのではないでしょうか。(引用者注)

じつのところ、妻エルヴィーラとは正反対といっていい。

理由は、プッチーニの育ち方を見れば、理解できるような気がする。幼いころ父を亡くした彼には、モデルとなる力強い男性像がいなかった。かわりに、意志的できつい性格の母と五人（！）の姉たちが周りをかため、プッチーニ家の長男である彼の世話を過剰にやいた。彼がさびしがりやで神経質、流行に敏感で、人一倍身だしなみに気をつかうようになったのは、こんなふうに女性たちに保護されて育った環境による。そこから彼の音楽の、繊細で美しく、豊かで陶酔（とうすい）的な響きが生まれてきたのだし、＜愛する女、愛される男＞という図式が、彼の作品を特徴づけるひとつにもなったのだ。

女性から愛され、守られていたい。プッチーニのその願いに、エルヴィーラはぴったりかなった。知りあったのは、彼が二十五歳のとき、ちょうど最愛の母を、病気で失ったばかりのころだ。二歳下のエルヴィーラには、すでに夫と子どもがいたが、情熱の前にそれは障害にならなかった。ふたりは駆落（かけお）ちし、長い同棲（どうせい）のすえ（※２）、結ばれる。

※２　いわゆるカトリック教徒には「離婚」が認められないので、彼らはエルヴィーラの「夫」が亡くなるまで、正式な結婚はできませんでした。中野京子によれば「エルヴィーラが、正式にプッチーニ夫人となったのは、『蝶々夫人』完成直後のことである。駆落ちしてじつに二十年、ふたりの間の息子はもう、十八歳になっていた」（P.222）。——ということは、自動車事故の当時（プッチーニ44歳）、彼らはまだ、正式な夫婦ではなかったこと

> になります。要するにエルヴィーラは、結婚したとたんに、すべてを失ったのです。ちなみに、自動車事故は1903年、『蝶々夫人』完成は1904年、エルヴィーラがドーリアを解雇するのが1909年です。（引用者注）

深層心理的には、彼は妻を母代わりにしたといえよう。エルヴィーラの、支配的で強い性格は母を思い出させ、自分を庇護（ひご）する砦（とりで）のように感じさせた。その妻のもとで、プッチーニは安心して＜狩人（かりうど）＞になった。「わたしは情熱的な狩人だ――カモを追い、すぐれたオペラの台本を追い、そして魅力的な女性を追う」と公言している。「恋をしなくなったら、それはわたしの弔（とむら）いのときだ」とも。

おまけに彼は、年をとるにつれてますます美男ぶりに磨（みが）きがかかる、あの稀（まれ）なタイプに属していた。磁石にくっつく釘のように、黙っていても女性たちは寄ってくる。狩人といっても、苦労知らずの狩人なのだ。

彼は妻の目を盗み、恋愛遊戯をくりかえした。ばれるとすぐ相手（浮気相手。引用者注）と別れ、妻に手紙を書く、「世の中にはざらにあることだよ（……）男なら誰でもする、ほんの気晴らしにすぎない」「みんなわたしが悪いのだが、でも、そうせずにいられないのが、わたしの宿命なのだから」と、都合のいい理屈をつけ、言い訳ともいえぬ言い訳を並べ立てた手紙を。

プッチーニのその「気晴らし」の相手は常に、自分より社会的身分の低い女性ばかりだった。彼女たちの弱さ、彼女たちの自己犠牲が、プッチーニを恍惚とさせたのかもしれない。それは一種のナルシシズムでもあったろうし、また彼なりの愛のありようだったともいえる。「愛される男」としての自分の魅力をじゅうぶん意識してはいたが、彼女たちの官能美を誰よりもよく理解したのも彼だった。だからこそ、プッチーニ・ヒロインであるミミや蝶々夫人の死の場面を、涙で頬をぬらしながら作曲したのである。

では、そんな夫を持つ妻はどうなるか。よほど鈍くない限り、夫が自分の胸で憩いはしても、もはや官能をかきたてられてはいないと気づくだろう。卑屈に諦めるか、敵とまっこうから闘うか。強きエルヴィーラは、むろん後者だった。

そしてそういう妻は、悪妻と呼ばれる。

（『愛と裏切りの作曲家たち』P219）

■ 解説

拙著『神話とファンタジーの起源』において、筆者はすでに『トゥーランドット』について考察していますが、その時にも、［T］トゥーランドット＝王権の授与者（スローン・ギバー）、［C］小間使いのリュー＝世俗の王妃（コモン・クイーン）、と解釈し、それにもかかわらず、［C］が「自殺」するのはおかしいと述べました。要するに、プッチーニ・ヒロインは、［Ｔ］と［Ｃ］が、本来のプロットと比べ、倒錯しているのです。そして、はたと気がつきました。

《本来のプロット》
［Ｔ］王権の授与者——［Ｎ］次代の王（ネクスト・キング）のかりそめの妻。
最終的には別れる。
［Ｃ］世俗の王妃——［Ｔ］と比べれば、わき役だが、最終的に［Ｎ］と結婚する。

《プッチーニ・コンプレックス》
［ｔ］エルヴィーラ——［ｎ］プッチーニ、の正妻。
花火のような恋に落ち、駆落ちする。
［ｃ１］浮気相手の女性たち——
社会的地位が低く、献身的。だが、［ｎ］は［ｔ］にばれるたびに、彼女たち［ｃ１］と別れた。
［ｃ２］ドーリア——社会的地位が低く、献身的。だが、［ｃ２］は［ｎ］と、私生活の一部を共有した。

おとぎ話に登場する［Ｔ］は、［Ｎ］主人公（男性）＝次代の王（ネクスト・キング）、と通常は「同年輩」です。ですが、深層心理的には、[T]は[N]の「母親」ではないでしょうか。おとぎ話においては、[N]は「二度」結婚しますが、深層心理的には、[最初の結婚=[T]との儀礼的な結婚]とは、要するに「母による祝福」ではないでしょうか。

それにもかかわらず、[母のような強い女性=エルヴィーラ]を選んだプッチーニは、「何かが欠けた男性」だったのではないでしょうか(いわゆる「マザコン男」の可能性です)。

プッチーニは[母のような強い女性]に守られて、安心して「狩り」に出かけることができました。彼が「獲物」として選んだのは、「社会的地位の低い、陽炎(かげろう)のような女性」でしたが、彼女たちこそが[〖C〗=本当の妻]だったのではないでしょうか。

今さらエルヴィーラに、こんなことを言ってもせんないこととは思いますが、自分(エルヴィーラ)は彼(プッチーニ)の「母」であって、「妻」ではなかったと悟り、「卑屈に諦める」のが最善だったと言えるのではないでしょうか。――あの「ポンパドゥール夫人」のように(※3)。

※3 こういう書き方をすると、フェミニストからお叱りを受けるかもしれませんが、[n]を中心とした「組織」を考えた場合、[n]を支える「参謀」は、複数存在するのが普通です。言わば[c≒妻]が[ナンバーワン]で、[t≒姑]は[ナンバーツー]です。[ワン]であれ、[ツー]であれ、自分は「組織の役に立っている」と考え

ることが重要です。

そして「ドーリア」。彼女もまた［Ｃ＝世俗の王妃］の一種だと思われますが、彼女は［生活感のない、陽炎（かげろう）のような存在＝〚ｃ１〛］ではありませんでした（※４）。一歩、家庭生活に踏み込んだ［ｔ］に近い存在でした。［ｔ＝エルヴィーラ］が［ｃ２＝ドーリア］を憎んだ理由も、このあたりにあったようです。

※４　要するに、両者の役割関係は［Ｔ＝ｃ１＝妖精］［Ｃ＝ｔ＝人間］だったということで、要するに「倒錯」しているのです。むしろドーリアは、［ｃ２＝Ｃ］ということで、本来の形態に、一歩健全化した、ということになります。あえて言語化すれば、こうでしょうか。プッチーニのケース（症例）は、目を覚ました（健全な世界に帰還した）マザコン男の物語である、と。

ドーリアが「美しくなかった」のは16歳のころで、５年後の21歳のときには「やや美しかった」と考えられます。もちろん、とびきりの美人ではなかったようですが、健康的で、何よりも「若かった」わけです。エルヴィーラが彼女に嫉妬したということは、ドーリアがエルヴィーラの持っていないものを、持っていたと考えるのが自然です（「白雪姫の母」？※５）。

※5　グリム童話『白雪姫』に出てくる継母（魔女）は、継子である「白雪姫」の美しさを妬み、彼女を殺させようとします。まさに［継母＝エルヴィーラ］［白雪姫＝ドーリア］です。

要するに、前節Ｄ．でベッリーニがドニゼッティに嫉妬したように、エルヴィーラもドーリアに嫉妬したのでしょう。

ドーリアの自殺（引用・その2）

明らかに、（エルヴィーラの。引用者加筆）この怒りの半分は、プッチーニへ向けられていた。なぜなら夫の不行跡（ふぎょうせき）を公けにするのは、妻である自分自身の恥を知られることでもある。怒りのうしろに隠れてはいるが、エルヴィーラは深く傷ついていた（意訳。夫を責めれば、自分自身まで傷つくとわかっていながら、エルヴィーラは夫を責めることをやめられなかった。それほどに、彼女の夫への憎しみは激しかった）。

恐妻家のプッチーニは、ひたすら宥（なだ）め役に徹した。そのくせ、暇を出されたドーリアをかばい、妻の留守中ひそかに会って（「わたしはあの気の毒な娘に一、二度こっそり会いましたが、まことにかわいそうな様子です。何より心配なのは、この子の健康状態のよくないことです」＜友人への手紙＞。原注）慰めているのだ。そんな態度が、ますます妻を気違いじみた行動に走らせるというのに……。

ある夜エルヴィーラは、何を思ったか、プッチーニの服を着て、部屋の暗がりに身をひそめ、じっと夫を観察していた。鬼気迫(ききせま)るものを感じた彼は、翌朝ひとりでローマへ逃げたが、するとその間エルヴィーラは、ドーリアの家族や親戚のところへ怒鳴りこみに行った。そればかりでなく、たまたま道で出会ったドーリアを、汚い言葉で面罵(めんば)したという。

そして、最悪の事態。思いつめたドーリアが毒をあおぎ、数日苦しんだあげく、死んでしまったのだ。

(『愛と裏切りの作曲家たち』P224)

■ 解説

中野京子は近代女性の代表として、「エルヴィーラ」に同情しています。対する筆者の解釈は前近代的であり、フロイトが近代女性から嫌われる理由でもありますが、「プッチーニ」の深層心理を理解することが、結局は「エルヴィーラ」を救済することにもなるのだと訴えたいのです。引用文中のエルヴィーラの奇妙な行動「プッチーニの服を着て、部屋の暗がりに身をひそめ、じっと夫を観察する」は、プッチーニに対する脅迫というよりは、彼女なりに、夫の深層心理を埋解しようと試みた結果だったのでしょう。

裁判とその後遺症（引用・その3）

このスキャンダルは、おおよそ次のように捉(とら)えられている。

異常なまでにやきもちやきの妻が、夫と小間使いの仲を邪推（じゃすい）して、相手（小間使い。引用者注）をいじめぬいた末、自殺に追い込んだ。

しかしよく考えると、ひとり悪役にされたこの妻が、なぜこんなに嫉妬深くなったかは無視されている。しかも単なる邪推だったのか。いずれにしてもエルヴィーラには、ほんとうは誰が悪いのか、よくわかっていた。プッチーニ自身も、おそらくわかっていたのだろう、一時は猟銃自殺を考えたほどである。

話はこれで終わらない。死に臨（のぞ）んでドーリアは、弱い女性のさいごの強さを発揮（はっき）した。プッチーニには迷惑をかけないでほしい、けれどエルヴィーラには仇（かたき）を討ってほしい、と言い残して息絶えたのだ。家族は、ある確信を持ったらしい。そこで遺体は検死解剖にかけられ、ドーリアが処女であったことが証明される。

スキャンダルは、輪をかけて大きくなった。示談（じだん）交渉は決裂し、エルヴィーラは裁判にかけられた。判決は有罪（※6）。懲役五カ月および七〇〇リーレの罰金というものだった。

※6 具体的な罪状は何だったのでしょう。「侮辱致死罪」？　今で言う「パワーハラスメント」でしょうか。（引用者注）

だがエルヴィーラは納得しない。彼女にとっては、肉体的な痕跡（こんせき）など何ほどでもない。夫とドーリアの間にかよっていた感情、それを問題にしているのである。そしてそれが存在していたのは、まぎれもない事実だ。これまでにも、幾度同じようなものを見てきたことだろう、見まちがえはしない。彼女は逆提訴を決める。

断固、闘い続ける覚悟の妻に、プッチーニはうろたえた。自分のまいた種とは言いながら、彼の苦悩は深く、また複雑だった。ドーリアとの間に何もなかったと主張すれば、このままエルヴィーラは懲役刑になってしまう。あったと認めれば、死者（ドーリア。引用者注）を鞭（むち）打つことになり、何より恐れている妻の怒りをさらに煽（あお）ることになろう（※７）。

（中略）

※７　結局プッチーニは死ぬまで妻に謝罪の手紙を書き続け、妻は死ぬまで夫を許しませんでした。妻の態度は納得できるとして、プッチーニが最後まで、妻との関係修復を願っていたというのは意外です。こういう男性は［母親的な存在＝エルヴィーラ］の許可を得ないことには、「健全な異性関係」に踏み出せないのでしょうか。

逆にこれをエルヴィーラの立場で考えますと、彼女はプッチーニを「許さない」ことで、プッチーニの「自由」を奪い、永遠に自分（エルヴィーラ）に縛りつけておきたかったのかもしれません。なぜなら通常、息子（プッチーニ）は母親（エルヴィーラ）に「祝福されて」、［第２の女性＝妻］と結ばれるのですから。エルヴィーラから見れば、プッチーニを「許した」瞬間に、プッチーニを永遠に失ってしまうという、恐怖のようなものもあったのかもしれません。
その一方で、[エルヴィーラ＝韓国][プッチーニ＝日本]などと連想してしまうのは荒唐無稽(こうとうむけい)でしょうか。エルヴィーラは表面的には夫を拒否しながらも、内心はうれしかったのかもしれません。(引用者注)

やがて少しずつ、事態は沈静してゆく。逆提訴による裁判の長期化と、村人たちの激しい非難にさすがのエルヴィーラも疲れはて、ミラノへ身を隠した(そこから手紙で、夫を責めて責めて責めまくっている。原注。※8)のだった。その合間にプッチーニは、ドーリアの家族へ一万二〇〇〇リーレという高額の示談金を提示して、和解へ持ち込むことができた。終わったのである。(以下略)

(『愛と裏切りの作曲家たち』P226)

※8 興味深いのは、[プッチーニのエルヴィーラに対する感情＝アンビバレンツ(愛情＝五分、恐怖＝五分)]、[ドーリアのプッチーニ家に対する感情＝アンビバレンツ(プッチーニ＝愛、エルヴィーラ＝憎)]であったのに対し、[エルヴィーラのドーリアに対する感情＝モノトーン(憎＝100パーセント)]、[エルヴィーラのプッチーニに対する感情＝モノトーン(憎＝100パーセン

ト)] だったことです。残念ながら、これではエルヴィーラは幸せになれません。「幸せ」は相手から与えてもらうものというよりは、自分でつかみ取るものではないでしょうか。(引用者注)

明日晴れるかな

桑田佳祐

熱い涙や恋の叫びも
輝ける日はどこへ消えたの？
明日（あす）もあてなき道を彷徨うなら
これ以上元には戻れない

耳を澄ませば心の声は
僕に何を語り掛けるだろう？
今は汚れた街の片隅にいて
あの頃の空を想うたびに

神より賜えし孤独やトラブル
泣きたい時は泣きなよ
これが運命（さだめ）でしょうか？
あきらめようか？
季節は巡る魔法のように

Oh,baby. No,maybe.
「愛」失くして「情」も無い？
嘆くようなフリ
世の中のせいにするだけ

Oh,baby. You're maybe.
「哀」無くして「楽」は無い
幸せの Feeling
抱きしめて One more time.

■ 解説・その1

筆者にはこの『明日晴れるかな』が、まるでプッチーニが、エルヴィーラに向かって歌っている歌のように聞こえます。特に２番の歌詞が意味深です。

在りし日の己れを愛するために
想い出は美しくあるのさ
遠い過去よりまだ見ぬ人生は
夢ひとつ叶えるためにある

奇跡のドアを開けるのは誰？
微笑みよ　もう一度だけ
君は気付くでしょうか？

その鍵はもう
君の手のひらの上に

Why baby? Oh,tell me.
「愛」失くして「憎」も無い？
見て見ないようなフリ
その身を守るため？

Oh,baby. You're maybe.
もう少しの勝負じゃない!!
くじけそうな Feeling
乗り越えて One more chance.

■ 解説・その2

偶然の一致とは思いますが、『蝶々夫人』の有名なアリアが『ある晴れた日に』です。蝶々さんが愛するピンカートンを想い、歌う歌です。女声曲『ある晴れた日に』と男声曲『明日晴れるかな』。この2曲は時空を超えた、カップリング曲なのでしょうか。

うーん、残念。少し違う気もします。『ある晴れた日に』は[蝶々さん＝ドーリア]から[ピンカートン＝プッチーニ]に向けた歌であり、『明日晴れるかな』は[プッチーニ＝ピンカートン]から[エルヴィーラ＝妻・ケイト]に向けた歌（筆者の解釈では）です。

いずれにせよ、「事実はオペラよりも面白い」ということでしょうか。中野京子の結びの文章が胸を打ちます。

悲しみに沈んで（引用・その４）

プッチーニもまた、これまでは気楽なピンカートン（※９）だった。妻エルヴィーラの怒りこそ怖かったが、別れたあとの浮気相手がどう出るかに、不安を感じたことはほとんどない（※10）。アメリカの海軍士官が、港みなとに恋人を作るのと同様、プッチーニもまた、森へカモ撃ちに出かける気軽さで、恋の狩りを楽しんできた（※11）。

※９『蝶々夫人』の登場人物。アメリカの海軍士官。彼はある時、軍務で日本の長崎を訪れ、15歳の芸者「蝶々さん」と知り合います。彼女は没落した武士の娘でした。２人は結婚の約束をし、一夜を共にしました。しかしピンカートンはまもなくアメリカへ帰ってしまいます。３年後、「蝶々さん」は幼い息子（ピンカートンとの間の子ども）といっしょに夫との再会を待ちわびています。ピンカートンは長崎を再訪しますが、総領事シャープレスから子どものことを聞き、動揺します。彼（ピンカートン）はアメリカで正式の結婚をしていました。ピンカートンの妻ケイトは子どもを引き取ると言います。「蝶々さん」は承諾しますが、ピンカートンが現れる前に、（武士だった）父の形見の短刀で、

自害してしまうのでした。（引用者注）

※10 そうでしょうか。むしろ「不安を感じた」からこそ、それを「芸術」によって昇華したのではないでしょうか。プッチーニの恐怖は、むしろ「芸術」の世界に封印し、鎮魂したはずの「弱い女性たちの怨念」が、「現実」の世界に侵入したことだったのではないでしょうか。（引用者注）

※11 これまたフェミニストの方々からお叱りを受けるでしょうが、「芸術家」というのは、ある意味「狩猟民族」だと思います。ただ、彼（芸術家）の「猟場」が「妖精たちの住む、霧のかかった森」であった間は、「妻」も見逃したのでしょう。そして実際、芸術家の「狩猟」は、彼の芸術にとって、役立ちもしたのです。要するに「芸の肥やし」だったのです。悲劇は「妖精」が「妻の領域」（家庭）に侵入したことだったのではないでしょうか。（引用者注）

ドーリアの服毒自殺によって、彼（プッチーニ。引用者注）は自分が、正真正銘（しょうしんしょうめい）のピンカートンになってしまったことに戦慄（せんりつ）したであろう。

彼には妻（エルヴィーラ。引用者注）の怒りを宥（なだ）めることもできなかったし、ましてドーリアを救うのは不可能だった。これが、愛される男の結末だった。

（中略）

それともドーリアは、自分を蝶々夫人になぞらえたのだろうか。

骨折したプッチーニを介護しながら、彼女は蝶々さんの自死が、美しい音楽となって昇華(しょうか)してゆくのを、その耳で聴いた。蝶々さんの死に、プッチーニが幾度も涙するのを、その目で見た。だから自分も命を捨てることで、プッチーニの心臓へ、(自身の存在が。引用者注)杭(くい)となって打ち込まれるはずだと空想したのだろうか——。

(『愛と裏切りの作曲家たち』P230)

■ 解説

ドーリア・マンフレーディのご冥福をお祈りいたします。

第４章　ランカスターの赤い薔薇

「赤い花」と言えば、イギリスの「薔薇(ばら)戦争」です。王位を争って、「赤バラ」のランカスター派と、「白バラ」のヨーク派が戦いました。ですが、一連の歴史を調べて、筆者が最も興味を持ったのが、ランカスター朝の最盛期（時代としては、百年戦争末期）の王「ヘンリー５世」でした。

A. ヘンリー5世・編年体

【インターネットより転載】

Henry V.（1387年9月16日～1422年8月31日。原注）は、ランカスター朝のイングランド王（在位：1413年～1422年。原注）。ヘンリー4世と最初の妻メアリー・ド・ブーンの子。クラレンス公トマス、ベッドフォード公ジョン、グロスター公ハンフリーの兄。ヘンリー6世の父。

若年の時から戦いに参加し、父を助けてランカスター朝成立期の国内平定に貢献した。

1413年3月20日に即位すると積極的な大陸（フランス。引用者注）経営を目指し、翌1414年、フランス国内のブルゴーニュ派とアルマニャック派の内紛に乗じて休戦中であった百年戦争を再開して、1415年10月25日アジャンクールの戦いで大勝し、フランス軍主力を壊滅させた。

1420年6月2日、フランス王シャルル6世の娘キャサリン（カトリーヌ。原注）と結婚、トロワ条約を締結して自らのフランス王位継承権を認めさせ、ランカスター朝の絶頂期を築いたが、2年後に急死した。

（a）養父と父

若き日のヘンリー（引用・その1＝インターネットより）

ヘンリー5世はウェールズのモンマスにあるモンマス城のゲートハウスで生まれた。父は即位前のヘンリー・オブ・ボリングブロク（ヘンリー4世の即位前の通称。引用者注）、母はヘリフォード伯ハンフリー・ド・ブーンの次女で当時16歳のメアリーである。彼が生まれた時期のイングランドは父の従兄・リチャード2世（父の伯父エドワード黒太子の次男。長男が夭逝したため事実上の長男。引用者注）の統治下にあり、王位継承からはかなり離れていた（※1）。そのため出生日さえはっきり分かっておらず、1386年か1387年の8月9日か9月16日の説が有力とされている。

※1　ただし、（リチャード2世の祖父）エドワード3世は、前半生の輝ける実績にもかかわらず、後半生は政治に興味を失くし、実質的な統治者は（ヘンリー4世の父。リチャード2世の叔父）ジョン・オブ・ゴーントだった、という情報もあります。逆に、ジョン・オブ・ゴーントに権力があったために、彼の一族（ランカスター公家）が「次代の王」リチャード2世から遠ざけられた、と解釈することもできます。（引用者注）

1398年、12歳の時に父（ヘンリー・オブ・ボリングブロク。引用者注）がフランスに追放された。既に母も他界していたヘンリーを国王リチャード2世（※2）は引き取り、優遇した。

※2「リチャード2世」の生年は［1367年1月］、［ヘンリー・オブ・ボリングブロク＝ヘンリー4世］の生年は［1367年4月］。つまり、彼らは同い年です。［ヘンリー・オブ・モンマス＝ヘンリー5世］から見て、両者はどのように見えたでしょうか。なお、即位前の通称［○○オブ××］の［××］は通常、彼の生誕地を示します。（引用者注）

■ 解説

ヘンリー（5世）の父ヘンリー・オブ・ボリングブロク（ヘンリー4世）追放の理由ですが、シェイクスピアの歴史劇『リチャード2世』によれば、リチャード2世が叔父（父の末の弟）であるグロスター公トマス・オブ・ウッドストック暗殺に関わっていて（直接の下手人はノッティンガム伯トマス・モーブレー）、それをいとこのヘンリー（オブ・ボリングブロク）にほのめかされたため、とあります。難解ですが、筆者なりに解説します。

まず、「系図」を示します。英仏百年戦争時代のイングランド。プランタジネット朝・第7代の王、エドワード3世に5人の息子がいました。長男以外の4人の弟たちがそれぞれ「公家」を創設しました。ポイントはそれぞれの「公家」ですので、そこを意識して、読み解いてください。

［**第ゼロ世代**］

エドワード3世

プランタジネット朝・第7代。

生没年：1312年11月13日～1377年6月21日。享年64歳。

在位　：1327年～1377年。

［第1世代］

エドワード黒太子

先王の長男。**プリンス・オブ・ウェールズ**（王太子）。

生没年：1330年6月15日～1376年6月8日。享年45歳。

ライオネル・オブ・アントワープ

先王の三男（次男は夭逝）。**初代クラレンス公**。

生没年：1338年11月29日～1368年10月7日。享年29歳。

ジョン・オブ・ゴーント

先王の四男。**初代ランカスター公**（ただし、新設ランカスター公。※3）。

生没年：1340年3月6日～1399年2月3日。享年58歳。

※3 もともとの「ランカスター伯」は、ヘンリー3世（在位：1216～1272年）の子エドマンド・クラウチバックに与えられた爵位でしたが、その子孫であるヘンリー・オブ・グロスモント（エドワード3世により、ランカスター公に昇格）を最後に一旦中絶しました。ジョン・オブ・ゴーントは、ヘンリー・オブ・グロスモントの娘婿であり、「新設ランカスター公家」の初代当主です。

エドマンド・オブ・ラングリー

先王の五男。**初代ヨーク公**。

生没年：1341年6月5日～1402年8月1日。享年61歳。

トマス・オブ・ウッドストック

先王の七男（六男は夭逝）。**初代グロスター公**。

生没年：1355年6月5日～1397年9月8日または9月9日。享年42歳。甥であるリチャード2世によって暗殺されたとされる。

［第2世代］
◎プランタジネット王家
リチャード2世
　エドワード黒太子の次男（長男は夭逝）。
　プランタジネット朝・第8代。
　生没年：1367年1月6日～1400年2月14日。享年33歳。
　在位　：1377年6月22日～1399年9月29日。
　　　　　議会によって廃位され、ロンドン塔に幽閉される。
○ランカスター公家
ヘンリー・オブ・ボリングブロク
　ジョン・オブ・ゴーントの長男。母はブランシュ・オブ・ランカスター。
　父が「旧ランカスター公家」の娘婿。
　第2代ランカスター公。
　後のヘンリー4世。**ランカスター朝・初代。**
　生没年：1367年4月3日～1413年3月20日。享年45歳。
　在位　：1399年～1413年。
●ボーフォート家
　＊以下の3人は、ジョン・オブ・ゴーントの妾腹の息子たちですが、嫡出子として認知されています。ヘンリー4世の異母弟たちです。
ジョン・ボーフォート
　母キャサリン・スウィンフォードの長男。**初代サマセット伯。**
　生没年：1371年頃～1410年。
ヘンリー・ボーフォート枢機卿
　母キャサリン・スウィンフォードの次男。
　生没年：1375年頃～1447年。
トマス・ボーフォート
　母キャサリン・スウィンフォードの三男。初代ドーセット伯。
　生没年：1377年頃～1426年。
○ヨーク公家
エドワード・オブ・ノリッジ
　エドマンド・オブ・ラングリーの長男。**第2代ヨーク公。**
　生没年：1373年～1415年10月25日。享年42歳。
リチャード・オブ・コニスバラ
　エドマンド・オブ・ラングリーの次男。ケンブリッジ伯。

生没年：1375年頃～1415年8月5日。享年40歳。
謀反（サウザンプトンの陰謀事件。1415年）に失敗し、刑死。

［第3世代］
◎ランカスター王家
ヘンリー・オブ・モンマス
ヘンリー4世の長男。ヘリフォード伯。ダービー伯。
のちのヘンリー5世。**ランカスター朝・第2代**。
生没年：1387年9月16日～1422年8月31日。享年34歳。
クラレンス公トマス
王の同母弟。母はメアリー・ド・ブーン。
生没年：1388年～1422年。
ベッドフォード公ジョン
王の同母弟。
生没年：1389年～1435年。
グロスター公ハンフリー
王の同母弟。
生没年：1390年～1447年。
●ボーフォート家
＊以下の3人は、初代サマセット伯の息子たち、またはヘンリー5世のいとこたちです。
ヘンリー・ボーフォート（叔父と同名）
初代サマセット伯の長男。**第2代サマセット伯**。
生没年：1401年～1418年。
ジョン・ボーフォート（父と同名）
初代サマセット伯の次男。**第3代サマセット伯**。**初代サマセット公**。
「サマセット伯爵位」は［兄弟］相続。兄の夭逝のため？
生没年：1404年～1444年。
＊「ヘンリー・ボーフォート」も「ジョン・ボーフォート」も、複数人存在しますので、注意が必要です。
＊後のテューダー朝・初代、ヘンリー7世は［第3代サマセット伯＝初代サマセット公］の女系の孫。つまり［第3代サマセット伯＝初代サマセット公］の娘のマーガレットがヘンリー7世の母。
エドマンド・ボーフォート

初代サマセット伯の三男。**第2代サマセット公**。
「サマセット公爵位」は[兄弟]相続。
生没年：1406年～1455年。[薔薇戦争＝第1次セント・オールバーンズの戦い]で戦死。

＊その後「サマセット公家」は、「第2代サマセット公」の長男ヘンリー（第3代公爵）、次男エドマンド（父と同名。第4代公爵）を最後に断絶しますが、ヘンリー7世（第2代サマセット公の大甥＝姪の息子）の庶子の子チャールズ・サマセットが、ヘンリー8世（ヘンリー7世の息子）によって「ウスター伯」に叙爵され、子孫は「ボーフォート公」となり、存続しています。

＊男子名「エドマンド」は、資料により「エドムンド」「エドモンド」などとありますが、本論文では「エドマンド」で統一しました。

○ヨーク家
リチャード・プランタジネット
ケンブリッジ伯リチャード・オブ・コニスバラの息子。
第3代ヨーク公。つまり「ヨーク公爵位」は[伯父・甥]相続。
生没年：1411年9月21日～1460年12月30日。享年49歳。
薔薇戦争＝ウェイクフィールドの戦い（1360年）に敗れ、三男のラットランド伯エドマンドと共に刑死。

ここでいったん、休憩します。

注目していただきたいのは、[第1世代]と[第2世代]です。[第2世代]のリチャード2世は、父（エドワード黒太子）が「王」に即位する前に死去したので、[祖父・孫]相続です（※4）。こういう場合、孫（リチャード2世）の[叔父たち＝先王の息子たち]がライバルになりがちです。要するに、リチャード2世と、トマス・オブ・ウッドストック（初代グロスター公）の争いで、いとこのヘンリー・オブ・ボリングブロク（第2代ランカスター公）はリチャード2世を批判して、いったん負けはしましたが、結局は勝った、という図式です。

※4 有名な「ブルボン朝」の［ルイ14世→ルイ15世］は［曽祖父・曾孫］相続（！）、［ルイ15世→ルイ16世］は［祖父・孫］相続です。ですが、「ブルボン朝」の場合、［祖父］が非常に長命で、［父］の世代がすでに老齢であったことが幸いしたのかもしれません。

ですが、心理学的に、ヘンリー（オブ・モンマス）の心中はどのようなものだったでしょうか。事実としては、リチャード2世の王位継承者は（リチャード2世には子がありませんでした）、ライオネル・オブ・アントワープ（初代クラレンス公）の女系の孫にあたるロジャー・モーティマー（第4代マーチ伯）でした（※5）（※6）。つまり、ヘンリー（オブ・モンマス）は、言わば人質のようなものだった、と解釈することもできます。たとえるならば、今川家で養育された若き日の徳川家康のような。

要点を整理してみます。①ヘンリー・オブ・モンマスは、出生当時、王位継承からはかなり離れていた。②リチャード2世は、第2代ランカスター公、ヘンリー・オブ・ボリングブロク追放後、その子ヘンリー・オブ・モンマスを引き取り、優遇した。

要するに、「身分（王位継承順位）よりも能力」という価値観ではなかったでしょうか。リチャード２世は叔父であるジョン・オブ・ゴーント（初代ランカスター公）を畏怖していたのかもしれません。その息子であるヘンリー・オブ・ボリングブロクへの感情は「憎しみ」一辺倒だったとしても、その孫であるヘンリー・オブ・モンマスに対しては、「畏怖が半分、愛情が半分」だったのではないでしょうか。

※５ 本論文ではもともと「系図」の各人名の前に、エドワード３世の息子たちの家系として［Ｐ＝プランタジネット王家］［Ｃ＝クラレンス公家］［Ｌ＝ランカスター公家］［Ｙ＝ヨーク公家］［Ｇ＝グロスター公家］の各アルファベットと、世代を表わすアラビア数字を組み合わせた記号を付記してありました。これに対し、担当編集者から「記号はないほうが読みやすい」とアドバイスされ、記号を削除しました。ですが、本注釈［※６］は「初代クラレンス公」と「マーチ伯」、あるいは「第３代ヨーク公」の世代比較をしていますので、本注釈に限り、記号を復活させます。

まず、各記号の意味を説明します。【Ｍ３＃Ｃ２】は「初代クラレンス公の娘婿である第３代マーチ伯」を意味します。続いて【Ｍ４／Ｃ３】は「初代クラレンス公の孫娘の兄弟である第４代マーチ伯」です。さらに女性を『Ｃ』で表わせば、『Ｃ２』は「初代クラレンス公の娘（ドーター）」、『Ｃ４』は「初代クラレンス公の曾孫（グレート・グランド・ドーター）」となります。それでは注釈です。

※６ 細かく書けば、【Ｃ１】ライオネル・オブ・アントワープ、の娘フィリッパ〖Ｃ２〗が、第３代マーチ伯【Ｍ３＃Ｃ２】に嫁ぎ、第４代マーチ伯【Ｍ４／Ｃ３】が生まれた、ということです。【Ｍ４／Ｃ３】の個人名は「ロジャー・モーティマー」ですが、これも同名異人がいますので注意が必要です（※７）。いずれにせよ【Ｍ４／Ｃ３】が「リチャード２世の王位継承者」です。ちなみに【Ｍ４／Ｃ３】の娘アン・ドゥ・モーティマー〖Ｃ４〗は、【Ｙ３】第３代ヨーク公、の「母」です（！）。あえて記号化すれば「第３代ヨーク公」は【Ｙ３／Ｃ５】でしょうか（ただし、第３代ヨーク公に女の兄弟はいません）。女性が現代よりも若年で子を産むことから、このような「ズレ」が生じるようです。たとえば［男性＝25（初婚年齢）×３（世代）＝75］［女性＝15×５＝75］みたいなイメージです。

※７ マーチ伯の家系図は「ロジャー」と「エドマンド」が交互に現れる奇妙なもので、しっかりと理解しないと混乱します。シェイクスピアも混乱したのか、それとも確信犯なのか、「第５代マーチ伯」の「エドマンド・モーティマー」と、彼の叔父（父の弟）の「サー・エドマンド」を混同しているそうです（作品名『ヘンリー４世・第１部』）。ホットスパー（後述）と共に戦って敗死したのは後者（サー・エドマンド）であり、彼は「第５代マーチ伯」ではありません。ただ、［第４代マーチ伯＝ロジャー・モーティマー］は1398年に死去しているそうで、その時［第５代マーチ伯＝エ

ドマンド・モーティマー］は7歳です。そのため「先代の弟」である「サー・エドマンド」が、一時的に「代理人」であった可能性もあります。

話をヘンリー・オブ・モンマスにもどします。

筆者の推測は、ヘンリー（オブ・モンマス）にとって、リチャード2世は「第二の父」ではなかったか、というものです。確かに［父の追放＝1398年］から［父の再起＝1399年］まで、わずか1年です。ですが、この「1年」が、少年ヘンリー（オブ・モンマス）に、「王としての思考力」を与えたのではないか、と。

参考までに、［第4世代］［第5世代］も書き加えます。

［第4世代］

◎ランカスター王家

ヘンリー6世

ヘンリー5世の長男。母はフランス王女キャサリン・オブ・ヴァロワ。

ランカスター朝・第3代。

生没年：1421年12月6日～1471年5月21日。享年59歳。

在位　：1422年～1461年。1470年～1471年。

○ヨーク公家

マーチ伯エドワード

第3代ヨーク公の次男（長男は夭逝）。母はセシリー・ネヴィル。

後のエドワード4世。**ヨーク朝・初代。**

生没年：1442年4月28日～1483年4月9日。享年40歳。

在位　：1461年～1483年。ただし1470年から1471年にかけて数カ月の中断がある。

ラットランド伯エドマンド

第3代ヨーク公の三男。

生没年：1443年5月17日～1460年12月31日。享年17歳。

薔薇戦争＝ウェイクフィールドの戦い（1460年）に敗れ、父と共に刑死。
クラレンス公ジョージ
第3代ヨーク公の六男（四男、五男は夭逝）。
生没年：1449年10月21日〜1478年2月18日。享年28歳。
＊弟（グロスター公リチャード）との権力闘争に敗れ刑死。
グロスター公リチャード
第3代ヨーク公の八男（七男は夭逝）。
後のリチャード3世。**ヨーク朝・第3代**。
＊「第2代」はエドワード4世の長男のエドワード5世。
生没年：1452年10月2日〜1485年8月22日。享年32歳。
在位　：1483年〜1485年。
＊ヘンリー5世の王妃（キャサリン・オブ・ヴァロワ）の子孫ヘンリー・テューダー（後のヘンリー7世）との戦い（ボズワースの戦い＝1485年）に敗れ、戦死。

［第5世代］
◎ランカスター王家
エドワード・オブ・ウェストミンスター
ヘンリー6世の長男。**プリンス・オブ・ウェールズ**（王太子）。
母は「フランスの牝狼」マーガレット・オブ・アンジュー。
生没年：1453年10月13日〜1471年5月4日。享年17歳。
薔薇戦争＝テュークスベリーの戦い（1471年）で戦死。
◎ヨーク王家
エリザベス・オブ・ヨーク
エドワード4世の長女。後のヘンリー7世妃。
生没年：1466年2月11日〜1503年2月11日。享年36歳。
エドワード5世
エドワード4世の長男。**ヨーク朝・第2代**。
生没年：1470年11月4日〜1483年？　享年12歳。
在位　：1483年。
リチャード・オブ・シュルーズベリー
エドワード4世の次男。初代ヨーク公兼初代ノーフォーク公。
生没年：1473年8月17日〜1483年？　享年10歳。
兄（エドワード5世）と共にロンドン塔に幽閉され、暗殺されたとされる。
＊上記の姉弟の母親はエリザベス・ウッドヴィル。

◇参考　『ロンドン塔の王子たち』

夏目漱石も魅了された名画『ロンドン塔の王子たち』は、フランス、ロマン派の画家ポール・ドラローシュの作品です（1830年・油彩）。そこに描かれているのがヨーク朝の幼い王子、エドワード5世とリチャード・オブ・シュルーズベリーです。暗い室内、豪華なベッドの上で、暗殺者の物音におびえ、手を取り合って固まっている幼い兄弟の図です。

中野京子の解説によれば（『中野京子と読み解く名画の謎　陰謀の歴史篇』）、「十九世紀前半に隆盛をみたロマン主義は、文学も音楽も絵画も異国趣味が特徴だった（同書P.27）」ということです。フランスから見て、イギリスは「異国」だったのでしょうか。絶対に安全な柵の外側から、内側を眺めていた、ということでしょうか。

ドラローシュが「幼い2人の王子」に同情しているのは事実ですが、それでは「暗殺者」とされる「リチャード3世」は「悪」なのでしょうか。それはわかりません。この物語の「価値観」は複雑で、むしろその後権力を握った［ヘンリー7世＝テューダー朝］に疑問を投げかける人たちもいるようです。彼らはむしろ「リチャード3世」に同情的です（このグループを「リカーディアン」と言うそうです）。ですが、そうしますと、今度は「シェイクスピア」と対決することになり、あるいはイギリスの黄金時代を築いた［エリザベス1世＝ヘンリー7世の孫］を否定することにもなり、「そういう主張」は地下に潜伏することになります。まさに「ファンタジーは敗者の哲学」です。

簡単に言えば、シェイクスピアの『リチャード3世』は、「勝者の語る歴史」です。シェイクスピアが種本にしたトーマス・モアの伝記、そのネタ元であるジョン・モートンなる人物の証言がポイントです。実はこのジョン・モートンなる御仁、リチャード3世の臣下でありながら、不正を働き、それがばれて国外に逃亡。その後ヘンリー7世の御代になって宮廷に返り咲いたという、いわくつきの人物であったことがわかっています。「すべての悪はリチャードのもの」と言い立てるジョン・モートン、それを忠実に記録した彼の弟子、トーマス・モア。要するに、シェイクスピアの情報源が、偏見丸出しの悪意に満ちたものだったのです。悪意に満ちた種本と、稀有な文豪（シェイクスピア）による化学反応。私たちはこの歴史劇（『リチャード3世』）を、どう読むべきでしょうか。

中野京子は次のように結んでいます（意訳です）。私たちはあまりにも「悪人」リチャードを愛してしまった。歴史劇『リチャード3世』の主役はあくまでも「リチャード3世」であって、「ヘンリー7世」ではない。これほど燦然と輝く「悪の華」であったからこそ、私たちは彼（リチャード3世）を、強烈な印象とともに、記憶にとどめることができたのだ。――私たちは「歴史」を「自分たちが見たいようにしか見ない」のでしょうか。

いずれにせよ、「リチャード3世」が「人々の意見が割れる人物」であるのに対し、無垢（むく）な幼い王子たちの姿は、誰の目にも哀れに見えます。はたして夏目漱石は、この絵を、どう見たのでしょうか。　（［参考］おわり）

（引用・その2）

再起を図る父（ヘンリー・オブ・ボリングブロク。引用者注）の率いるランカスター派が1399年にイングランドに上陸すると、リチャード2世は捕らえられてしまう。こうして父がヘンリー4世として即位し、彼（息子のヘンリー＝ハル王子。引用者注。※8）もプリンス・オブ・ウェールズ（王太子。引用者注）に叙せられる。そして1399年11月10日に（ハル王子は。引用者加筆）ランカスター公に叙された。

※8「ヘンリー・オブ・モンマス」「ヘンリー5世」「ハル王子」は、同一人物です。（引用者注）

数年ののち、彼はイングランド軍の一部の指揮を実際に執るようになった。1403年のウェールズのオウェイン・グレンダワーの反乱（後述。引用者注）に際しては自分の軍隊を率いてウェールズに向かい、さらにこの反乱に加担したヘンリー・パーシー（ホットスパー。原注）に対しても、取って返して父の軍と合流し、シュルーズベリーの戦いで打ち破った。

■ 解説

「ホットスパー」というのは、ヘンリー・パーシーの渾名（こんめい）（あだ名）です。父（初代ノーサンバランド伯）の名も「ヘンリー・パーシー」、息子（第2代ノーサンバランド伯）の名も「ヘンリー・パーシー」なので、区別するために渾名で呼ぶようです。字義は「燃える拍車」または「向こう見ず」だそうです。

シェイクスピアの歴史劇『ヘンリー４世・第１部』では、この「ホットスパー」は好意的に描かれています。ヘンリー４世 vs「ホットスパー」の関係と、ヘンリー５世（ハル王子）vs「フォルスタッフ」（現実の世界では「ジョン・オールドカースル」）の関係は、心理学的に興味深いです。ですが、この話題は、次節B．に譲ります。

（b）和解

王子としての役割とヘンリー４世との対立（引用・その１）

1408年まで、ヘンリーはオウェイン・グレンダワーによるウェールズの反乱の鎮圧に注力した。その後、父王の健康状態の悪化によって次第に彼の政治的権威が高まってきた。1410年１月（ヘンリー22歳。引用者注）からは叔父（父の異母弟。引用者注）にあたるヘンリー・ボーフォートとトマス・ボーフォートに助けられつつ（※９）、実質的な政権の支配者になった。

※9「ボーフォート家」はランカスター公家の分家ではありますが、彼らに「王位継承権」はありません。このような関係が、王家にとっては望ましいのかもしれません。つまり、「ボーフォート家」は100パーセント「王の参謀」なわけです。(引用者注)

ヘンリー王子の政策は国内政策・対外政策ともに国王と異なっていたため、1411年11月(ヘンリー24歳。引用者注)の御前会議には王子は呼ばれなかった。ボーフォート兄弟がヘンリー4世の退位を画策していた可能性はあるが、この親子(ヘンリー4世とハル王子。引用者注)が対立するのは政治方針のみであった。そしてボーフォート兄弟に対立する勢力は王子の中傷に躍起になった。
1413年3月20日にヘンリー4世が亡くなると、翌日にはヘンリー王子が王位を継承し、4月9日に戴冠式が行われた(ヘンリー25歳。引用者注)

■ 解説

「ボーフォート兄弟」とは、ヘンリー4世の異母弟です。ヘンリー4世の母は父の最初の妻ブランシュ・オブ・ランカスター。ボーフォート兄弟の母は父の3番目の妻キャサリン・スウィンフォード(2番目の妻コンスタンスは子を産みませんでした)。キャサリン・スウィンフォードは4人の子ども(男3人、女1人)を産みましたが、彼らは「嫡出は認めるが、王位継承の権利は排除する」とされました。長男のジョン・ボーフォートは、「サマセット伯」に叙され、次男のヘンリー・ボーフォートは「枢機卿」となります。言わば「ランカスター家の分家」です。

ヘンリー5世の内政（引用・その2）

ヘンリー5世は全ての内政問題に直接関与し、そして次第に自身の影響力を高めていった。また、その即位当初から自らをイングランドという連合国家（※10）の長と位置付け、過去の国内対立を水に流す方針を明確にした。

※10　この当時、「スコットランド」は独立国だったので、この「連合国家」という表現は難解です。封建国家において、「公爵領」というのは、半独立的な「国」だった、という意味でしょうか。——もうひとつ、筆者が個人的に知りたいイギリス史の七不思議は、「ノルマン・コンクエスト（1066年）で敗れたアングロ・サクソン系の貴族たちは、どこに消えたのか」です。あの『ロビンフッド』では、シャーウッドの森に集まった出自不明の男たちは、「サクソン系」の子孫だと説明する映画もあったと思います。要するに「ノルマン・コンクエスト」によって、イギリスの支配者が［サクソン系→ノルマン系］へと、反転したのです。

まず父と対立したリチャード2世を再度丁重に埋葬し、リチャード2世が在位していた間の推定相続人であるエドマンド・モーティマー（第5代マーチ伯。引用者注。※11）をお気に入りとして手元に置き、さらには爵位・領土を没収されて苦しんでいた貴族たちには爵位・領土を順次回復していった。ホットスパーの遺児ヘンリー・パーシーもノーサンバランド伯を継承した。

※11［第3代ヨーク公＝リチャード・プランタジネット］の息子［後のエドワード4世（ヨーク朝・初代）＝1461年即位］の即位前の肩書「マーチ伯エドワード」は重要です。要するに、モーティマー系の「マーチ伯」は5代で断絶し、「新設マーチ伯家」を、まず「第3代ヨーク公」が受け継ぎ、その後、息子のエドワードが引き継いだ、ということです。なぜなら、第3代ヨーク公の母アン・ドゥ・モーティマーは、第5代マーチ伯の姉だったからです。既述の※6、参照。（引用者注）

■ 解説

この部分は、筆者にとっては重要です。ヘンリー5世は「リチャード2世」を丁重に埋葬したのです。やはり「リチャード2世」はヘンリー5世にとって「第二の父」だったのではないでしょうか。

なお、第5代マーチ伯エドマンド・モーティマーは、第4代マーチ伯ロジャー・モーティマーの息子です。リチャード

2世の王位継承者は、厳密には「第4代マーチ伯」でしたが、彼（エドマンド＝第5代マーチ伯）は自らの意思に反して、ヘンリー5世と王位を争うはめになりました（サウザンプトンの陰謀事件。1415年）。要するに［ヘンリー4世×第4代マーチ伯］［ヘンリー5世×第5代マーチ伯］という図式です。この事件（サウザンプトンの陰謀事件）の首謀者ケンブリッジ伯リチャード・オブ・コニスバラは、第3代ヨーク公リチャードの父で、（第3代ヨーク公の）母であるアン・ドゥ・モーティマーは「第5代マーチ伯」の姉でした。つまり「ケンブリッジ伯」は「第5代マーチ伯」の義理の兄（姉の夫）です（※12）。この陰謀事件はあっけなく失敗に終わり、ケンブリッジ伯は処刑されました。**それにもかかわらず、彼（ケンブリッジ伯）の息子リチャードは「ヨーク公」を継いだのです。**なお、［第3代ヨーク公＝リチャード・プランタジネット］の生年は1411年。ヘンリー5世の生年は1387年、［ケンブリッジ伯＝リチャード・オブ・コニスバラ］の生年は1375年ごろ、［第5代マーチ伯＝エドマント・モーティマー］の生年は1391年です。

何が言いたいのかと言いますと、［第3代ヨーク公＝第3世代］［ヘンリー5世＝第3世代］であるにもかかわらず、ヘンリー5世のほうが1世代分年上だということです。「第3代ヨーク公」は薔薇戦争においては、老獪な人物として登場するので、イメージを合わせるのに若干苦労します。

※12 要するに、①オウェイン・グレンダワーの反乱も、②サウザンプトンの陰謀事件も、ともに「モーティマーがらみ」だったわけです。反乱の首謀者は①は［ノーサンブリア伯＝ホットスパー］で［モーティマー＝第4代マーチ伯］なのに対し、②は［ケンブリッジ伯＝ヨーク公の弟］で［モーティマー＝第5代マーチ伯］ですが。

話を「第3代ヨーク公」の前半生に戻します。

この奇妙な処置も、ヘンリー5世の「和解政策」の一端とされます。さらにこの「第3代ヨーク公」は叔父（母の弟＝第5代マーチ伯）の死後、広大な「マーチ伯領」を継承します。

この「第3代ヨーク公」がなぜ有名かと言いますと、「薔薇戦争」のそもそもの発端が、【白バラ】第3代ヨーク公（リチャード）、と【赤バラ】第2代サマセット公（エドマンド）、の争いだったからです。ちなみに【白バラ＝リチャード】は（対仏百年戦争の）「主戦派」で、【赤バラ＝エドマンド】は「和平派」でした。いずれにせよ、それは「ヘンリー5世」亡きあとの「ヘンリー6世」の時代の話です（第1次セント・オールバーンズの戦い＝1455年。リチャード44歳、エドマンド49歳）。

（引用・その3）

ヘンリー5世にとっての最大の内政課題は、当時異端として迫害されていたロラード派の不満分子に対する対処であった。1414年1月にジョン・オールドカースルの反乱を未然に防いだヘンリー5世は内政基盤を堅固なものとした。1415年6月に（発覚した。引用者加筆）サウザンプトンの陰謀事件を除いてはこれ以降の彼の統治期に大きな内政問題は発生していない。
また、ヘンリー5世は政府公式文書での英語の使用を促進（励行？引用者注）した。ヘンリーは350年前のノルマン・コンクエスト（1066年。引用者注）以来初めて、個人書簡に英語を使用した王であった。

■ 解説

「ロラード派」「ジョン・オールドカースル」につきましては、次節B．に譲ります。「サウザンプトンの陰謀事件」につきましては、解説済みとさせていただきます。すでに説明しました通り、「第5代マーチ伯」は「ケンブリッジ伯」の義弟なのですが、「ケンブリッジ伯」自身の父は「初代ヨーク公」です。考え方としては、「ヨーク公」はエドワード3世の「五男」であるのに対し、「クラレンス公」（モーティマー家はクラレンス公の女系の子孫）はエドワード3世の「三男」なので、「格上」ということでしょうか。ちなみに「四男」は「ランカスター公」です（「次男」は夭逝しています）。

「個人書簡に英語を使用、うんぬん」につきましては、ヘンリー5世の国家観が、「フランス王の臣下」から「独立国イングランド」に傾いたということだと思われます。ということは、ヘンリー５世の「フランス遠征」は、「フランスの一地方封土」の君主としての「フランス王位の要求」から、「一独立国」の君主としての、言わば「同君連合」の発想ではなかったでしょうか。

どういうことかと言いますと、もしもイングランドが「ノルマンディー（フランスのノルマンディー地方）」と同じ運命をたどったとしたら、つまり「フランスの一地方封土の君主」になり下がったとしたら、「英語」という言語が遠からず消滅する可能性もあったということです。いや、「プランタジネット家」とは（フランスの）「アンジュー伯家」の分家ですから、名目上は「フランス王の臣下」なのですが、ヘンリー５世は、あえて（イングランドが）「独立国」であることを既成事実化するために、「英語」を利用したのかもしれません。

あれこれ考えるうちに、筆者は以下のような結論にたどり着きました。ヘンリー５世の国家観は「英語」という言語に光を当てることになったが、逆に「英語」という言語を保存することを最優先させるのであれば、むしろイングランドが「百年戦争に負けたこと」は「結果オーライ」だったのではないか、と。

外交とフランス遠征（引用・その４）

内政問題が鎮静化したことで、ようやくヘンリー５世は外交問題に注力できるようになった。当時フランスでは国王シャルル6世は精神異常のため事実上政務を執ることが不可能な状態であり、さらにブルゴーニュ派とアルマニャック派に分かれて内戦状態にあったため、とても外敵からの自国の安全を保てる状態にはなかった。

ヘンリー5世は「フランス政府が反乱を起こしたオワイン・グリンドゥール(オウェイン・グレンダワー。引用者注)に援助していたことへの賠償」「ブルゴーニュ派・アルマニャック派それぞれに支援を与えていたことへの代償」という理由で、領土割譲とフランス王位を要求した。これを拒否したフランスに対し、ヘンリー5世は長期休戦状態にあった百年戦争を再開し、フランス遠征を行った(1415年。引用者注)。

■ 解説・その1

「長期休戦状態」とは、1396年に締結された「20年休戦協定」のことのようです。この協定の結果、リチャード2世はフランス王女イザボー(イザベル。[フランス王シャルル6世=ヴァロワ朝第4代]の娘。当時7歳)と結婚しました(1397年)。——ちなみに、リチャード2世(プランタジネット朝第8代)の2代あとのイングランド王ヘンリー5世(ランカスター朝第2代)も、シャルル6世の娘カトリーヌ(キャサリン)と結婚しています(トロワ条約。1420年。キャサリン19歳)。つまり、[イザボー=

1389年生まれ］と［カトリーヌ＝1401年生まれ］は姉妹です（12歳違い）。

「英仏百年戦争」には2つの側面があり、1つはフランス王朝が「カペー朝」から「ヴァロワ朝」へ移行する中で、「カペー朝」の王女（イザベラ。［フランス王フィリップ4世＝カペー朝第11代］の娘）を母に持つイングランド王エドワード3世が異議を唱えた、というものです。ですが、背景にもう1つ、要因があります。それが「スコットランド」です。

要するに、イングランド王（エドワード3世）がスコットランドを遠征し（1333年）、もともとの［スコットランド王＝デイヴィッド2世］がフランスに逃げてフランス王（フィリップ6世＝ヴァロワ朝初代）に助けを求めた、というものです。ですから、構造的に［イングランド］vs［フランス＋スコットランド］があったのです。――確か、フランス王ルイ11世（在位1461～1483年）の「最初の妃」が「スコットランド王女」だったと思います（スコットランド王ジェームズ1世の娘マーガレット＝フランス名、マルグリット）。残念ながら夫（ルイ11世）に顧みられず、若くして亡くなりますが（ルイ11世の2番目の妃＝サヴォイ公女シャルロット＝シャルロット・ド・サヴォワ）。

今回の「ヘンリー5世のフランス遠征」の口実となった「オウェイン・グレンダワーの反乱」は、反乱の舞台が「スコットランド」ではなく「ウェールズ」ですが、フランスがイングランドで内乱を引き起こすために、イングランド辺境の勢力を焚きつけている、という「構造」は共通しています。

「系図」をまとめます。

［世代X］
◎カペー王家（フランス）
フィリップ4世　――カペー朝・第11代。
○ヴァロワ公家（フランス）
シャルル　――フィリップ4世の弟。
カペー朝・第11代の分家。

［世代Y］
◎カペー王家
＊以下の4人はいずれもフィリップ4世の子。
ルイ10世　――カペー朝・第12代。
フィリップ5世　――カペー朝・第13代。
シャルル4世　――カペー朝・第14代。
イザベラ　――イングランド王（プランタジネット朝）エドワード2世妃。

［第1世代］　百年戦争・その1
◎プランタジネット王家（イングランド）
エドワード3世　――エドワード2世の息子。
プランタジネット朝・第7代。
母（イザベラ）がフィリップ4世の娘。
フランス王の女系の孫。
◎ヴァロワ王家（フランス）
フィリップ6世　――シャルル（世代X・ヴァロワ公）の息子。
ヴァロワ朝・初代。
ジャン2世　――フィリップ6世の息子。
ヴァロワ朝・第2代。

［第2世代］　百年戦争・その2
◎プランタジネット王家
エドワード黒太子　――エドワード3世の長男。
プリンス・オブ・ウェールズ（王太子）。

◎ヴァロワ王家
シャルル5世　　　——ジャン2世の息子。ヴァロワ朝・第3代。
○ブルゴーニュ公家（フランス）
フィリップ豪胆公　——シャルル5世の弟。
ヴァロワ朝・第3代の分家。
ブルゴーニュ公家・初代。
妃がフィリップ5世（カペー朝）の女系子孫。

［**第3世代**］　百年戦争・その3
◎プランタジネット王家
リチャード2世　——エドワード黒太子の息子。
プランタジネット朝・第8代。
妃がヴァロワ朝・第4代の娘（イザベラ）。
◎ランカスター王家（イングランド）
ヘンリー4世　　——エドワード3世の孫。リチャード2世のいとこ。ランカスター朝・初代。
◎ヴァロワ王家
シャルル6世　　——シャルル5世の息子。ヴァロワ朝・第4代。
上の娘（イザベラ）がリチャード2世妃。
下の娘（キャサリン）がヘンリー5世妃。
○オルレアン公家（フランス）
ルイ・ドルレアン　——シャルル6世の弟。
ヴァロワ朝・第4代の分家。
オルレアン公家・初代。
○ブルゴーニュ公家
ジャン無畏公　　　——フィリップ豪胆公の息子。
ブルゴーニュ公家・第2代。

［**第4世代**］　百年戦争・その4
◎ランカスター王家
ヘンリー5世　——ヘンリー4世の息子。
ランカスター朝・第2代。
妃がシャルル6世の娘（キャサリン）。
ヘンリー6世　——ヘンリー5世の息子。

◎ヴァロワ王家
シャルル7世　——シャルル6世の息子。
　　　　　　　　　　ヴァロワ朝・第5代。
○オルレアン公家
シャルル・ドルレアン　——ルイ・ドルレアンの息子。
　　　　　　　　　　　　　　オルレアン公家・第2代。
○ブルゴーニュ公家
フィリップ善良公　——ジャン無畏公の息子。
　　　　　　　　　　　　ブルゴーニュ公家・第3代。

［第5世代］　薔薇戦争・ブルゴーニュ戦争
◎ヨーク王家（イングランド）
エドワード4世　——エドワード3世の曾々孫。
　　　　　　　　　　　ヨーク朝・初代。
エドワード5世　——エドワード4世の息子。
　　　　　　　　　　　ヨーク朝・第2代。
リチャード3世　——エドワード4世の弟。
　　　　　　　　　　　ヨーク朝・第3代。
◎ヴァロワ王家
ルイ11世　——シャルル7世の息子。
　　　　　　　　　ヴァロワ朝・第6代。
○ブルゴーニュ公家
シャルル突進公　——フィリップ善良公の息子。
　　　　　　　　　　　ブルゴーニュ公家・第4代。

＊「ブルゴーニュ戦争」とは、フランス王ルイ11世と、ブルゴーニュ公シャルル突進公が戦い、フランス王が勝って、ブルゴーニュ公国が滅亡した戦争です。ブルゴーニュ公女マリー（シャルル突進公の娘）は、神聖ローマ帝国（現ドイツ）に助けを求め、その結果、現在のベルギー・オランダが、フランスからの独立を保ちました。

■ 解説・その2

「ブルゴーニュ派・アルマニャック派、うんぬん」ですが、まず「ブルゴーニュ公家」とは、ヴァロワ朝・第3代の分家です。「アルマニャック派」につきましては、筆者の不勉強のため詳しくはわかりませんが、ヴァロワ朝・第4代の分家「オルレアン公家」と何らかの関係があるようです。

要するに、ヴァロワ朝・第4代のフランス王、シャルル6世の精神異常（※13）のため、王弟、ルイ・ドルレアンが摂政になったわけですが、この「摂政職」をめぐって、ルイ・ドルレアンとジャン無畏公（ブルゴーニュ公）が争った、ということのようです。結局、ルイ・ドルレアンも、ジャン無畏公も、暗殺されます（※14）。

※13 この「シャルル6世」の精神異常の因子が、彼の娘カトリーヌ（ヘンリー5世妃。英語名キャサリン・オブ・ヴァロワ）を介して、ヘンリー6世に伝わったと考えられます。

※14 ルイ・ドルレアンの暗殺年は1407年、ジャン無畏公の暗殺年は1419年です。なお「ジャン無畏公」は筆者が愛読した堀越孝一の本では、「おそれ知らずのジャン」と意訳されていました。フランス語の原表記では「ジャン・サン・プール」です。

その後、フランス宮廷（パリ・シャルル6世）は、イングランド（ヘンリー5世）に接近し（トロワの和議。1420年）、王太子だったシャルル（後のシャルル7世）が廃太子されるという事件が起こります。

これまた、うろ覚えなのですが、百年戦争の後半戦は、フランスにとって、北部地域(セーヌ川流域・パリ)と南部地域(ロワール川流域)の争い、つまり「南北戦争」の様相を呈していたと、何かで読んだ気がします。仮に[ブルゴーニュ派＝北部勢力][アルマニャック派＝南部勢力]とすれば、[アルマニャック派]は「ルイ・ドルレアン」喪失後、新しい旗印(はたじるし)として、「シャルル王太子(後のシャルル7世)」を担ぎ上げたということではないでしょうか。そして、この「アルマニャック派」の彗星として、[乙女ジャンヌ＝ジャンヌ・ダルク]が現れたことは、あまりにも有名です。

以下は百年戦争とは全く関係のない余談ですが、アメリカ南部にルイジアナ州という州があり(かつてのフランス植民地です)、その中に「ジャズの聖地」とされる都市「ニュー・オーリーンズ」があります。「オーリーンズ」というのは英語読みなので、ぴんと来ませんが、これをフランス語読みしますと「オルレアン」です。「ジャンヌ・ダルク」は「オルレアン(もちろん、フランスの)」を解放したことでも知られています。それはともあれ——。

フランス中世史の「後知恵(あとぢえ)」として、ヴァロワ朝の直系の血筋は、ルイ11世(ヴァロワ朝・第6代)の息子シャルル8世(ヴァロワ朝・第7代)で絶えてしまいます。シャルル8世の最初の妃はハプスブルク家の皇女マルガレーテ(当時3歳)でしたが、マルガレーテの父マクシミリアン（ブルゴーニュ公女マリーの夫）は、すでに妃（マルガレーテの母＝ブルゴーニュ公女マリー［マリー・ド・ブルゴーニュ］）を亡くしており、二番目の妃として、ブルターニュ公女アンヌ（アンヌ・ド・ブルターニュ）と婚約していました。ところがシャルル8世は、急きょマルガレーテと離縁し、アンヌ・ド・ブルターニュと先に結婚してしまいます。現代人から見れば奇妙な話ですが、当時は王族の結婚によって領土が変わってしまうのですから、シャルル8世の心中も尊重されなければなりません。しかし、彼ら（シャルル8世とアンヌ・ド・ブルターニュ）の間に生まれた5男1女はすべて夭逝し、シャルル8世自身も、「鴨居に頭を打ちつける事故によって」急死してしまいます。

シャルル8世の次のフランス王はシャルル8世の姉ジャンヌと結婚していたルイ・ドルレアン（第3代オルレアン公。祖父と同名）でした（先王［シャルル8世］の義兄。即位してルイ12世。ヴァロワ朝・第8代）。彼は［第2代オルレアン公＝シャルル・ドルレアン］の息子でした。

ところが彼（ルイ）は王になるや、ジャンヌと離縁し、義弟（シャルル8世）の未亡人アンヌ・ド・ブルターニュと結婚したのです！　そして、彼ら（ルイ12世とアンヌ・ド・ブルターニュ）の間に生まれた王女クロードのもとに婿入りしたのが、有名なフランス王フランソワ1世（ヴァロワ朝・第9代）です。

ヴァロワ朝・第9代のフランス王、フランソワ1世の出身も、オルレアン公家の分家である「アングレーム伯家」です。アングレーム伯家は、[第2代オルレアン公＝シャルル・ドルレアン]の弟(ジャン)が創設した分家で、フランソワ1世は、その孫になります。先王(ルイ12世)から見れば(フランソワ1世は)「いとこの子」であり、フランソワ1世と王女(先王[ルイ12世]の娘)クロードの結婚は「はとこ婚」になります。

ということは、ルイ12世以降のヴァロワ朝は、(ヴァロワ朝・初代[フィリップ6世]から見て)「男系」ではありますが、「長子相続」ではないということになります。「百年戦争の呪い」でしょうか。フランソワ1世の血筋も、その孫の代で絶えてしまいます。

いやあ、歴史って、本当に面白いですね。

◇参考(アルテュール・ド・リッシュモン)

ブルターニュ(いわゆるブルターニュ半島)というのも難しい地域のようで、古代ブリテン島(イギリス)の先住民(ブリトン族)が移住した地域とされています。5世紀ごろの話です。[勝者＝ゲルマン系アングロ・サクソン族][敗者＝ケルト系ブリトン族]。この地域は1532年まで、半独立国でした(アンヌ・ド・ブルターニュの娘婿、フランス王フランソワ1世により、フランス王国へ併合)。

百年戦争末期(1400年代前半)、ジャンヌ・ダルクの物語に登場するアルマニャック派の元帥（げんすい）、アルテュール・ド・リッシュモンの兄がブルターニュ公（ジャン5世。在位1399～1442年）で、ジャン5世の二人の息子たち（フランソワ1世とピエール2世）には、いずれも男子がいなかったために、アルテュール自身も晩年、ブルターニュ公となります（アルテュール3世。在位1457～1458年）。しかし、彼（アルテュール）にも男子がなく、アンヌ・ド・ブルターニュ（ブルターニュ女公。在位1488～1514年）は、アルテュールの甥（弟の子。ブルターニュ公フランソワ2世。在位1458～1488年）の娘です。

なお、①ジャン5世、②アルテュール3世、③ジル、④リシャール（エタンプ伯＝フランソワ2世の父）の母ジャンヌ・ド・ナヴァールは、イングランド王ヘンリー4世の「2番目の妻」です（！）

ちなみに「リッシュモン」とは［リッチモンド＝イングランドの地名］のフランス語読みで、「リッチモンド伯」の意味ですが、これは「自称」であり「名目のみ」のようです。アルテュールはヘンリー4世の「義理の息子」なので、ヘンリー4世によって授けられたかとも思いましたが、そうではありませんでした。母ジャンヌが娘たちを連れてイングランドに渡った時、息子たちはブルターニュに残ったのです（※15）。

※15 その後、1415年のアジャンクールの戦いで、アルテュールは「アルマニャック派」としてヘンリー5世の軍と戦いますが、敗

れて捕虜になり、イングランドに連れて行かれます。彼の捕囚は5年に及び、解放されたのは1420年でした。

いちおう、「リッチモンド伯」の由来は、ノルマンディー公によるイングランド征服（1066年）の際、何人かのブルターニュ貴族がノルマンディー公（後のノルマン朝イングランド王）に加勢したために、軍功によって（ノルマン朝イングランド王からブルターニュ貴族に）与えられた、ということのようです。――その後「リッチモンド伯」の称号はヘンリー6世の「異父弟」エドマンド・テューダーに与えられました。さらにその後、イングランドが「ヨーク朝」になった時、エドマンド・テューダー（ランカスター派）の息子ヘンリー（後のヘンリー7世）の「亡命先」がブルターニュでした。不思議な気がします。

何だか「わかった」気がします。要するに、ヘンリー4世（妻がブルターニュ公ジャン4世の未亡人）とヘンリー6世（妻がマーガレット・オブ・アンジュー＝アンジュー公女。父ルネ・ダンジューはアルマニャック派）が「和平派」で、ヘンリー5世が「主戦派」だったのでしょう。ヘンリー5世はアルテュールの捕囚時代（1415～1420年）に、アルテュールを親英派（ブルゴーニュ派）に宗旨替えさせるべきだったのに、それに失敗したのでしょうか。

なお、アルテュールには「リッチモンド伯」以外にも、いくつかの称号（領地）があったようですが、彼はなぜかこの称号

（ド・リッシュモン）を好んだようです。この深層心理をたどってみるのも、楽しいかもしれません。

（［参考］おわり）

（ｃ）アルフルール包囲戦

1415年の遠征（引用・その１）

1415年８月11日にフランスに向けて出航したヘンリー５世のイングランド軍は、８月13日に北フランスに上陸し、アルフルール（現セーヌ＝マリティーム県。原注）要塞を包囲し、９月22日にはこれを陥落した（アルフルール包囲戦。原注）。予想以上に長引いた包囲戦で疾病・負傷者が増えたイングランド軍は、補給可能なカレー港に陸路移動を開始した。これを追撃しようとするアルマニャック派を中心とするフランス軍を10月25日のアジャンクールの戦いで撃破し、多くのフランス貴族を捕虜とした。

外交と制海権（引用・その２）

イギリス海峡の制海権を確固たるものにするためには、フランスだけでなく、フランスと同盟するヨーロッパ各国を海峡から締め出す必要があった。

アジャンクールの戦いの後、神聖ローマ皇帝ジギスムントはイングランドとフランスの和平調停のためヘンリーのもとを訪れた。ヘンリー5世のフランスに対する要求を緩和するように説得するためである。ヘンリー5世は皇帝を歓待し、ガーター勲章まで授与した。ジギスムントは返礼としてヘンリーをドラゴン騎士団に登録した。数ヶ月後の1416年8月15日、イングランドのフランスへの賠償請求権を認めたジギスムントはカンタベリー条約を締結してイングランドを去った。

■ 解説

それぞれの「騎士団」の設立年を確認しました。

ガーター騎士団

1347年、イングランド王エドワード3世により設立。

ドラゴン騎士団

1408年、神聖ローマ皇帝ジギスムントにより設立。

金羊毛騎士団

1430年、ブルゴーニュ公フィリップ善良公により設立。

「カンタベリー条約」は1416年ですから、金羊毛騎士団はまだ存在しません。その意味で、フランスはイギリスに、一歩、遅れをとったということでしょうか。

要するに、「騎士団」とか「勲章」とは、その二国が「同盟関係にある」という意味だと思われます。そして「カトリック」の考え方では、いったん結んだ同盟は［解消されない＝離婚は不可］なので、その二国は「永遠に味方」ということなのでしょう。

(d) 誰がジャンを殺したか

1417年の遠征（以下引用）

イングランド国王（ヘンリー5世。引用者注）と神聖ローマ皇帝（ジギスムント。引用者注）との間につながりができたことで、1417年の教会大分裂（※16）の収束に道筋がつき、フランスと大陸諸勢力との分離が進んだ（フランスがヨーロッパ諸勢力の中で孤立した。引用者私訳）。これを好機として、アジャンクールの戦いの疲弊を癒したヘンリー5世は再び、さらに大規模な進攻作戦を開始した。

※16 1378年から1417年の間、ローマとアヴィニョンにそれぞれローマ教皇が立ち、カトリック教会が分裂した状態のこと。発端はフランス王フィリップ4世（カペー朝・第11代）がフランス人の教皇クレメンス5世を擁立し、教皇庁をローマからアヴィニョンに移したことに始まります（1308年。教皇のアヴィニョン捕囚）。つまり、クレメンス5世に始まるアヴィニョン捕囚期の教皇は、基本的には「フランス王」の傀儡（かいらい）だったということになります。この状態に終止符を打ったのが、神聖ローマ皇帝ジギスムント（在位：1411～1437年）です。［神聖ローマ

帝国＝ドイツ］ですから、イメージとしては［フランス＝悪］［ドイツ＝善］となり、歴史の面白さを感じずにはいられません。（引用者注）

ノルマンディー地方の沿海部はまたたくまに占領され、ルーアンの町もパリから分断された状態で攻め立てられた。フランス政府はブルゴーニュ派とアルマニャック派の抗争で機能していなかった。ヘンリー５世は巧みに両派を争わせつつ、1419年１月にルーアンを陥落させた。
抵抗したノルマンディーのフランス人は厳しく罰せられた。城壁からイングランド人捕虜の首をぶら下げたアラン・ブランシャールは瞬く間に処刑され、イングランド国王を破門したルーアンの司祭ロバート・ドゥ・リベットはイングランドに送られて５年間牢獄に入れられた。
1419年８月、イングランド軍はパリ城外まで達した。ここに至って王太子シャルル（アルマニャック派。引用者注）とブルゴーニュ公ジャン無恐公（無畏公と同義。引用者注）はイングランドに対して共闘すべく和解の交渉を開始したが、交渉の場で王太子の支持者が無恐公を暗殺した（1419年9月10日。原注）。そこで新ブルゴーニュ公フィリップ善良公とブルゴーニュ派はヘンリー５世のイングランド軍と協同することにし、６ヶ月の交渉の末トロワ条約が結ばれた（1420年5月21日。引用者注）。この条約の中で、ヘンリー５世がフランスの王位継承者・摂政となることが認められた。そして1420年6月2日、ヘンリーは国王（シャルル6世。引用者注）の娘カトリーヌ（キャサリン・オブ・ヴァロワ。原注）と結婚した。6月から7月にかけてモントローの城に押し寄せ、陥落させた。さらに11月にはムランを占領し、間もなくイングランドに帰国した。

■ 解説

「誰がジャンを殺したか」。定説では［王太子シャルルの支持者＝アルマニャック派］です。ですが、もうひとつの仮説がありますね。「ヘンリー5世の関係者」です。

要するに、フランス王がイングランド王とスコットランド・ウェールズの諸勢力を対立させて利用したように、イングランド王もアルマニャック派（王太子派）とブルゴーニュ派を対立させて利用していたのではないでしょうか。

ここで、話が少し飛びますが、フランス史の七不思議のひとつに、「誰がガブリエル・デストレを殺したか」があります。「ガブリエル・デストレ」とは、ブルボン朝の祖、アンリ4世（在位：1594～1610年）の愛人です。フォンテーヌブロー派の浴室画（裸婦の絵）《ガブリエル・デストレとその妹》が有名です。

アンリ4世は初め、ヴァロワ朝の王女マルゴ（または、マルグリット。アンリ2世と王妃カトリーヌ・ド・メディシスの娘）と結婚します。しかし、その後、ガブリエル・デストレという愛人との真剣な交際の末、子どもを2人もうけます。ガブリエルは３人目の子どもを懐妊し、出産の際に「子癇（しかん）」という状態になって死亡した、というのが「定説」です。ですが、当時の記録を科学的に検証すれば、彼女はどうも「毒殺」された可能性があるのです。

「誰がガブリエル・デストレを殺したか」。可能性は、以下の４つです。①王妃マルゴ（または、マルグリット）。②新王妃マリー・ド・メディシス。③王妃マルゴの母カトリーヌ・ド・メディシス。④アンリ４世。

ですが、アンリ４世の可能性は、やはり低いでしょう。一方マリー・ド・メディシス、とは、イタリアの都市国家フィレンツェの豪商メディチ家の娘で、フランス宮廷当局は、フランスの財政難を救うために、アンリ４世に、言わば「花嫁の持参金目当てで」彼女との結婚を（半ば強引に）承諾させたのです。——その意味では、アンリ２世と、彼の愛人ディアーヌ・ド・ポワティエと似ています。[アンリ４世→アンリ２世][ガブリエル・デストレ→ディアーヌ・ド・ポワティエ][マリー・ド・メディシス→カトリーヌ・ド・メディシス]。

カトリーヌとマルゴは「実の母娘」ですが、両者の関係はあまりよくありません。マルゴにはどうやら意中の恋人がいたようで、好きでもないアンリ４世と無理やり結婚させられたと、母カトリーヌを恨んでいたからです（※17）（※18）。要するにマルゴにとって、アンリ４世は言わば「形だけの夫」であり「どうでもいい存在」です。ということは、残る可能性はカトリーヌとマリー。あるいは、こんな可能性もあります。⑤［カトリーヌとマリーが結託した］。なぜなら、両者の［出自＝ド・メディシス］を見ればわかるように、カトリーヌとマリーは「遠縁の親戚」だったからです。――いやあ、歴史って、本当に恐ろしいですねえ。さよなら、さよなら、さよなら……。

※17「アンリ4世」のもともとの肩書は「ナバラ王アンリ」でした。王女マルゴは「ナバラ王アンリ」と結婚後、ほどなくしてフランスに逃げ帰りました。カルラ城に移されたマルゴは、愛人のドゥ・ビアッキと暮らし、カトリーヌ（母后）は「娘がこれ以上、自分たちに恥をかかせないように」ドゥ・ビアッキを処刑し、マルゴはウッソン城に幽閉されました。彼女（マルゴ）をどのように解釈すればよいのか、よくわかりません。（表層分析）

※18 念のために、「王女マルゴの意中の恋人」とは「ギーズ公アンリ」という人物です。彼は「カトリックの武闘派」でした。ちなみに、「ギーズ公アンリ」の叔母（父の妹）に当たる、メアリ・オブ・ギーズは、スコットランド王ジェームズ5世に嫁ぎ、有名なスコットランド女王メアリ1世（例のイングランド女王エリザベス1世のライバルとして知られる女王）の母になります。つまり「ギーズ公アンリ」は「スコットランド女王メアリ」のいとこです。対する「カトリーヌ・ド・メディシス」は「カトリックの穏健派」

です。さらに列挙すれば、[後のアンリ4世＝ナバラ王アンリ]は、「**プロテスタント**の穏健派」でした（！） カトリーヌ・ド・メディシスは「政治的な思惑から」娘のマルゴを[ナバラ王アンリ＝**プロテスタント**]に嫁がせたのです。カトリーヌから見て「ギーズ公アンリ」は、自らが押し進める「融和政策」の「敵」だったのでしょう。（深層分析）

さらに続きを述べますと、カトリーヌが摂政を務めたフランス王は、フランソワ2世、シャルル9世、アンリ3世と続きますが、彼らは次々と死に（ノストラダムスの予言の的中例のひとつ。母后カトリーヌの最後の希望であったアンリ3世、は「ギーズ公アンリ」を殺害し、その報復によって自らも暗殺されます）、最後に「勝った」のが[ナバラ王アンリ＝アンリ4世]だった（※19）、ということになります。――以上は「3人のアンリの戦い」として知られる物語です。

※19 筆者は当初、「ナバラ王アンリ」がフランス王に即位できたのは、彼が前王（アンリ3世）の妹（マルゴ）と、一瞬だけでも結婚したからだと考えていました。そうではないようです。「ナバラ王家」は、フランソワ1世（ヴァロワ朝第9代。アンリ2世の父でカトリーヌの舅）の姉（マルグリット）の嫁ぎ先で、言わば「女系の分家」であり、さらに、[マルグリットの娘＝ナバラ王女ジャンヌ＝アンリ2世のいとこ]に婿入りしたのが、フィリップ3世（カペー朝第10代。在位1270～1285年）の分家（ブルボン

公家）の、そのまた分家（ヴァンドーム公家）の公子アントワーヌでした。カトリーヌは、この「プロテスタントの穏健派」であるアントワーヌと共闘したわけです。そして、後の［ナバラ王＝アンリ4世］は、このアントワーヌの息子です。

念のために、フィリップ3世（カペー朝第10代。1270年即位）と、アンリ4世（ブルボン朝初代。1594年即位）の間には、「18代、324年」の隔たりがあります。それにもかかわらず、彼（ナバラ王アンリ）は［第一血統親王］であり、それゆえ［プロテスタント派＝ユグノー派］の盟主になったのです。このように「ヨーロッパの王位継承」は、「女系の分家」を考慮に入れるので、トリッキーです。

（e）ヴァンセンヌの森

1421年の遠征と急死（以下引用）

1421年6月10日、ヘンリー5世は自身最後の遠征のためフランスに向けて出航した。7月から8月にかけてヘンリーの軍はドルーを制圧し、シャルトルで同盟軍（ブルゴーニュ派？引用者注）を支援した。その年の10月にはモーを包囲し、翌1422年5月2日に攻略した。

ところが1422年8月31日、ヘンリー5世はパリ郊外のヴァンセンヌの森で、モー包囲戦の際に感染していた赤痢で死亡した。34歳であった。わずか数ヶ月前に、息子ヘンリー6世の名前で弟のベッドフォード公ジョンをフランスの摂政に任命したばかりであった。ヘンリー5世としてはトロワ条約の締結の際（1420年5月21日。引用者注）、病弱なフランス王シャルル6世よりは長生きする自信があったため（自身＝ヘンリー5世を。引用者注）「次のフランス王」と取り決めたが、結局ほんの2ヶ月ではあるがシャルル6世の方が長生きすることになった。
キャサリン（王妃。引用者注）はヘンリーの亡骸をロンドンに運び、1422年11月7日にウェストミンスター寺院に埋葬した。ヘンリーの死後、キャサリンはウェールズ人の侍従オウエン・テューダーと長い間関係（密かに結婚したかも知れない。原注）を持っていた。彼らこそが後にテューダー朝を開いたヘンリー7世の祖父母である。

■ 解説

「夏草や　兵（つわもの）どもが　夢の跡」でしょうか。ヘンリー5世があと20年長く生きていれば、百年戦争の行方もまた、違っていたかもしれません。ですが、総合的に判断すれば、「これでよかったのだ」と筆者は思います。

B. ヘンリー5世・紀伝体

(a) 矢傷と横顔肖像画

ヘンリー5世の肖像画はどれも、向かって左側を向いた横顔肖像画です。その理由は以下のようです。

まだ16歳の王子だったころ(1403年)、ヘンリー(ハル王子)は父王ヘンリー4世とともに、例のウェールズのオウェイン・グレンダワーの反乱の鎮圧に向かいました。そこで王子の顔に矢が当たり、瀕死の重傷を負いました。幸い、一命を取り留めましたが、王子の右ほほには、生涯消えない傷が残りました。

このエピソードから筆者が思い出すのが、拙著『ヘビの魔法・改訂版(前編)』でご紹介した『コサック軍　シベリアをゆく』です。あの物語の主人公、14歳の少年ミーチャは、クマに襲われ、背中に傷を負いました。その傷を見た、オストヤーク(狩猟民族)の少年ヴォホザールがこう言います。「あなた(ミーチャ)の中(体の中)に、トゥルム(神)が住んでいる」と。「だからあなたは決して死なない。矢が当たることは決してありません」とも。

これらはあくまでも「呪い(まじない)」の世界の話です。一般的には、敵を倒すと、その敵の霊魂(死霊、すなわち「敗者の霊」)が守護霊となって、倒した者（勝者）を守る、と信仰されました。逆に「九死に一生を得た者」もまた、その「傷」の中に、敵（相手、つまり「加害者」）の霊魂が宿り（この「加害者」は「人間」ではなく、「精霊」の可能性もあります。科学的に説明すれば、［加害者＝ウィルス］［守護霊＝免疫細胞］です）、「傷を受けた者」を守ると考えられたのでしょう。

「オウェイン・グレンダワーの反乱」の首謀者オウェイン・グレンダワーとは、どのような人物だったのでしょうか。彼（オウェイン・グレンダワー）から眺めれば、こうなります。オウェイン・グレンダワーの娘キャサリンの嫁ぎ先が、【Ｍ４／Ｃ３】第４代マーチ伯＝ロジャー・モーティマー、の弟【４ｍ／Ｃ３】サー・エドマンド・モーティマーであった、と。さらに【Ｍ４／Ｃ３】と【４ｍ／Ｃ３】の姉〖Ｃ３〗エリザベス・ドゥ・モーティマー、の夫がホットスパーだった、と。

逆に【４ｍ／Ｃ３】サー・エドマンド・モーティマー、から見れば、こうなります。【Ｗ１】オウェイン・グレンダワー、は［義理の父＝妻の父］であり、【Ｎ＃Ｃ３】ホットスパー、は［義理の兄＝姉の夫］だった、と。

再び「系図」で示します。

［第１世代］

◎カップル１の親たち

【Ｃ１】初代クラレンス公＝ライオネル・オブ・アントワープ

【Ｍ２】第２代マーチ伯＝ロジャー・モーティマー

［**第２世代**］
○カップル１
〖Ｃ２〗クラレンス公女＝フィリッパ・プランタジネット
【Ｃ１】の娘。
【Ｍ３＃Ｃ２】第３代マーチ伯＝エドマンド・モーティマー
【Ｍ２】の長男。
◎カップル３・カップル４の親たち
【Ｗ１】**オウェイン・グレンダワー**
＊Ｗ＝ウェールズの有力貴族
【Ｎ１】ヘンリー・パーシー＝初代ノーサンバランド伯
＊Ｎ＝ノーサンバランド伯家
［**第３世代**］
○カップル２
【Ｍ４／Ｃ３】第４代マーチ伯＝ロジャー・モーティマー
【Ｍ３＃Ｃ２】の長男。＊祖父と同名。
リチャード２世の王位継承者。
〖Ｋ〗　アリエノール・ドゥ・ホランド
ケント伯女。＊Ｋ＝ケント伯家。
○カップル３
【４ｍ／Ｃ３】**サー・エドマンド・モーティマー**
【Ｍ４／Ｃ３】の弟。＊父と同名。
〖Ｗ２〗**キャサリン**　――【Ｗ１】の娘。
○カップル４
〖Ｃ３〗**エリザベス・ドゥ・モーティマー**
【Ｍ４／Ｃ３】と【４ｍ／Ｃ３】の姉。【Ｃ１】の孫娘。
【Ｎ＃Ｃ３】　**ホットスパー**　――【Ｎ１】の長男。
［**第４世代**］
○カップル５
【Ｍ５／Ｃ４】第５代マーチ伯＝エドマンド・モーティマー
【Ｍ４】の長男。＊叔父・祖父と同名。
〖Ｇ２〗グロスター公女＝アン・プランタジネット
【Ｇ１】初代グロスター公＝トマス・オブ・ウッドストック、の長女。
＊Ｇ＝グロスター公家。
○カップル６

〖Ｃ４〗アン・ドゥ・モーティマー

【Ｍ５／Ｃ４】の姉。【Ｃ１】の曾孫。

【Ｙ２＃Ｃ４】リチャード・オブ・コニスバラ

【Ｙ１】初代ヨーク公＝エドマンド・オブ・ラングリー、の次男。

＊自身は「ケンブリッジ伯」。

【Ｙ３】第３代ヨーク公、の父。

◇参考（アンチ・シェイクスピア）

シェイクスピアの歴史劇『ヘンリー6世・第1部』で、ロンドン塔に長く幽閉されている年老いた【Ｍ５／Ｃ４】第5代マーチ伯が【Ｙ３】第3代ヨーク公＝リチャード・プランタジネットに、以下のように述べるシーンがあるそうです。王位継承により近いのは、エドワード3世の第4王子ランカスター公よりも、第3王子クラレンス公の血統である我々（【Ｍ５／Ｃ４】と【Ｙ３】）である、と。【Ｙ３】は【Ｍ５／Ｃ４】の甥（姉の子）であり、ともに【Ｃ１】の血統という意味でしょう。

確かにその後、「第3代ヨーク公」は薔薇戦争に挑戦し、その子エドワード（4世）が（ランカスター朝を倒して）ヨーク朝を興（おこ）しますが、筆者の考えでは、これはむしろ「第3代ヨーク公」の父「リチャード・オブ・コニスバラ」の見た夢です。なぜなら「第5代マーチ伯」自身は、ヘンリー５世（ランカスター朝・第2代）に重用されており、自身の妻は「初代グロスター公」の長女だったからです。考え方としては［ランカスター＋グロスター］がひとつのグループ、［マーチ（クラレンス）＋ヨーク］がもうひとつのグループです。後者を賦活したのは［プランタジネット朝・第8代＝リチャード2世］です。

「クラレンス公の女系子孫派」による野望は、①オウェイン・グレンダワーの反乱、の失敗により、一度、挫折しています。その後、②再度挑戦するか（サウザンプトンの陰謀事件）、❸潔くあきらめるのか。「第5代マーチ伯」には、2つの選択肢（②と❸）がありました。筆者の感触では、「第5代マーチ伯」の本心は❸であったのに、断りきれずに［リチャード・オブ・コニスバラの陰謀＝②］に引きずりこまれてしまった。そんなところではないでしょうか。

ダメ押しの情報がこれです。「サウザンプトンの陰謀事件」は、当の「第5代マーチ伯」の密告により、未遂に終わりました。

（［参考］おわり）

■ 解説・その1

シェイクスピアの歴史劇『ヘンリー4世・第1部』では、反乱のもうひとりの首謀者「ホットスパー」が好意的に描かれています。ホットスパーはもともと、ヘンリー4世とリチャード2世、の戦いでは、ヘンリー4世に味方したのです。ところがその後、ヘンリー4世に冷遇されていると思い込み、「オウェイン・グレンダワーの反乱」の際には、反乱側についたのです。

仮に「ホットスパー」に何らかの理屈があったとすれば、「マーチ伯」が「リチャード2世の王位継承者」だということでしょうか。それにしてもふしぎです。なぜ[クラレンス公＝ライオネル・オブ・アントワープ]の女系の子孫が、そんなに重要なのでしょう？

いずれにせよ、シェイクスピアの歴史劇『ヘンリー4世・第1部』では、王子ヘンリー（ハル王子）は初め、「フォルスタッフ」という名のならず者とつるんで悪い事ばかりしていたのを父王がさとすのに、「ホットスパー」が引き合いに出されます。それを聞いてハル王子は心を入れ替え、まじめに生きることを誓う、という筋書きです。

シェイクスピアの歴史劇『ヘンリー4世・第1部』では、改心した王子が、ダグラス伯（反乱軍）の手から王（ヘンリー4世）を守り、ホットスパーと一騎打ちの末、彼を倒した（※1）、とあるのですが、「史実」は少し違うようです。

※1 この「演出」におけるシェイクスピアの意図は、父王ヘンリー4世はホットスパーを、息子ハル王子と「交換したい」と思うほど愛していたが、ハル王子が父王の導きに従い、改心したので、「ホットスパー」と「ハル王子」が「入れ替わった」ということのようです。つまり、シェイクスピアの解釈においても、「ホットスパー」は「ハル王子」の「影武者」なのです。念のため、それぞれの登場人物の生年と1403年当時の年齢を確認します。[ヘン

リー４世＝1367年＝36歳］［ホットスパー＝1364年＝39歳］［ハル王子＝1387年＝16歳］。うーん、少し無理がありますね。世代的には、［ホットスパーの息子＝第２代ノーサンバランド伯＝1394年生まれ］のほうが、［ハル王子］と釣り合う気がします。

【インターネットより転載】
しかしヘンリー４世がパーシー家（ホットスパーの家系。引用者注）を冷遇したこともあり、1403年、ダグラス伯や叔父のトマス・パーシーと共にウェールズで反乱を起こしたオウワイン・グリンダー（オウェイン・グレンダワー。引用者注）と結託しヘンリー４世に反旗を翻す。しかしウェールズ反乱軍に合流する前にシュルーズベリーの戦いで敗死。彼はこのとき気密性の高いプレートメイル（よろいかぶと。引用者注）を着ており、空気を入れるためにバイザー（面覆い。引用者注）をあけていたところ口付近に矢が直撃し即死したとされる。

■ 解説・その２

不思議な鏡映現象です。つまり、ハル王子もホットスパーも、ともに顔に矢を受け、ハル王子は生き残り、ホットスパーは死んだのです。これを『ハリー・ポッター』で類推すれば、［ハル王子＝ハリー（※２）］［ホットスパー＝ハリーの母リリー］ではないでしょうか。なぜなら、リリーは自ら死ぬことで、彼女の霊魂が、ハリーの「ひたいの傷」を通して息子（ハリー）の体に入りこみ、息子を守護したというのが、あの物語のテーマだからです。ということはヘンリー５世の「顔面の傷」は、ホットスパーの霊魂が「入りこんだ証」だったのでしょうか。

※２　どうでもいいですが、［ハリー］も［ハル］も、「ヘンリー」の愛称です。

話が少し飛びますが、筆者がここから連想したのが、以下のエピソードです。戦国武将、今川義元は、「桶狭間の戦い」で数に劣り、かつ若輩の武将、織田信長に敗れたということで、「無能な武将」のイメージがありますが、どうやらそうではない、と。むしろ今川義元こそが「天才、織田信長をつくった男」だと。

まず、織田家は、信長の父、信秀（のぶひで）の時代に、今川義元と数回、戦っていますが、すべて敗れています。信秀は無念のうちに天文20年（1551年）、流行病（はやりやまい）により急死します。

父が死んだ時、信長17歳。桶狭間の戦いまで９年。一度も勝ったことのない相手に、どうやったら勝てるのか。

おそらく信長は義元から、多くを学んだことでしょう。「鉄砲」もまた、最初に使用したのは義元だったのです。それから、武将同士の信頼感。義元は、室町時代以来の古い守護大名家として、軍事面での「組織力」を強化しましたが（具体的には「寄親制（よりおやせい）」）、逆に信長は、自身と同年輩の若者たちと、心から交流しました。身分に関わりなく、能力のある者は取り立てました。

　永禄3年（1560年）5月19日。ついに「その時」がやって来ました。今川軍は次々と、織田方の城を落とし、慢心していました。信長が決戦に挑みます。精鋭2000騎だけを引き連れ、敵の本陣へ突っ走ります。敵の兵たちは周辺の村々から略奪をし、酒を飲んで浮かれていました。

　意外なほど易々（やすやす）と、本陣まで到達しました。塗りの輿（こし）を見つけ、信長は叫びます。「旗本（はたもと）はこれなり！」と。

【インターネットより転載】

『信長公記（しんちょうこうき）』によれば、義元は輿を捨て300騎の親衛隊に周りを囲まれながら騎馬で退却しようとしたが、度重なる攻撃で周囲の兵を失い、ついには信長の馬廻（うままわり）（騎馬の親衛隊。引用者注）に追いつかれる。義元は服部一忠を返り討ちにしたが、毛利良勝によって組み伏せられ、討ち取られた。『改正三河後風土記』によれば、義元は首を討たれる際、毛利の左指を喰い切ったという。

総大将であり今川家の前当主である義元の戦死により今川軍は戦意を喪失し、合戦は織田軍の大勝に終わった。

■解説・その3

筆者が感動したのは、以下のエピソードです。戦いの後、信長は今川方、織田方、双方の死者を手厚く葬った。さらに義元の首は僧侶に託し、義元の領国、駿河へ届けさせた、と。

さらに、こうあります。京都の建勲（けんくん）神社に、信長愛用の刀が祀られているが、その刀の名は「義元左文字（よしもとさもんじ）」である、と。おそらく信長は、義元を生涯「師匠」として尊敬し、遺品である刀を大切に手元に置いていたのではないか、と。

「敵ながら、あっぱれ」ということばがあります。もしかしたら、ヘンリー4世、ヘンリー5世にとっての「ホットスパー」も、そういう存在だったのかもしれません。

【インターネットより転載】

ホットスパーの戦死後、その死体はヘンリー4世の元に運ばれた。ヘンリー4世は泣き、死体を埋葬するように指示し、遺体はシュロップシャーのウィットチャーチに埋葬された。しかし後にホットスパーが生きているという噂が広まったため、ヘンリー4世は彼の遺体を掘り起こしシュルーズベリーで槍の上に突き刺し晒した後四つ裂きにしてその死体をイングランド各地に送った。頭はヨークの門で晒されたとされる。

■ 解説・その４

これはいわゆる「再臨願望」です。「死んだはずの人間」が「生きている」とされるのは、裏返せば「生きていてほしい」からであり、「ホットスパー」はある意味「プチ・イエス・キリスト」だったと言えます。

「死体を四つ裂きにして各地にばらまく」というのは残酷なようですが、ばらまかれた遺体は、各地の「守護霊」になったのではないでしょうか。——エジプトの「オシリス神話」が連想されます。

（b）フォルスタッフ

ヘンリー４世・第２部（以下引用）

体一面に舌の模様を描いた「噂」が登場し、シュルーズベリーの戦い（※３）について口上を述べる。次いで使者から息子ホットスパーの戦死を聞いたノーサンバランド伯（※４）は、復讐を誓い、ヨーク大司教出陣の報せに喜ぶ。しかし、妻（※５）やホットスパー未亡人（※６）に説得され、スコットランドで状況を窺うことにする。

※３　ホットスパーが戦死した戦場。ホットスパーは、「ウェールズ」で挙兵した盟友「オウェイン・グレンダワー」と合流するために、自身の領地［ノーサンバランド＝イングランド北部］を発

ちますが、合流する前に［シュルーズベリーの戦い］（1403年）で戦死します。なお、史実としては、「オウェイン・グレンダワーの反乱」は、1400年に勃発し、その後、1415年まで続きます。（引用者注）

※4「ノーサンバランド」は、イングランド北部の地名。イングランドとスコットランドの国境地帯と思われます。一般名としては「ヨークシャー」のようで、そこにノーサンバランド伯、さらに「ヨークシャー」のその他の有力貴族として、ソールズベリー伯、ウォリック伯、などがいたようです。（引用者注）

※5 ホットスパーの母は［第2代ネヴィル・ドゥ・レビー男爵ラルフ・ネヴィル］の娘＝マーガレット・ネヴィル。ちなみに、薔薇戦争において、前半では「ヨーク家」、後半では「ランカスター家」の中心的な武将であった［第16代ウォリック伯＝リチャード・ネヴィル］は「第5代ソールズベリー伯」の息子です。細かい系図は不明ですが、「ネヴィル」という家名がポイントです。要するに、［ノーサンバランド伯＝パーシー家］と［ソールズベリー伯＝ネヴィル家］は、対立関係にあった、ということのようです。（引用者注）

※6 ホットスパーの妻は［第3代マーチ伯エドマンド・モーティマーの娘＝エリザベス・ドゥ・モーティマー］。ちなみに「マーチ」

とは、「ウェールズ」の地名です。彼女（エリザベス）は［リチャード2世の王位継承者＝ロジャー・モーティマー］の姉になります。さらに、［オウェイン・グレンダワーの娘婿＝サー・エドマンド・モーティマー＝父と同名］は、エリザベスの「下の弟」です。要するに「オウェイン・グレンダワーの反乱」は［ヘンリー4世vsモーティマー一族］の争いです。（引用者注）

ロンドンでは、ヘンリー王子の悪友フォルスタッフが高等法院長に見つかり小言を頂戴していた。居酒屋で悪ふざけを繰返すフォルスタッフもヨーク大司教討伐を命じられ、新兵を徴兵しながら戦場に向かう。

上の絵（絵の引用は省略。引用者注）は、グロスターシャー（地名。引用者注）でフォルスタッフが新兵募集をしているところで、画題としても好まれた場面だ。

ヨークシャーのゴールトリーの森に集結した反乱軍（ヨーク大司教の軍？　引用者注）に、ランカスター公ジョン（ジョン・オブ・ゴーント？　引用者注）から和議の申し入れが届く。それに応じた反乱軍の首謀者たち（ヨーク大司教？　引用者注）は捕まり、反乱は終結する。

その頃、ヘンリー4世は、病に倒れ、眠っていたところを死んだと誤解したハル（王子。後のヘンリー5世。引用者注）は王冠を受け継ぐ（誘惑にかられて、王冠をかぶってみる。引用者注）。目覚めた王（ヘンリー4世。引用者注）は激怒するが、王子は赦しを乞い、王は正式に王子を後継者として亡くなる。こうして王子がヘンリー５世となったことを知ったフォルスタッフは報償にあずかろうとロンドンに行く。
上の版画は、生まれ変わったヘンリー５世がフォルスタッフに「おまえなど知らぬ」と言って拒絶する場面だ。
(平松洋『名画で見る　シェイクスピアの世界』P110)

■ 解説

「フォルスタッフ」とは、現実の世界では「ジョン・オールドカースル（※７）」だそうで、彼はいわゆる「ロラード派」の貴族でした。

※７ これまた余談ですが、「カースル」はイギリス式発音で、アメリカ式は「キャスル」、字義は「城」です。

「ロラード派」とは、オックスフォード大学の著名な神学者、ジョン・ウィクリフ（1320頃～1384年）による宗教改革運動の実践者たちです。当時、ローマ・カトリックの腐敗ぶりは目に余るものがあり、それに幻滅した宗教家（ウィクリフ）が、いくつかの主張を展開しました。
観念的には、[ローマ教皇＝イエス・キリストの（霊的な）子孫]であり、キリスト教信者の「信仰」は「聖餐式（せいさん）」における「聖体パンとブドウ酒」によって保証されていたのですが、ウィクリフはこれに疑問をもち、「信仰」にとって重要なのは、「儀式」や「制度」ではなく、「心のありよう」である、と主張したようです。さらに、王権は現状では「ローマ教皇」によって授与されるが、「ローマ教皇」の「信仰」には疑問がもたれるので、「ローマ教皇」とは別の、「信仰に篤(あつ)い宗教家」によって、王権の授与がなされてもよいのではないか、と。

実際、ウィクリフは晩年、聖書の英語訳を試みます。キリスト教信者の「信仰」は、聖書を読み込むことで向上するとし、これは言わば、その後のルター派をはじめとする宗教改革運動における「聖書主義」の先駆けでもあります。なお、「チェコ語訳聖書」を持参してウィクリフに衝撃を与えたとされる、リチャード2世の「最初の妃」アン・オブ・ボヘミア（※8）は、神聖ローマ皇帝ジギスムントの同母姉です（！）——ここから、「カンタベリー条約」を締結した、[ヘンリー5世＋ジギスムント] vs [シャルル6世] の力関係の背景がわかります。ただし [ヘンリー5世＋ジギスムント] は「カトリック」を支持しており、イングランドにおける [宗教改革＝英国国教の成立] は、まだ先のことです。

※8　リチャード2世の「2番目の妃」が既述の「シャルル6世の娘」当時7歳のイザベラ・オブ・ヴァロワです。つまり、リチャード2世も、ヘンリー5世も、同じこと（シャルル6世の娘を王妃に）したにもかかわらず、リチャード2世は支持されず、ヘンリー5

世は支持された、ということになります。前者は（対仏戦争で）負け、後者は勝った、というのが大きいのでしょうか。

もう一点、興味深いのは、「初代ランカスター公」である［ジョン・オブ・ゴーント（※９）＝ヘンリー４世の父］が、この「ロラード派」を保護したという事実です。

※９　ただし、「ジョン・オブ・ゴーント」の没年は1399年なので、シェイクスピアの歴史劇『ヘンリー４世・第２部』の、上記引用文中に登場する［ランカスター公ジョン＝ジョン・オブ・ゴーント］という設定には、少し無理があります。［オウェイン・グレンダワーの反乱＝1403年］だからです。それとも『リチャード３世』に登場する王妃マーガレット（オブ・アンジュー）のように、「亡霊」として登場するのでしょうか。

少し整理してみましょう。

［王位継承］
【表参道】ローマ教皇による戴冠
○プランタジネット本家筋＝リチャード２世
○クラレンス公の女系の子孫＝第４代マーチ伯ロジャー・モーティマー
○第３代ヨーク公＝母親が第４代マーチ伯の娘アン・ドゥ・

モーティマー
【裏参道】ロラード派による戴冠（ジョン・オブ・ゴーントの夢想）
●ランカスター公＝ヘンリー4世

なぜ［初代クラレンス公＝ライオネル・オブ・アントワープ］の［女系の子孫＝モーティマー家］が、そんなに重要なのかは、筆者には今ひとつ理解できませんが、いちおう、その論理の下では、ランカスター公家には、そもそも「王位継承権」がないはずです。その条件下で、なんとか「王位」を狙うために、［初代ランカスター公＝ジョン・オブ・ゴーント］は「ロラード派」を利用した、という構造が推測できるのではないでしょうか。

いちおう、「歴史の後知恵（あとぢえ）」を述べれば、エリザベス1世（1558年即位）以降のイングランド王は、「ローマ教皇」ではなく、「英国国教会」のトップによって戴冠しているはずです。イングランドの場合、宗教改革は、エリザベス1世の父ヘンリー8世（在位：1509～1547年）の「離婚問題」という、世俗的な理由によって成し遂げられました。ですが、「無」からいきなり「有」が発生するとも思えず、「ロラード派」の精神が、根底を流れていた可能性もあります。興味深い歴史です。

ただし、ウィクリフはその死後30年ほどたった1414年のコンスタンツの公会議により異端とされ、遺体は掘り起こされて冒涜（ぼうとく）されました。同公会議は「英語訳聖書を持ち歩くことは異端行為」として、処罰の対象としました(!) また、ウィクリフの影響を受けたボヘミア(チェコ)の神学者、フスが火あぶりになったことも有名です(1415年)。[フォルスタッフ=ジョン・オールドカースル]も反乱に失敗し(1414年)、火刑に処されています(フスと同時に?)。物語の奥には、残酷な歴史があります。

なお、ハル王子のエピソード(戯れに王冠をかぶった)は、フロイト心理学的に興味深いものもありますが(父と息子の愛と憎しみ)、ヘンリー5世がフォルスタッフに「おまえなど知らぬ」と拒絶するエピソードと合わせれば、要するにシェイクスピアは、ヘンリー5世に敬意を払っていなかった、ということではないでしょうか。これまた余談ですが、「フォルスタッフ」はその後、シェイクスピア喜劇『ウィンザーの陽気な女房たち』の登場人物として返り咲きました。歴史劇『ヘンリー4世・第1部』と、どちらが制作年が古いか微妙なところですが、「フォルスタッフ」の独特のキャラクターが『ヘンリー4世』で熟成されたと考えれば、[ヘンリー4世→ウィンザーの陽気な女房たち]が自然ではないでしょうか。

さて、「フォルスタッフ」のイメージは、あの「ロビン・フッド」を連想させます。「ロビン・フッド」とは、薔薇戦争をさかのぼること250年前、リチャード1世(獅子心王=ライオンハート。在位:1189~1199年)の時代に実在したとされる貴族です。彼は「シャーウッドの森」という無法地帯で、出自不明の愉快な仲間たちと自由を謳歌し、政治的には「リチャード1世」を支持したとされます。ですが、その後の歴史では、イングランド王室は、弟王ジョン（失地王＝ラックランド。在位：1199～1216年）の家系に受け継がれます。「構造」が見えてきました。要するに［リチャード1世＝プランタジネット本家筋＝リチャード2世］［ジョン＝分家筋＝ランカスター公家＝ヘンリー・オブ・ボリングブロク］です（※10）。

※10［リチャード2世］が［ジョン失地王＝分家筋］の子孫である、という細かい言いがかりはご容赦ください。

表にまとめます。

［ロビン・フッド］
【兄系・本家筋】リチャード1世（獅子心王）──「ロビン・フッド」が支持
【弟系・分家筋】ジョン（失地王）

［王位簒奪（さんだつ）・その1］
【兄系・1】エドワード黒太子　（本家筋）　→リチャード2世
【弟系】ジョン・オブ・ゴーント（初代ランカスター公）→ヘンリー4世

［王位簒奪・その2］「オウェイン・グレンダワーの反乱」
【兄系・2】ライオネル・オブ・アントワープ（初代クラレンス公）
→第4代マーチ伯──「ホットスパー」が支持
【弟系】ジョン・オブ・ゴーント（初代ランカスター公）
「ロラード派」を保護→ヘンリー4世（ランカスター朝・初代）

［王位簒奪・その3］「サウザンプトンの陰謀事件」

【兄系・2】第5代マーチ伯――「リチャード・オブ・コニスバラ」が支持
【弟系】　ヘンリー5世（ランカスター朝・第2代）
　――「フォルスタッフ」が支持

要するに、「ヘンリー5世」は自身が王冠を獲得するまでは、[フォルスタッフ＝ロラード派]を利用しておきながら、いざ王位を得ると、結局は[強者＝ローマ教皇]になびき、[弱者＝ロラード派]を切り捨てた、という意味で、シェイクスピアから評価されなかった、ということではないでしょうか。確かに、「ロラード派」の主張に盲従しては、王政の秩序が保たれない、という実用的な事情もあったのかもしれませんが、シェイクスピアが主に仕えたのは「エリザベス1世」ですので、政治的には「反ローマ・カトリック」ということで、その意味でもシェイクスピアは「ヘンリー5世」を評価するわけにはいかなかったのかもしれません。

なお「ヨーク大司教」についての「史実」は、残念ながら筆者には不可知ですが、構造としては[ヨーク大司教＝カトリック＝表参道＝ノーサンバランド伯＝ホットスパー][ランカスター公＝ロラード派＝裏参道＝フォルスタッフ]でいいと思います。

C. ヨークの白い薔薇

(a) ふたりの「リチャード」

「薔薇戦争」勃発の要因をふたつ挙げるとすれば、ひとつには、「サウザンプトンの陰謀事件」の首謀者であった、ケンブリッジ伯リチャード・オブ・コニスバラの長男リチャード・プランタジネット（後の「第3代ヨーク公」）に「和解策」を適用し、広大な「ヨーク公領」を与えた「ヘンリー5世」の失策、を挙げることができますが、もうひとつには、「ヘンリー6世」が寵臣（ちょうしん）エドマンド・ボーフォート（第2代サマセット公）を身びいきし、その結果、重臣リチャード・ネヴィル（第16代ウォリック伯）が「ランカスター派」から「ヨーク派」へ、寝返ったことが挙げられます。

「第3代ヨーク公」もまた、「第2代サマセット公」と対立していました。その理由は主に「大陸（フランス）政策」でした。「第3代ヨーク公」は「主戦派」だったのに対し、「第2代サマセット公」は「和平派」だったのです。

これに対し、「第16代ウォリック伯」と「第2代サマセット公」の対立理由は、[家督相続問題＝家領問題]でした。いずれにせよ、「ヨーク公リチャード」と「ウォリック伯リチャード」は、「サマセット公エドマンド」という「共通の敵」によって接近し、「薔薇戦争」へと進んで行ったのです。

(b)リチャード3世

「第3代ヨーク公」は「ヘンリー6世の次の王候補」に承認されるまでなりますが(1460年10月30日に成立した合意令。その発令動機は同年7月10日のノーサンプトンの戦いにおけるヨーク公側の勝利)、敵である「ランカスター公」陣営の[マーガレット・オブ・アンジュー=ヘンリー6世妃]もなかなか手ごわく、「第3代ヨーク公」は[ウェイクフィールドの戦い=1460年12月30日]で、三男のラットランド伯エドマンド、義兄ソールズベリー伯(※1)とともに敗死します。

※1「第3代ヨーク公」の妻は、第5代ソールズベリー伯リチャードの妹、セシリー・ネヴィル。つまり、彼女は[第16代ウォリック伯=第5代ソールズベリー伯の息子]の叔母になります。ということは、[エドワード4世=セシリー・ネヴィルの息子]と[ウォリック伯=ソールズベリー伯の息子]はいとこ同士ということになります。第5代ソールズベリー伯(1400年生まれ)、セシリー・ネヴィル(1415年生まれ)、第3代ヨーク公(1411年生まれ)。第16代ウォリック伯(1428年生まれ)、エドワード4世(1442年生まれ)。

【インターネットより転載】
エドワード4世(イングランド王)。
ヨーク公位と父(第3代ヨーク公。引用者注)の王位請求権を引き継ぐことになったエドワード(第3代ヨーク公の長男。マーチ伯エドワード。後のエドワード4世。引用者注)は急ぎ軍を召集し、ペンブルック伯ジャスパー・テューダーとウィルトシャー伯ジェームズ・バトラーが率いるランカスター軍を(1461年。引用者注)2月2日にモーティマーズ・クロスの戦いで打ち破るとロンドンへと兵を進めた。マーガレット王妃のランカスター軍は第二次セント・オールバーンズの戦い(1461年2月22日。引用者注)でウォリック伯率いるヨーク軍を撃破してヘンリー6世を奪回し、ロンドンに迫るものの、兵に略奪を許したために信望を失い、ロンドン入城を拒まれてしまう。
この間にエドワードはウォリック伯と合流してロンドン市民の歓呼を受けて入城した。彼はクラーケンウェルで開催されたヨーク派の評議会で国王に推戴され、3月4日に即位する(**エドワード4世**。原注)。それから間もなく新国王とウォリック伯は北へ向かい、3月28日のタウトンの戦いで決定的な勝利を収めた。ランカスター派のマーガレット王妃とエドワード王子(エドワード・オブ・ウェストミンスター。ヘンリー6世とマーガレット王妃の王子で王太子。引用者注)はスコットランド、次いでフランスへと逃れ、ヘンリー6世は1465年に捕らえられてロンドン塔に幽閉された。

■ 解説

「王」を決めたのが、最終的には「ロンドン市民」であった、というのは興味深いです。

ですが、薔薇戦争の行方は、まだ終わってはいませんでした。何と、「ウォリック伯」が再び寝返るのです。

今回の「理由」は「エドワード4世の結婚」でした（※2）。「ウォリック伯」は、フランス王ルイ11世の義妹ボナ・オブ・サヴォイを推していたのに、エドワード4世は極秘のうちに、身分の低い騎士の未亡人「エリザベス・ウッドヴィル」と結婚してしまっていたのです。

※2「ウォリック伯」の評価は両極端です。①合理的で人を引き付ける魅力のある人物。②利己的で無節操な人物。事実として、彼は主君を三度変えています。第一の変更。[ヘンリー6世→第3代ヨーク公]。理由は「サマセット公との所領争い」。第二の変更。[エドワード4世→クラレンス公ジョージ]。理由は「リバース伯との外交権争い」。第三の変更[クラレンス公ジョージ→マーガレット・オブ・アンジュー]。理由は「ルーズコート・フィールドの戦い＝1470年3月における敗戦」（後述）。

シェイクスピアもまた、歴史劇『リチャード3世』の中で、このような「(エドワード4世の) 身分違いの結婚」に対して、不快感を表明しています。もしもこれが「ロマン主義」の時代であれば、このような「恋愛」も称賛されたでしょうが、シェイクスピアには、そんな価値観は通用しなかったようです。というより、「ウォリック伯」からすれば、その後、政治的に、[王妃の父＝リバース伯リチャード・ウッドヴィル](また「リチャード」!)の権勢ばかりが高まり、自身(ウォリック伯)の発言権が弱くなっていくことへの危機感があったのでしょう。

もうひとつの対立点として、「王妹マーガレットの結婚問題」が挙げられます。ウォリック伯は「フランス王ルイ11世の近親者」を推挙したのに対し、リバース伯は「ブルゴーニュ侯の近親者」を推挙しました。結局、リバース案が採用され、「マーガレット・オブ・ヨーク」は「ブルゴーニュ侯」シャルル突進公の後妻になります。

ウォリック伯は、反乱を決意し、王弟[クラレンス公(※3)ジョージ]を次の王にすべく準備を始めます。

※3　この「クラレンス公」という称号は、王の弟に与えられるもので、既述の[初代クラレンス公＝ライオネル・オブ・アントワープ]とは無関係です。「リチャード3世」の元の称号[グロスター公]も同様です。

「クラレンス公」は当初は、ウォリック伯の(国王エドワード4

世からの）離反に同調し、「反乱軍派」の旗印となりますが、[ルーズコートフィールドの戦い＝1470年3月]に敗れ、（ウォリック伯とともに）フランスに逃亡します。しかし、エドワード4世の治めるイングランドではなおも反乱が絶えず、フランス王の仲介によりウォリック伯は、フランスに亡命していた（ランカスター朝の）王妃マーガレット・オブ・アンジューと同盟します（ウォリック伯の娘アンが王太子エドワードと結婚したのが、このタイミングのようです）。その結果、再び**ヘンリー6世のランカスター朝**が復活します（ヨーク王エドワード4世はネーデルラントへ亡命）。「クラレンス公」は「ランカスター朝」の重臣としての称号「ヨーク公」を与えられますが、内心は落胆していたに違いありません。

とてもふしぎです。百年戦争では[ランカスター朝]と[フランス]は「敵」でした。その後の「和解」で「味方」になり（ヘンリー5世妃がフランス王女。ヘンリー6世妃がアンジュー伯女）、さらに[ヨーク朝]の王妹（マーガレット・オブ・ヨーク）の（ブルゴーニュへの）輿入れにより、[ランカスター＝フランス][ヨーク＝ブルゴーニュ]という、明確な対立が出来上がってしまったようです。

そして歴史が動きます。フランスがブルゴーニュ公国に宣戦布告したのです（1471年？）。イングランド側からこれを見れば、[ヨーク家]の存在感が強まったことを意味します。イングランドが（ランカスター朝から再び）ヨーク朝にもどれば、（ブルゴーニュとイングランドで）フランスを挟み撃ちすることができるからです。「クラレンス公」が「ヨーク側」に帰順したのは、このタイミングだったと思われます。門外漢なので確信はありませんが、当時の下馬評では、［フランス］よりも［ブルゴーニュ］のほうが強いということだったのでしょうか。――［ブルゴーニュ］を、明治維新の時代の［薩摩藩］に、［フランス王国］を［江戸幕府］に置き換えてイメージしてください。「結末」は逆でしたが。

武将も商人も、「先を読む力」と「それを貫く覚悟」が必要のようです。その意味において「クラレンス公」は、やや「信念の弱い男」だったのではないでしょうか。いずれにせよ、この「クラレンス公の裏切り」により、ウォリック伯は［バーネットの戦い＝1471年４月］で敗死します。

【インターネットより転載】

リチャード３世（イングランド王）。

政権内の争いから、1470年にエドワード４世がランカスター派に寝返ったウォリック伯によって追放されたとき、（グロスター公リチャードは。引用者注）ウォリック伯の誘いを拒否して一貫してエドワード４世に忠誠を誓い、翌年の兄王（エドワード４世。引用者注）の復位に貢献した。1472年（７月。引用者加筆）、ヘンリー６世の継嗣エドワード・オブ・ウェストミンスターの寡婦（※４）であったウォリック伯の娘アン・ネヴィルと結婚した。アンの姉イザベル・ネヴィルの寡夫（※5）であったリチャードの兄クラレンス公ジョージが1478年に処刑されると、リチャードは広大なウォリック伯領を独占相続して、名実ともに実力者としての地位を確立した。

※4 アン・ネヴィルはウォリック伯の下の娘。1470年ごろ、14歳で、エドワード・オブ・ウェストミンスターと結婚したとされますが、夫エドワードは1471年5月4日のテュークスベリーの戦いに敗れ、戦死（または刑死）しました（享年17歳）。マーガレット王妃（母后）と王太子妃アンは捕虜となりましたが、アンはもともと［ウォリック伯家→ランカスター公家］の人質のようなものでしたから、彼女は「解放」されたとも言えます。たとえるならば、「大坂夏の陣」における「千姫」のようなものでしょうか。彼女はその後、リチャード3世妃になります。（引用者注）

※5 イザベル・ネヴィルはウォリック伯の上の娘。1469年に、王弟クラレンス公ジョージと極秘に結婚します。その理由は、兄王エドワード4世がこの結婚を許可しなかったからです。この極秘結婚の意味することは、クラレンス公がウォリック伯と組んで、兄王から王位を簒奪する恐れがあるということでした。「オウェイン・グレンダワーの反乱」及び「サウザンプトンの陰謀事件」と比較しますと、あたかも［ウォリック伯＝ライオネル・オブ・アントワープ］のような印象を受けます。本人（ライオネル・

> オブ・アントワープ）の実績が「ほぼゼロ」であるにもかかわらず、彼の「名前」だけが独り歩きして後代の人間たちに利用されている、という意味では、この類推は「ウォリック伯」に対して失礼かもしれません。ウォリック伯には「キングメーカー」という渾名があったからです。なお、イザベル・ネヴィルはクラレンス公との間に子どもを2人生みますが、2人目の子どもであるエドワード（男子）出産後、1476年に死去します（毒殺説あり）。——引用者注。

その後、王妃（エドワード4世妃。引用者注）エリザベス・ウッドヴィル一族が政権内で勢力を伸ばすと、（グロスター公リチャードは。引用者注）これと対立するようになる。1483年、病死したエドワード4世の跡目を襲ったエドワード5世（エドワード4世の長男。1470年生まれ。引用者注）の摂政に就任するや、リチャードはリヴァーズ伯アンソニー・ウッドヴィル（王妃の弟。引用者注）らの王妃一派を捕らえて粛清した（※6）。エドワード5世とその弟リチャード・オブ・シュルーズベリー（1473年生まれ。引用者注）をロンドン塔に幽閉すると、3カ月後の同年6月26日、エドワード5世の正当性を否定した議会に推挙されて（エドワード4世とエリザベス・ウッドヴィルの結婚は無効、2人の間の子供は庶子とされた。原注。※7）、イングランド王リチャード3世として即位した。同年、支持者の1人ジョン・ハワードにノーフォーク公爵位（ロンドン塔に幽閉された甥リチャード［オブ・シュルーズベリー。引用者加筆］から剥奪された。原注）を与える。

※6　資料を読み返して驚いたのですが、王妃エリザベス・ウッドヴィルの父リヴァース伯リチャードと、弟ジョン（スケールズ卿）を粛清したのは「ウォリック伯」でした（1469年？）。
エドワード4世は［エッジコートムーアの戦い＝1469年7月］で反乱軍に敗れ、捕らえられて幽閉されていました。ウォリック伯による「ウッドヴィル一族の粛清」は、この間の出来事でした。まさに「血で血を洗う時代」でした。
シェイクスピアの『リチャード3世』には、①リヴァース伯アンソニー、と②ドーセット卿、③グレイ卿が登場します。①は王妃の弟、②と③は、王妃と先夫の間の息子です。先夫の姓が「グレイ」なので、③は未成年なのでしょうか？
ということは、王妃には弟が2人いて、上の弟が「アンソニー」、下の弟が「ジョン」だったと推測できます。（引用者注）

※7　難解ですが、エドワード4世とエリザベス・ウッドヴィルの結婚は極秘のもので、イングランド議会、及びローマ教会の許可を得ていない、ということでしょうか。あるいは、エドワード4世とルイ11世の義妹ボナ・オブ・サヴォイとの婚約が正式で、「重婚」とされたのでしょうか。
「ヨーク朝」のエリザベス・ウッドヴィルの立場を「ランカスター

朝」で探すとすれば、ジョン・オブ・ゴーントの「3番目の妃」キャサリン・スウィンフォードでしょうか。しかし、国王ヘンリー5世と「叔父」ボーフォート兄弟の関係は良好でした。これを日本史で類推すれば［ランカスター朝＝平家］［ヨーク朝＝源氏］だったのでしょうか。なるほど。「ヨーク朝」における［ウォリック伯＋クラレンス公ジョージ］vs［エドワード4世＋王弟リチャード］の争いにしろ、［王弟リチャード］vs［王妃一族］の争いにしろ、各人の主張以前の問題として、人心を幻滅させるに十分だったのでしょう。

歴史に「もしも」はありませんが、「もしも」グロスター公リチャード（リチャード3世）が「エドワード5世の摂政（後見役）」を全うしていれば、あるいはさらにさかのぼり、「もしも」エドワード4世が（ウォリック伯の要望通り）ボナ・オブ・サヴォイと結婚していれば。

そうすれば「ヨーク朝」は末永く栄え、イングランドは今なお「カトリック国」だったことでしょう。世界は「カトリックの盟主」スペインとポルトガルによって二分され（後述）、アメリカ合衆国の言語は「スペイン語」、日本を始め、東アジアの言語は「ポルトガル語」だったことでしょう。「未開の」古い神社仏閣は破壊され、キリスト教の教会が、そこここに建っていたことでしょう。――ここまで来ると、ＳＦですね。

中野京子のことばがこだまします。「私たちはあまりにも、『悪人』リチャードを愛してしまった」。リチャード3世がいたから

こそ、「今の世界」はあるのです。(引用者注)

1483年10月、リチャード3世政権の樹立に貢献のあったバッキンガム公ヘンリー（スタッフォード。引用者加筆）が反乱を起こすとこれを鎮圧したが、反乱の噂は絶えず、政情は不安定なままに置かれた。1484年には一人息子のエドワード・オブ・ミドルハムが夭折し、1485年3月には王妃アン・ネヴィルも病死する。唯一の子供であったエドワード（オブ・ミドルハム。引用者加筆）の死後、リチャード3世は一時、自身と王妃の甥であるクラレンス公（ジョージ。引用者加筆）の幼い遺児ウォリック伯エドワードを王位継承者に指名したが、王妃（アン・ネヴィル。引用者加筆）の死後にそれを取り消し、代わって別の甥（姉エリザベス・オブ・ヨーク※8の息子。原注）であるリンカーン伯ジョン・ドゥ・ラ・ポールを王位継承者に指名した。

※8　リチャード3世（1452年生まれ）には、姉が3人おり、「エリザベス」は中の姉（1444年生まれ）、「マーガレット」は下の姉（1446年生まれ）です。「上の姉」アン・オブ・ヨーク（1439年生まれ）は、エクセター公ヘンリー・ホランドと結婚し、女系の子孫がカナダに存在するようです。2012年、そのＤＮＡがリチャード3世の遺骨の鑑定に使用されました。

若干、混乱させられるのは、後のヘンリー7世の妃になった［エリザベス・オブ・ヨーク＝1466年生まれ］です。彼女はエドワード4世の「娘(妹ではない)」で、リチャード3世から見れば「姪(姉ではない)」になります。(引用者注)

1485年8月、ランカスター派のリッチモンド伯ヘンリー・テューダー（後のヘンリー7世。原注。※9）がフランスから侵入し、ボズワースの戦いで国王（リチャード3世。引用者注）自ら軍を率いて決戦する。この戦いでリチャード3世は味方の裏切りに遭い、自ら斧を振るって奮戦したが戦死した。遺体は、当時の習慣に従って、丸裸にされ晒された。

※9 後のヘンリー7世(在位：1485～1509年)。父は、ヘンリー5世妃キャサリン・オブ・ヴァロワと、彼女の「二度目の夫」オウエン・テューダーの間に生まれた長男エドマンド・テューダー(ヘンリー6世の異父弟)。つまり、ヘンリー7世はキャサリン・オブ・ヴァロワの孫になります。エドマンド・テューダーは異父兄ヘンリー6世により、1452年に「リッチモンド伯」に叙されました。(ヘンリー・テューダーの)母はランカスター家傍系ボーフォート家の娘マーガレット(ヘンリー6世のはとこ)です。
ただし、父(エドマンド・テューダー)はヘンリーの生まれる3ヵ月前に死去(1456年11月)。ヘンリーは父の弟ジャスパー・テューダー（ペンブルック伯)に育てられました。なお「リッチモンド」はイングランドの地名ですが、代々の「リッチモンド伯」

はブルターニュ公国と縁が深かったようです。[ブルターニュ＝ブルテーン][ブルゴーニュ＝ブルグーン]は混同しやすいので注意してください。英音は[ブルターニュ＝ブリタニー][ブルゴーニュ＝バーガンディー]です。[ブリタニー]の通称[小ブリテン]は「不適切な表現」のようです。(引用者注)

■ 解説

何が言いたいのかと言いますと、シェイクスピアの歴史劇『リチャード３世』に見られる、いくつかの「悪意」についてです。

まず第一に、「アン・ネヴィルとの結婚」について。シェイクスピアは、アン・ネヴィルが「最初の夫」エドワード・オブ・ウェストミンスター(1471年に戦死。享年17歳)を愛していたかのように描きますが、これについては「微妙」です。愛していたかもしれませんが、愛していなかったかもしれません。1471年5月(テュークスベリーの戦い)当時、アンは15歳。リチャード(グロスター公)は18歳でした(彼らの結婚は、その1年後＝1472年7月。新婦の忌明けを待って?)。実はリチャードは、父(第3代ヨーク公)が死亡した1460年12月(ウェイクフィールドの戦い)当時、わずか8歳でした。リチャードの養父は「ウォリック伯」(!)で、要するにリチャードとアンは幼なじみでした。彼らの間に「何らかの感情」があったことは間違いなく、「所領うんぬん」の解釈は明らかに「悪意」によるものです。

第二に、「クレランス公の処刑」について。これも「第一の悪意」と連動するものですが、バーネットの戦い（1471年4月）で敗死したウォリック伯の遺領を巡り、［ウォリック伯の長女の夫＝クレランス公ジョージ］と［ウォリック伯の次女の夫＝グロスター公リチャード］の間で［所領争い＝相続争い］が起こります。

ひとつの要点としては、「クレランス公」と［ウォリック伯の長女＝イザベル］の結婚は、エドワード4世の「許可なく」行われた結婚だということです。さらに追い打ちをかけるように、［ウォリック伯の長女＝イザベル］が1476年12月に亡くなります（毒殺説あり）。ですから、ウォリック伯の遺領を［グロスター公］が継ぐというのは合理的な判断です。そしてその判断を下したのは他でもない「時の王」エドワード4世です。もしもこの判断に不満があるというのなら、それは「時の王」に対する謀反と同義です。ですから「クレランス公の処刑」は「時の王」エドワード4世の意思によってなされた、と考えるのが自然であり、「グロスター公の計略」という解釈は「悪意」によるものです。そもそも「クレランス公」はウォリック伯による謀反（ルーズコート・フィールドの戦い＝1470年3月）には「完全に乗った」わけで、その後、王位が自分（クレランス）ではなく、ランカスター派のヘンリー6世にもどったと見るや、途中で引き返した（［ヨーク三兄弟＝エドワード＋

リチャード+ジョージ。※10]の元のさやに収まった=[バーネットの戦い+テュークスベリーの戦い])経緯があります。一度裏切った者は「浮かばれない」ということでしょうか。わが国の戦国武将「小早川秀秋」が連想されます。

いずれにせよ、今回は(クレランス公の)「二度目の謀反」であり、「処刑」はやむなしだったのではないでしょうか(クレランス公ジョージの処刑=1478年2月)。——それにしても、「所領争い」が謀反の理由になるとは、恐ろしい話ですね。昨今の「領土争い」も、十分キナ臭いですが。

※10[ヨーク三兄弟=エドワード+リチャード+ジョージ]。イングランド版「だんご3兄弟」です。印象的なエピソードは、モーティマーズ・クロスの戦い(1461年2月2日)開戦前の明け方ごろ、エドワードは山の稜線上に「3つの太陽」(幻日現象の一種)を見、これは故ヨーク公リチャード(ウェイクフィールドの戦い=1460年12月30日、で戦死)の生き残った3人の息子たち(自身、ジョージ、リチャード)の具現であり、勝利の前触れであると告げて、兵たちを奮起させたというものです。いわゆる「弔い合戦」のパターンです。このことにちなみ、エドワードはのちに太陽の光彩を、自らのヘラルディック・バッジ(記章)に取り入れさせたということです。会戦(モーティマーズ・クロスの戦い)はヨーク軍の勝利に終わり、ヨーク公エドワードは敵将オウエン・テューダーを処刑しました。これは[タウトン

の戦い＝3月28日］の前哨戦であり、［エドワードの戴冠＝6月28日］によって結実する、ヨーク朝開幕への第一歩でした。――ですが、「歴史の後知恵」を知っている私たちとしては、複雑ですね。「ヨーク三兄弟」の末弟リチャード3世を、敗者オウエン・テューダーの孫（ヘンリー7世）が倒すのですから。

第三に、「兄エドワードへの忠誠」について。いわゆる［リカーディアン＝リチャード3世を愛するアマチュア歴史愛好家たち］が、彼（リチャード）を弁護する最大の理由はこれでしょう。リチャードは兄エドワード（エドワード4世）を愛しており、王妃一派（ウッドヴィル一族）のみを憎んでいた、と。

確かに［幼い王子たち＝エドワード5世とリチャード・オブ・シュルーズベリー］をロンドン塔に投獄するというのは、無慈悲なようでもあります。ですが、「下賤の血を排除する」というのは、当時の王族の価値観としては、「普通」だったのかもしれません。

最後に、［リチャード3世を巡る最大の謎＝誰が王子たちを殺したか］です。

【インターネットより転載】
ロンドン塔に捕らわれの王子。
リチャード3世は彼（リチャード3世。引用者注）より王位継承順位が高い「兄の子」を排除することによって、力を強固にしたと言われている。だが、その「兄の子」であるエドワード5世の失踪について、バッキンガム公（※11）はどれだけ関与したのかが疑問である。

※11 第2代バッキンガム公爵ヘンリー・スタッフォード。エドワード4世の病没（1483年4月）後、王妃派のウッドヴィル一族と、王弟グロスター公リチャード、の争いになりますが、バッキンガム公は真っ先にグロスター公リチャード支持を表明しました。ですが、その後、バッキンガム公はグロスター公リチャードとたもとを分かち、ヘンリー・テューダー支持に回ります。不運なことにバッキンガム公は［1483年10月］の最初の反乱に敗れ、処刑されます。ヘンリー・テューダーがグロスター公リチャードを破るのは、その2年後［1485年8月］の「ボズワースの戦い」においてでした。（引用者注）

1980年代の初めに紋章院で見つかった写本によると「王子はバッキンガム公の『万力によって（by the vise）』殺された」とある。「バッキンガム公の万力」では意味が通じないので言葉を補うとすると、バッキンガム公の『助言（advice）』によって殺されたのか、それともバッキンガム公の『発案（devise）』で殺されたのか。前者だとすると「助言」というのはどれ程の主体性を持っていたのか。
もしもエドワード5世殺害について、リチャード3世が主体となって実行したのであれば、エドワード5世の後見人まで務めたバッキンガム公がそれに幻滅してランカスター派に寝返った可能性は充分にある。だがもしもバッキンガム公が自発的に、既に気脈を通じていたヘンリー・テューダーの「王位継承の邪魔者」として王子を殺害していたらどうだろうか。この考え方でいくと、もしバッキンガム公が王子を暗殺してその罪をリチャードになすり付ければ、ランカスター派の反乱を煽動する事ができるだろう。その時、リチャードと王位を争うライバルはヘンリー・テューダーだけが残っている（意訳。本来は「エドワード5世」を含む三者の争いだが、「先王の王子」という意味で若干有利なエドワード5世を排除すれば、自分（バッキンガム公）の支持するヘンリー・テューダーの王位継承の可能性が上がる）、という筋書きになる（※12）。さらに言えば、残るリチャードさえ倒せば（意訳。仮にヘンリー・テューダーがリチャードを倒せたと仮定すれば）、自分（バッキンガム公。引用者注）が王位につくためのライバルはヘンリー・テューダーただ1人になる、という計算が働いた可能性もある。もっとも、実際彼（バッキンガム公。引用者注）の読みどおりにランカスター派の反乱は続いたが、リチャード3世を退位させる事に成功したのはバッキンガム公ではなく、ヘンリー・テューダーであった（※13）。

※12 これはヘンリー・テューダーを支持するバッキンガム公の

視点からの解釈です。さらに、上記の三者（リチャード3世、エドワード5世、ヘンリー・テューダー）の中では、ヘンリー・テューダーが最も「弱者」なので、ヘンリー・テューダーにはとりあえず「偽りの支持」を表明し、その一方でリチャード3世とエドワード5世の対立を演出してエドワード5世を抹殺し、「罪」をリチャード3世になすり付けてリチャード3世の力を削ぐのが、バッキンガム公の「将来」にとっては得策だったのでしょう。

このような人間関係を「漁夫の利（ぎょふのり）」というのでしょうか。[フランス王＝漁夫]が[スコットランド＝ハマグリ]と[イングランド＝シギ]の争いを利用したように。あるいは[イングランド王＝漁夫]が[ブルゴーニュ派＝ハマグリ]と[アルマニャック派＝シギ]の争いを利用したように。確かに「構造」は同じです。[バッキンガム公＝漁夫][ヘンリー・テューダー＝ハマグリ][リチャード3世＝シギ]。要するに「とりあえず弱いほう」に味方する、という戦略です。

ところで、バッキンガム公の「王位継承の根拠」ですが、筆者には今ひとつわかりません。今後の課題とします。（引用者注）

※13 これは要するに「意趣返し」です。なぜなら、[1483年10月の反乱]において、リチャード3世の「敵」はヘンリー・テューダーとバッキンガム公の二者だったわけですが、リチャード3世は「より強者である」バッキンガム公を「先に抹殺した」からです。あるいはヘンリー・テューダーの拠点が[ブルターニュ＝より

遠方]であったのに対し、バッキンガム公の拠点が[ウェールズ=より近隣]だった、という要素もあります。(引用者注)

■ 解説

要するに上記引用文の著者は、「幼い王子たちを殺した」のはリチャード3世ではなく、ヘンリー・テューダーに寝返ったバッキンガム公であると主張しているのでしょう。

ところで、「幼い王子たち」は「暗殺された」というのが多数派意見ですが、わずかに「逃亡した」説もあります。なぜなら、彼らは「公的に処刑された」のではなく、「いつのまにかいなくなっていた」からです。

仮に彼らが「殺害された」として、なぜそれを「秘密裡(ひみつり)に」行う必要があったのでしょう？　もしも殺害の主体がバッキンガム公だったとしれば、その動機は上記引用文にあるとおり、「罪をリチャード3世になすり付けるため」でしょう。では、もしも殺害の主体がリチャード3世だったとすれば、どのような説明が可能でしょうか。

たとえば、「幼い王子を殺害するというのは、当時の感覚でもタブーであった」が考えられます。つまりリチャード3世はかつてリチャード2世が初代グロスター公トマス・オブ・ウッドストックを殺害し、それによって諸侯の支持を失ったことを心に留め、王子たちを「秘密裡に」殺害した、と。

いずれにせよ、「動機」という点では、リチャード3世にはエドワード５世を殺害する動機はあったのです。つまり、「対抗勢力によって、エドワード５世が再び王族に復帰し、利用される可能性の阻止」です。

うーん。どうでしょうか。これは「永遠のミステリー」かもしれません。

D. ヘンリー7世

(a) 王の異父弟

ヘンリー・テューダーの生年は1457年1月です。父はヘンリー5世妃キャサリン・オブ・ヴァロワと彼女の「二度目の夫」オウエン・テューダーの間に生まれた長男、エドマンド・テューダーです(生年は1430年ころ)。要するにヘンリー・テューダーは、キャサリン・オブ・ヴァロワの孫です。エドマンドの弟ジャスパーは1431年ころの生まれで、彼らはヘンリー6世の異父弟でした。彼らとヘンリー6世の関係は良好で、ヘンリー6世は1452年ころ、兄のエドマンドを「リッチモンド伯」に、弟のジャスパーを「ペンブルック伯」に叙しました。

エドマンドは1455年に、(初代)サマセット公ジョン・ボーフォート(ヘンリー5世のいとこ)の娘マーガレット(当時12歳)と結婚します。そして彼女は次の年に懐妊しました。ところが薔薇戦争が始まり、エドマンドはヨーク派のハーバート家に捕らわれ、南ウェールズのカーマーセン城に収監されました。そしてそこで伝染病にかかり、1556年11月に亡くなりました。[息子＝ヘンリー]の生まれる3カ月前でした。

ジャスパーとその父オウエンは、1461年2月のモーティマーズ・クロスの戦いで、ランカスター側で戦いましたが、ヨーク派の［マーチ伯エドワード＝後のエドワード4世］に敗れ、オウエンは捕らわれて処刑され、ジャスパーは逃走しました。

王権がランカスター派からヨーク派に完全に移行した1471年（テュークスベリーの戦い、の決着後）に、ジャスパーはまだ10代の甥ヘンリー（14歳）を連れてブルターニュに行きました。ヘンリーが後にボズワースの戦い（1485年8月。28歳）で、戦闘経験豊かなリチャード3世（ヨーク朝第3代）を破るほどの戦術的知識を得ることができたのは、ジャスパーのおかげでした。1485年8月22日に即位すると、王（ヘンリー7世）は叔父ジャスパーに、ガーター勲章を含むすべての称号を回復させ、ベッドフォード公に叙しました。

■ 解説

ヘンリー・テューダーの母はランカスター家の分家「サマセット公ボーフォート家」の出身ですが、そもそも「ボーフォート家」には「王位継承権」はないはずです。ですから、もしもヘンリーに「王位継承」の根拠があるとすれば、父がイングランド王ヘンリー6世（ランカスター朝・第3代）の異父弟である、ということでしょうか（※1）。ということは、［異母弟＝妾腹(めかけばら)］よりも、［異父弟］のほうが「格上」なのでしょうか（！？）

ただ、ヘンリーの祖母「キャサリン・オブ・ヴァロワ」には、間違いなく「フランス王」の血が流れています。その意味では「テューダー一族」は高貴だったのでしょう。

※1 いちおう歴史学的には、以下のようです（インターネットより）。「ヘンリーの王位継承権は主に母方のボーフォート家に由来する。母マーガレット・ボーフォートはエドワード3世の三男のジョン・オブ・ゴーントの子であるジョン・ボーフォートの孫であった。だが、ジョン・ボーフォートは両親が結婚する前に生まれた私生児であり、後に従兄に当たるリチャード2世に嫡出子として認められた時、王位継承権を放棄させられていた。さらに女系の血筋であることもあって、ヘンリーの王位継承権には疑問符が付いていた」。
いわゆる「リカーディアン」の言い方がまた強烈で、（ヘンリー7世は）「王の弟息子の私生児のそのまた曾孫」（20世紀の歴史ミステリ『時の娘』より）ということです。
ここまで強烈ですと、逆に辟易します。これではまるで「負け犬の遠吠え」です。「ボズワースの戦い」という最後の決戦（言わば、天下分け目の関ヶ原）で、「リチャード」は負けて「ヘンリー」が勝ったのです。理由はどうあれ、それが結末です。当時の戦争は「神の意思」でした。それで十分ではないですか？

（b）王位僭称者

【インターネットより転載・その1】

即位後は、ヘンリー7世の王位継承権の疑惑（テューダー朝を参照。原注）から王位を僭称するものが相次いだ。1486年にはランバート・シムネルがリチャード3世の旧支持者たちに擁立されて、本物は幽閉中であったウォリック伯エドワード（クラレンス公の遺児。1475年生まれ。引用者注）と名乗り、翌1487年にはダブリン（アイルランド。引用者注）で国王エドワード6世を称した。これにエドワード4世の妹ブルゴーニュ公シャルル妃マーガレット（※2）などが味方して王位要求の軍を起こすが、ストーク・フィールドの戦い（1487年6月。引用者注）でヘンリー7世に敗れた。シムネル（当時12歳？　引用者注）は捕らえられたが、大人に操られただけだとして刑を免じられ、厨房の召使とされた。

※2　ブルゴーニュ公シャルル（突進公）は、1477年、ナンシーの戦いで、フランス王ルイ11世に敗れ、戦死しています。ですから、この当時「マーガレット・オブ・ヨーク」は未亡人です。「ブルゴーニュ戦争」の意義ですが、イングランドにおける「薔薇戦争」と同じく、[中世＝領邦国家]から[近世＝中央集権国家]への移行のための戦争だったと考えられ、その意味では、わが国の「戦国時代」と同等なのですが、興味深いのは、両国（英仏）に

はその前の局面として「百年戦争」があり、お互いがお互いを「利用する」関係にあったことです。「ブルゴーニュ戦争」と「薔薇戦争」の関係で言えば、[フランス王国＝ランカスター派][ブルゴーニュ公国＝ヨーク派]という「構造」です。こういう点が「ヨーロッパ」の特殊性だと思います。結論としては[フランス王国＝ランカスター派＝勝者]であり、本論文は、筆者の通常の[公式＝ファンタジーは敗者の哲学]と照らし合わせて、やや例外的な「構造」と言えます(※3)。

※3　本論文の最終的な結論は[ヘンリー7世＝ランカスター朝＝勝者＝王位簒奪者(邪な王)][リチャード3世＝ヨーク朝＝敗者＝正当な王]であり、この意味において[リチャード3世]を愛する[リカーディアン]は「ファンタジーの公式」を遵守していると言えます。
ただ、この「構造」には、若干の「ねじれ」があります。つまり[ランカスター＝ロラード派＝新興弱小勢力][ヨーク＝カトリック＝古層強大勢力]というものです。[新興弱小勢力]が[古層強大勢力]に挑戦する。これはまさに[ロマン主義＝革命]を先取りした、「もうひとつのファンタジー」だったのではないでしょうか。

【インターネットより転載・その2】
1490年にはパーキン・ウォーベックがエドワード4世の次男ヨーク公リチャード(オブ・シュルーズベリー。引用者加筆)

を名乗って国王リチャード4世を自称し、再びブルゴーニュ公妃マーガレットの支持を得てイングランドへ侵攻し、フランス王シャルル8世やスコットランド王ジェームズ4世、神聖ローマ皇帝マクシミリアン1世などを巻き込んで国際的な問題となったが敗れて捕えられた。幽閉していたウォリック伯エドワード（本物。引用者注）とパーキン・ウォーベックは1499年に脱走を図って失敗し処刑された。エドワードの姉マーガレット・ポール（クラレンス公の遺児。1473年生まれ。引用者注）は助命されたが、後にヘンリー8世によって処刑されることになる（1541年。享年57歳。※4）。

※4 マーガレット・ポール（生没年。1473～1541年）の人生も、大変興味深いものでした。テューダー朝成立当初は、故クラレンス公の遺児であり「プランタジネット男系最後の生き残り」であった姉弟は、徹底的に監視されていました（弟のエドワードはロンドン塔からの脱走に失敗し、1499年に処刑）が、テューダー朝が安定するにつれて、警戒は緩み、懐柔策へと転換されました。1491年頃、ヘンリー7世はマーガレットをリチャード・ポール卿と結婚させました。彼女は5人の子を産み、夫亡きあとには、ソールズベリー女伯の称号も認められました。さらに彼女は、ヘンリー8世の長女メアリー（1516年生まれ。後のメアリー1世）の養育係（ガヴァネス）にもなります。

ところが、悲劇は突然やってきました。マーガレットの次男、レジナルド・ポールが、ヘンリー8世の「離婚問題」でローマ教会との間を仲介していたのですが、突如、ヘンリー8世を批判する論文を提出したのです（1536年）。ヘンリー8世は激怒し、マーガレットを解雇します。さらに（マーガレットの）長男のヘンリーを国王への反逆罪で処刑（1538年）、三男のジェフリーは国外追放されました。

難解ですが、要するに［ヘンリー8世＝新教］［ポール（ヨーク）一族＝カトリック］という「構造」です。感慨深いのは、マーガレット・ポールによって育てられたメアリー1世がその後、「カトリックの庇護者」になったことです（いわゆる［ブラッディ・メアリー＝血まみれメアリー］）。

もちろん、メアリー1世だけを一方的に責めることもできません。彼女の父ヘンリー8世のやったことも、十分血にまみれていたのですから。

ヘンリー8世によって始められた［事業＝宗教改革］がいかに難易度の高いものであったかを痛感させられます。ヘンリー8世の思考回路といわゆる「ロラード派（またはルター派）」の思考回路は異なっていたと思われますが、両者は巧みに互いを利用し合い、結実していったのでしょう。

■ 解説

要するに、王位僭称者の頻出と、新王（ヘンリー7世）の王位継承に関する疑問とは、表裏一体だったのではないでしょうか。特に後者（パーキン・ウォーベック）につきましては、[本物＝リチャード・オブ・シュルーズベリー] の行方（生死）がはっきりしない、というのも大きかったのでしょう。

興味深いのは、[ブルゴーニュ公妃＝マーガレット・オブ・ヨーク] の反応です。彼女は [エドワード4世の妹] ですが、心情的には [リチャード3世の姉] だったのではないでしょうか。これもまた「リチャード3世が愛された王であった」根拠になるかもしれません。

バラ戦争終結の陰で（以下引用）

「序章」の最後でも述べたとおり、ヘンリ（七世。引用者注）はバラ戦争を終結させ、ヨーク家のお姫様であるエリザベス（エドワード四世の娘。引用者注）と結婚し、赤バラ（ランカスター家。原注）と白バラ（ヨーク家。原注）は仲直りをしたかに見えていた。しかしその後も、イングランド各地にはヘンリの追い落としを図る、ヨーク家の残党たちの陰謀が渦巻いていた。そのようななかで登場したのが、パーキン・ウォーベックという一人の男であった。

彼はヨーク家の残党たちに担ぎ出され、ヘンリ即位の六年後、一四九一年に突如「自分はエドワード四世の忘れ形見リチャードである」と名乗りを上げて、王位を奪おうと登場してきたのである。実際のリチャードは、兄エドワード（五世。引用者注）とともに、十歳の時にロンドン塔で叔父のリチャード三世によって殺害されたと言われている（1483年。引用者注）。ヨーク家の残党もそのようなことは承知の上で、アイルランドで偶然見つけたウォーベックを担ぎ出したのである。

ここで有力な後見人が見つからなければ、ウォーベックの反逆など一溜りもなかったことであろう。ところが、ここに彼こそ本物のリチャード王子であるとし、彼らの反乱を後押しする人物が現れた。ブルゴーニュ公爵の未亡人マーガレットである。彼女はエドワード四世の妹（リチャード三世の姉。原注）で、最後のブルゴーニュ公爵シャルル（突進公。引用者加筆）の許に嫁ぎ、シャルルが戦死した後は、北方ルネサンスを築き上げた当時でも有数の大所領を実質的に切り盛りする「女傑」であった。

ルネサンス美術の牽引役が、北イタリア（フィレンツェ。原注）のメディチ家であったとするならば、ルネサンス音楽（フランドル楽派。原注）の後見役が、ヨーロッパでも最大級の商業・金融の中心地アントワープと、その郊外に拡がる毛織物生産の最先進地域フランドルとを所有するブルゴーニュ公爵家だったのである。マーガレットはその豊富な資金力をバックに、愛する弟のリチャード三世を討ったヘンリ（七世。引用者注）に復讐したかった。

その彼女が、ヘンリ追討の軍隊を派遣するよう要請したのが、時のハプスブルク家当主マクシミリアン一世であった。彼の妻マリーがマーガレットの一人娘（※5）だったのだ。こうして最初は取るに足らない存在と思われたウォーベックが、ヨーロッパ最大の大富豪（ブルゴーニュ公爵家。引用者注）と最大の軍事力を持つ皇帝（神聖ローマ皇帝。引用者注）から支援を受ける、強敵となってしまった。ヘンリにとって生涯最大のピンチが訪れた。

※5 ただし、マーガレット・オブ・ヨークは、ブルゴーニュ公シャルルの後妻でしたので、マリー・ド・ブルゴーニュは、正確にはマーガレットの「継娘」です。（引用者注）

しかし神がヘンリを救ってくれた。マクシミリアンは、この直後にイタリアをめぐるフランスとの戦争（イタリア戦争。1494年。引用者注）に乗り出し、イングランド遠征どころではなくなってしまった。マーガレットが進めていた、アントワープの対イングランド経済封鎖も功を奏さなかった。やがてウォーベックは捕らえられ、処刑されてしまったのである。

（君塚直隆『肖像画で読み解く　イギリス王室の物語』P27）

■ 解説

君塚（きみづか）氏によれば、その後（即位からちょうど20年後、御年（おんとし）48歳の）ヘンリ7世は、マリー・ド・ブルゴーニュの娘、つまり、マーガレット・オブ・ヨークの孫娘に、自らの肖像画（作者不詳、1505年、油彩、国立肖像画美術館、42.5 × 30.5cm）を送っているそうです。

その意味は「お見合い」です（！）

マリー・ド・ブルゴーニュの娘とは、すなわちマクシミリアン１世の娘、名前をマルガレーテ・フォン・エスターライヒ（※６）（※７）と言いました。当時25歳だそうです。その意味するところは何だったのでしょう？

※６ 既述の、フランス王シャルル８世に離縁された悲劇の王妃マルガレーテと同一人物です。フランス語表記は「マルグリット・ドートリッシュ」のようです。生年は1480年です。1492年にシャルル８世に離縁され、翌年フランドルに帰国（13歳）。２年後、今度はアラゴン王子フアンと結婚します（15歳）。しかし結婚後わずか半年で夫が病死、王太子妃（マルガレーテ）は第１子を懐妊中に未亡人になり、その後、男児を死産。失意のうちに1500年に帰国します（20歳）。気の毒な前半生です。

翌年（1501年）、今度はサヴォイア公フィリベルト２世と再々婚しますが、夫は３年後（1504年）に病死。帰国した彼女は、以後の結婚を拒否。父（マクシミリアン１世）によりネーデルラント総督に任命され、優れた政治手腕を発揮したとされます。

なるほど。ヘンリ７世に求婚されたのが、ちょうどそのころであり（1505年）、丁重に断ったのも、彼女のポリシーだったのですね。

※7 周知のこととは思いますが、「マルガレーテ」は「マーガレット」のドイツ名。つまり、彼女の名前は、祖母である「マーガレット・オブ・ヨーク」にちなんでいるわけです。「エスターライヒ」は直訳すれば「東の帝国」ですが、「オーストリア」のドイツ語表記です（フランス語表記は「オートリッシュ」）。当時の「神聖ローマ帝国」は、［エスターライヒ＝オーストリア］を本領とする「ハプスブルク家」によって統治されていました。ですが、マルガレーテの居城は「ブルゴーニュ公領」、具体的には［メッヘレン＝現ベルギー王国・アントワープ州］だったと思います。

さらにトリビアを並べれば、後のヘンリ８世の二番目の妃、後のエリザベス１世の生母アン・ブーリンは、「マルガレーテのサロン」に「女官留学」しています。ちょうど、あのアンリ２世の寵姫ディアーヌ・ド・ポワティエが、「シャルル８世の姉」アンヌ・ド・ボージュー（彼女は幼いフランス王太子妃マルガレーテの養育係でもありました）のサロンで学んだように。［アンヌ・ド・ボージュー（師）×ディアーヌ（弟子）］［アンヌ・ド・ボージュー（師）×マルガレーテ（弟子）］［マルガレーテ（師）×アン・ブーリン（弟子）］。

（c）ランカスターの赤い薔薇

君塚氏の説明はこうです。ヘンリ７世は妃エリザベス・オブ・ヨークとの間に、男子が3人いましたが、不幸なことに、1500年に三男エドマンドが、1502年には長男アーサーが、そして1503年には妃エリザベスが、次々と病死したのです。残る男子は次男のヘンリ（後のヘンリ8世）のみ。

私たちは「歴史の後知恵」で、ヘンリ8世が長生きし、イングランドが繁栄していくことを知っていますが、当時は医療水準が低く、王侯貴族といえども、病魔に冒されれば、あっという間に死んでしまった時代だったのです。そのためヘンリ（7世）は、「子宝を得るために」お見合い肖像画を送った、というのが君塚氏の解釈です。

確かにそれもひとつの理由とは思います。ですが、筆者が思うのは、むしろ次の理由です。それは「テューダー朝を大陸諸国に認知してもらうこと」です。

くだんの「肖像画」には、いくつもの「メッセージ」が込められています。

（1）右手にさりげなく「赤いバラ」が握られています。自身が「ランカスター朝」の王であることをアピールしているのでしょう。そんなことをしたら、またまた「マーガレット・オブ・ヨーク」の逆鱗（げきりん）に触れるのではないか、ですって？いえ、それはもう大丈夫です。なぜなら、マーガレット・オブ・ヨークも（ヘンリの妃エリザベス・オブ・ヨークと同じ）1503年に亡くなっているからです。

（2）胸にはさりげなく、「金羊毛騎士団の頸飾（けいしょく）」（※8）を下げています。この頸飾は、マルガレーテの兄「フィリップ美公」から贈られたものです。かつて、ヘンリ５世が神聖ローマ皇帝（ルクセンブルク家）ジギスムントに「ガーター勲章」を贈ったように、と言いたいところですが、今回は逆です。あくまでもヘンリ７世は、フィリップ美公から贈られた「金羊毛騎士団の頸飾」を首に下げ、「私（ヘンリ）は貴国（ブルゴーニュ）の同盟者ですよ」とアピールしているのです。ヘンリ７世のしたたかさが窺（うかが）えます。

※８　この頸飾の（ペンダント・トップの）デザインは、「吊り下げられた羊」です。どのような関係かは知りませんが、紳士服のブランド「ブルックス・ブラザーズ」のロゴのデザインと同じです。

（３）ヘンリはこの肖像画を「ネーデルラント出身（とされる）画家」に描かせています。「作者不詳」ではありますが、美術史学的に、そのように解釈されるようです。その当時、［ネーデルラント＝現オランダ］もまた、「ブルゴーニュ公爵領」でした（※９）。

※９「ブルゴーニュ」という名称は、現在もフランス南東部の地名として残っています。ワインの名産地です。そこが「ブルゴーニュ侯家」の、そもそもの発祥地だったのです。ですが、その後、当主の婚姻によって［フランドル＝現ベルギー］に飛び地ができ、

「２つの領地」を結ぼう（地続きにしよう）と、「フランス王国」の領土を侵食するようになったわけです（歴史学の用語で、これを［マニフェスト・デステニー＝明白な宿命］と言うそうです）。その前に、［南の領地＝ブルゴーニュ］も膨張し、［北の領地＝フランドル］も膨張していました。［ネーデルラント＝現オランダ］は「北の領地の膨張」の結果です。――これまた現代の社会情勢と重ねますと、［フランス王国＝アメリカ］［ブルゴーニュ公国＝中国］だったのでしょうか（※10）。

※10 2015年10月21日（水）、夜の10時。筆者はたまたまＮＨＫの歴史番組『世界へＧＯ』を見ていました。わが国の徳川家康と、イングランド女王エリザベス１世の間に、つながりがあったという興味深い内容でした。女性レポーター（日本人）が、スペイン（の無敵艦隊）と戦った16世紀イングランドの軍艦に乗りこみ（取材地はロンドン）、そこにいた水兵（に扮した学芸員）と話していました。水兵はスペインの商船の効果的な攻撃方法を話し始めました。女性レポーターが目を丸くします。「…海賊っぽいことをしていたのですか？」。すると水兵は平然と答えました。「女王の許可をもらっていたし、我々はカトリック教会とは異なる価値観を主張していたのさ」。――おわかりになりますか？　要するに「カリブの海賊」です。［襲う側＝イングランドの海賊船］［襲われる側＝スペインの商船］。
当時、カトリック教会は世界を「スペインの植民地」と「ポルト

ガルの植民地」の２つに分割していました。後発国のイギリスは、その価値観に異を唱え、(非ローマ・カトリック国として)海賊行為をしていたのです。
一方、徳川家康に仕えた三浦按針(みうらあんじん)はイギリス人であり(本名はウィリアム・アダムズ)、家康はそうした(イギリス側の)主張に精通していたために、日本はその後、ヨーロッパ(つまり、スペイン・ポルトガル)の植民地にならずに済んだ、と解釈することもできるのです。
筆者は考え込みました。第２次世界大戦後の「価値観」は、主に「アメリカ」が作ったと言えるでしょう。今、それに異を唱えているのが「中国」です。確かに、私たち(日本)は、アメリカに教えてもらった「民主主義」に賛同しています。ですが、本当にその「価値観」は正しかったのか。もしかしたら、ただ「アメリカに得をさせるためだけの」価値観だったのではなかったか。「構造」は以下の通りです。[ローマ・カトリック＝アメリカ][イングランド＝中国]。
2015年は、いろいろありました。①「明治日本の産業革命施設」の文化遺産登録に横槍を入れる韓国と中国(5月)、②核拡散防止条約(ＮＰＴ)文書における「被爆地の広島、長崎への訪問」に反対する中国(5月)、③南京事件の記憶遺産登録を強行した中国(10月)。④旧日本軍の化学兵器使用について誇張し、日本を侮辱する中国(10月)。
「構造」としては、中国もアメリカも「戦勝国」ですから、その意味では「同じ穴のムジナ」と言えます。ですが、中国が「共存」よりも「搾取」を前面に出せば出すほど、「今ある価値観」の弱点がさらけ出されるような気もします。本当に「今ある価値観」は正しいのかと。

今、中国が日本に対して抱いている興味は「搾取」一辺倒ではないでしょうか。中国は日本からどれだけ「搾取」できるのか、と。

歴史に学ぶとしたら、こうでしょうか。ローマ・カトリックには、たくさんの過ちと、恥と、罪があった。植民地政策も、人種差別も、階級差別も、男女差別も、カトリックと親和的だった。ナチズムさえ、カトリックとかかわりがあった可能性がある。だからこそ、カトリックはそれらを乗り越えて、より価値ある高みに到達できたのだ、と。世の中には「失敗した者にしか気づき得ない何か」があるのだ、と。

やはり日本は［アメリカ＝カトリック］を信じ続けるしかないようです。ですが、それは［現行のアメリカ＝血まみれのカトリック］ではありません。［改良した（未来の）アメリカ＝寛容と人間愛のカトリック］です。具体的にはどういうことか。筆者の「旅」は、まだ続きます。

ここでまた、筆者得意の「系図」を示しましょう。

［第ゼロ世代］
【Ｙ０】第３代ヨーク公　　＊Ｙ＝ヨーク公家

［第１世代］

【Ｙ１】エドワード４世　――【Ｙ０】の次男

〖Ｙ１〗マーガレット・オブ・ヨーク

――【Ｙ０】の四女

＊または「マルグリット・ドゥ・ヨール」？　なぜ彼女がブルゴーニュに嫁したあとも、英音で呼ばれるのかは謎です。

【Ｙ１】リチャード３世　――【Ｙ０】の八男

【Ｂ１】シャルル突進公　　＊Ｂ＝ブルゴーニュ公家

――〖Ｙ１〗マーガレット、の夫

［第２世代］

〖Ｂ２〗マリー・ド・ブルゴーニュ

――【Ｂ１】の娘。母はイザベル・ド・ブルボン。マーガレット・オブ・ヨークは継母。

＊または「マリア・フォン・ブルグント」？　ただし、彼女は［マクシミリアン１世＝ドイツ王］に嫁ぎましたが、居城は「ウィーン」ではなく「メッヘレン」でした。彼女は最後まで「ブルゴーニュ女公爵」でした。なお、「ブルゴーニュ公国」の公爵一族の言語は「フランス語」ですが、臣民の言語は「オランダ語」と思われます。［君主＝支配者］と［臣民＝被支配者］の言語が不一致というのも、ヨーロッパの面白いところです。

【Ｈ２】皇帝マクシミリアン１世　　＊Ｈ＝ハプスブルク家

――〖Ｂ２〗の夫

〖Ｙ２〗エリザベス・オブ・ヨーク

――【Ｙ１】エドワード、の長女

【Ｔ２】ヘンリ７世　　＊Ｔ＝テューダー家

――〖Ｙ２〗エリザベス、の夫

【Ａ２】フェルナンド２世　　＊Ａ＝アラゴン王家

［第３世代］

【Ｈ３】フィリップ美公　――【Ｈ２】の息子

〖Ｈ３〗マルガレーテ・フォン・エスターライヒ

――【Ｈ２】の娘

＊または「マグリット・ドートリッシュ」。

【Ａ３】フアン（アラゴン王子）
　　　　　　　　　　　――〖Ｈ３〗マルガレーテ、の夫
〖Ａ３〗ファナ（アラゴン王女）
　　　　　　　　　　　――【Ｈ３】フィリップ、の妻
　＊正確には「カスティーリャ女王」ですが、シンプルに「アラゴン王女」
　　とします。
〖Ａ３〗キャサリン・オブ・アラゴン（アラゴン王女）
　　　　　　　　　　　――【Ａ３】フアン、〖Ａ３〗ファナ、の妹
【Ｔ３】ヘンリ８世
　　　　　　　　　　　――【Ｔ２】の息子。〖Ａ３〗キャサリン、の夫

［第４世代］
【Ｈ４】カール５世　　　――【Ｈ３】フィリップ、の長男
【Ｈ４】フェルディナンド１世
　　　　　　　　　　　――【Ｈ３】フィリップ、の次男
〖Ｔ４〗メアリ１世
　　――【Ｔ３】の長女。母はキャサリン・オブ・アラゴン。
　＊スコットランド女王「メアリ１世」とは別人です。
〖Ｔ４〗エリザベス１世
　　――【Ｔ３】の次女。母はアン・ブーリン。

「フランス」との関係で言えば、「ブルゴーニュ公家」はもともと、フランスに呑み込まれることを恐れて、神聖ローマ皇家に助けを求めたのです。その後も早世した皇妃マリー・ド・ブルゴーニュの忘れ形見、①皇子フィリップと②皇女マルガレーテはともにスペイン王室と姻戚関係になりました。マルガレーテも最初、スペイン王子フアンと結婚したのですが、夫に先立たれ、懐妊した子どもを死産し、泣く泣く実家（メッヘレン）に帰ったのでした。要するに、ブルゴーニュ、ハ

プスブルク、アラゴン（＝スペイン）、が結束することで、大国「フランス」を包囲しようというのが、彼らの目標でした。

ところが、なぜか皇子フィリップが「外交音痴」で、彼は「フランス」にあこがれ、「イングランド」にも興味を持ったのでしょう。ヘンリ７世に「金羊毛騎士団の頸飾」を贈るなどという酔狂なことをしたのも、彼の「外交音痴」の片鱗だったのでしょう。

肖像画に秘められた意味（引用・つづき）

しかし、ヘンリのメッセージはマルガレーテには伝わらなかった。ウィーンからは、ヘンリの「プロポーズ」を断るすげない返事と、この肖像画とが送り返されてきた。さらに、この翌年（一五〇六年。原注）、この頸飾をヘンリに贈ってくれた当のフィリップがスペインで急死してしまった（毒殺説あり。引用者注）。イングランドとハプスブルクとを結ぶ強力な絆（きずな）まで、ヘンリは失った。

（『肖像画で読み解く　イギリス王室の物語』P35）

赤バラに込められたもの（引用・つづき）

こののち、ヘンリは夫（フィリップ。原注）を失ったファナにまでプロポーズしたが、最終的に自らの再婚は諦（あきら）めたようである。しかし、唯一生き残った息子ヘンリ（後のヘンリ八世。引用者注）が、無事に王位を継ぐために、ヘンリ七世は残された余生を費やしていく。自らの死後、皇太子のヘンリが王位継承を宣言するにあたり、邪魔だてしてくる存在がいないとは限らない。ここは強力な後ろ盾を見つけておく必要がある。

当時のヨーロッパで最有力の君主と言えば、ヘンリより五歳年上のアラゴン（スペイン。原注）国王フェルナンド二世と、二歳年下の皇帝マクシミリアン一世ということになる。キャサリンの父であるフェルナンドは、皇太子ヘンリにとっての義父にもなるのだから、後見役に就くのは当然であろう。問題はマクシミリアンのほうである。

そこでヘンリ七世は、マルガレーテへの「プロポーズ」に失敗した直後から、毎年のごとくウィーンのマクシミリアンに金銀・宝石などの貢（みつ）ぎ物を贈った。その総額は三十四万ポンドにのぼるとされている。当時、十万ポンドあれば大がかりな遠征を行えたというのであるから、かなりの金額であろう。そのおかげもあって、一五〇九年四月にヘンリ七世が亡くなったとき（享年52歳。死因は結核と考えられています。引用者注）、マクシミリアンはフェルナンドとともに若きヘンリ八世の後見役として彼を見事に引き立ててくれたのである。

テューダー王朝の開祖ヘンリ七世。彼の四半世紀に及ぶ国王としての責務（ヘンリ七世の存在。1485～1509年。引用者注）、それがテューダー家の安泰とイングランドの独立を維持することであった。それは彼がマルガレーテへと送った肖像画にも実は込められていたのかもしれない。肖像画のヘンリがしっかりと握りしめているのは赤いバラ。白バラ（ヨーク家。原注）との和解によって成立した王朝とはいえ、ヘンリの血に流れていたのは、紛れもなくランカスターの赤バラの精神だったのだ。

そして彼が生涯を賭けて守り通した赤バラの精神は、息子のヘンリ八世、さらには彼の子どもたちへとしっかりと受け継がれていったのである。

（『肖像画で読み解く　イギリス王室の物語』P36）

■ 解説

「ランカスターの精神」。難解ですが、要するに「ローマ・カトリック」を脱却し、「英国国教」という、独自の精神世界を築くことでしょうか。

君塚氏の文章で、筆者が衝撃を受けたのが、これです。

そこでヘンリは（1502年に。引用者加筆）ローマ教皇庁に使いを送った。もちろん莫大な賄賂（わいろ）を持たせて。当時の教皇庁など金でなんとでもなったのだ（この十五年後にマルティン・ルターによる宗教改革が始まるほど腐敗していた。原注）。

（『肖像画で読み解く　イギリス王室の物語』P31）

要するに、長男アーサーの妃にもらったアラゴン王女キャサリンを、長男の病死後、次男ヘンリの妃として認めてもらうための工作です（※11）。この「工作」は認められましたが、今度は［ヘンリ八世＝次男ヘンリ］の「離婚」を遂行するために、「英国国教」が成立するのです。舅ヘンリ七世と、夫ヘンリ八世に翻弄されたキャサリン妃の心中やいかに。

※11　実は、例のスコットランド女王メアリ１世の「最初の夫」が、あのカトリーヌ・ド・メディシスの長男フランソワ２世でした。カトリーヌは賢明にも、長男の病死後、［メアリ・ステュアート＝スコットランド王女］を［次男＝シャルル９世］の妃にはしませんでした。カトリーヌが目指したのは「旧教と新教の融和」であり、過激な「新教排斥」を唱える「ギーズ公」とは一線を画したのです。その意味において、カトリーヌ・ド・メディシスは「啓蒙専制君主」だったと言えます。

これで、ひととおりのつじつまが合いました。

ここで、ＮＨＫの歴史探求番組『その時、歴史が動いた』のエンディング・テーマが流れたら、筆者としては大満足です。メイン・キャスターの男性アナウンサーが深々と頭を下げます。「本日も、ご覧いただきまして、ありがとうございました」。――今回も、最後までお読みいただき、ありがとうございました。

おわりに
～マーメイドラプソディー～

「西洋美術」「オペラ」と並んで、筆者の好きなものに「Ｊポップ」があります。特に1990年代のＪポップは、その歌詞に哲学的なものが多く、あれこれ解釈するのが楽しかったです。

最近、筆者がはまっているのが「ＳＥＫＡＩ　ＮＯ　ＯＷＡＲＩ」という音楽グループです。年齢的に、筆者とは世代がたっぷり一世代は離れていますが、内容的には「まったくわからない」というほど離れてもおらず、さりとて「100パーセントわかる」という親近感でもないのです。そんな「わかりそうで、わからない」というふしぎな距離感が、逆に筆者を夢中にさせているようです。

まずは歌詞を引用させていただきましょう。曲名は『マーメイドラプソディー』です。音楽的には、水しぶきが硝子(がらす)びんの中でチャプチャプ音を立てているような、効果音が楽しい一曲です。ぜひ一度、聞いてみてください。

マーメイドラプソディー

ＳＥＫＡＩ　ＮＯ　ＯＷＡＲＩ

人と魚の半分ずつ
人魚という名前の彼女は
珍しい生き物　硝子に囲まれて育った

水と陸地と半分ずつ
アクアリウムと呼ばれるその場所は
彼女に「不自由」をもたらしたのだと「人」は言った

ねえ、おしえてよ
「自由」はどんなものなの？
わたしは貴方が会いにきてくれる
「不自由」なこの場所が
とても好きだわ

ねえ、お願いよ
どうか押し付けないで
わたしは貴方が会いにきてくれる
「不自由」なこの場所が
好きだわ

■ 解説

「人と魚の半分ずつ」「水と陸地と半分ずつ」。この不思議なフレーズが、筆者の深層心理に訴えかけたのは事実です。

筆者は「帰国子女」です。ですからずっと「日本人と欧米人の半分ずつ」という、自身の中途半端なアイデンティティーに悩んできました。そう考えますと、またいろいろ連想が浮かびました。「文系と理系の半分ずつ」「女の子と男の子の半分ずつ」「引きこもりと社会化貢献願望の半分ずつ」「目立ちたがりと恥ずかしがりの半分ずつ」「優越感と劣等感の半分ずつ」。

要するに、これが「弁証法」なのではないでしょうか。（A）というアイデンティティーと、（B）というアイデンティティーが、せめぎ合い、ぶつかり合い、火花を散らしながら、「新しい何か」が生まれる、みたいな。

そんなある日のこと、筆者の目の前に「ふしぎなニュース」が現れました。いわゆる「ドローン少年事件」（2015年5月21日、少年を逮捕）です。

簡単に概要を述べますと、15歳の無職の少年が、ドローンで撮影した映像をネット上で公開していたのですが、あるお祭りを「撮影するかのような」予告があり、お祭りの主催者や警察関係者が（安全上の理由で）「撮影しないように」注意したにもかかわらず、「挑発的な発言」をネット上で行ったということで、逮捕されたものです。

「ドローン＝小型無人飛行機」に関する法律がまだ整備されていないという議論はさておき、筆者が真っ先に驚いたのが、この少年の「年齢」でした。さらに、この少年が、インターネットで果敢に自己主張している点も気になりました。

筆者のイメージでは、これは大学１、２年生レベルの「青白き秀才」タイプなのですが、インターネットの普及によって、どんどん低年齢化しているのでしょうか。「高知能と経験不足の半分ずつ」。

あるワイドショーのコメンテーターは、こう指摘しました。この少年は、いわゆる「思春期」に特有の属性が、インターネットによって肥大化してしまった一例である、と。

「思春期に特有の属性」とは、こんなイメージです。「ただひとつの価値観」のみを「是」とし、その価値観と相容れない「それ以外の考え方」はすべて「悪」と見なし、激しく攻撃する。[悪＝敵]と見なした「相手の言い分」は全く聞き入れず、「話し合い」が成立しにくい。――要するに「カルト信者」でしょうか。

さらに興味深いことに、この少年は、いわゆる「有料動画の配信サービス」によって自身の活動資金を得ていたのですが、それは具体的には、「信者」と呼ばれる「大人たち」からの、個人的な援助だったのです。一般的な商業活動というよりは、「援助交際」のようなイメージです。いずれにせよ、それが結果的に、少年の「反社会的な価値観」を助長してしまったようです。なお、「信者」というのは、少年を支援した「大人たち」が実際に使用していた「自称」です。――ますます「カルト」です。

要するに、この少年は「教祖」であると同時に「生贄（いけにえ）」だったのではないでしょうか。「教祖」は［信者たち＝社会に不満を抱え、それを反社会的な活動によって発散させたいと思っている大人たち］の「不満」をすべて背負い、言わば「信者たち」の不満解消を「代行」することで、その［レゾン・デートル＝存在理由］を保っているようです。――悩ましいのは、「芸術って、たいてい、そういうものでしょう？」という「心の声」です。「ドローン少年」の「目的」は合っていたが、「手段」が不適切だった、ということでしょうか。

この「事件」が冒頭の『マーメイドラプソディー』とどう関係するのかと言いますと、人魚が閉じ込められている「硝子の内側」が、まさに「パソコンの画面に縛りつけられ、自室から出られない少年」と同じなのではないか、という類推です。

この少年は「とても狭い空間」を生きていたのでしょう。本来ならば「自分の部屋」の中には「自分」以外に誰もおらず、少年は「孤独」を感じ、やがて「部屋の外」へ出て行くはずだったのに（安室奈美恵『Body feels exit』の哲学です）、なまじ「インターネット」という「空間」が広がっていたために、少年は「孤独」から解放され、自身の主観的印象では「自由」を得たつもりだったのですが、実はその「自由」は「本物」ではなく、「自分の分身ばかりが徘徊（はいかい）する」「にせものの自由」だったというわけです。――再び、悩ましい「心の声」です。いわゆる「夢」に登場する各人格も「自分の分身」だが、「夢分析」が精神医学上、有意義であることは、不動の見解ではないのか、と。要するに、「カルト」に存在するのは「ポジティヴ・セルフ」オンリーなのに対し、「夢」に登場するのは「ネガティヴ・セルフ」を含む、多様な登場人物である、ということでしょうか。

『マーメイドラプソディー』で表現されている「不自由な空間」とは、この「にせものの自由」のことではないでしょうか。要するに「自分の価値観に賛同する人ばかりが集まってくる、人工的な空間」です。旧世代の人間に既知のことばでは「はだかの王様」でしょうか。

「本当の自由」を得るためには、「自分とは異なる価値観」に触れる必要があるのではないでしょうか。「自分とは異なる価値観」を拒絶し、そのようなものは「どこにも存在しない」かのように無視していては、「本当の自由」など、永遠に手に入りません。

「ドアを開けて、旅に出る」「硝子の井戸を抜けて、広い海に出る」。旧世代の勝手な解釈かもしれません。ですが、たった「15歳」で、「謎解きのゴール」に到達してしまうなんて、ありえないではないですか。

参考になるかどうかわかりませんが、筆者の長男は大学で数学を専攻し、ある時ポツリと、筆者（母親）にこう言いました。「数学科の学生というのは、まだ『数学語』という語学学校に通っている段階なんだよ。これに比べて数学者というのは、『数学語』で小説の書ける人間のことなんだ。オレ、そこまで行けるかなあ？」

ひとつはっきりしていることは、「まだ、わからないことだらけだ」と思っている人間のほうが、「すべてわかった」と思っている人間よりも、格上だということです（※）。

※この考え方は、西洋哲学の祖とされるソクラテス（紀元前469?〜前399?年）の唱えた「無知の知」という考え方と通底しているのかもしれません。「私はまだ、何も知らない」という自覚です。筆者にとっては「我思う、故に我あり」よりも身近な思想です。人間を「読書」「冒険」「探求」へと向かわせるエネルギーも、そこ（無知の知）にあると筆者は想像しています。

『マーメイドラプソディー』の歌詞は、次のように続きます。「解釈」は、各人のご自由です。

「自由」を唱える人たちは
「人魚を海に帰すべき」と言った
硝子の中から叫んでも、何も届かない

「自由」は「孤独」と半分ずつ
彼に会えない自由な世界へ
引きはがされるように硝子の外へ

（中略）

初めて見た硝子の外の世界
ああ、わたしはひとりで水平線を見てるわ
何て海は広いの

初めて見た硝子の外の世界
ああ、わたしは貴方に一番に伝えたい
何て海は広いの

マーメイドラプソディー
煌めく自由なダンスホール
次はわたしが会いに行くわ

マーメイドラプソディー
煌めく自由なダンスホール
次はわたしが会いに行くわ

もう待ってるだけじゃないから
今宵純白のダンスを踊るから

最後までおつき合いいただき、ありがとうございました。
またいつか、どこかでお会いしましょう。

とくな のぞみ

参考文献

『グリム童話集（4）』
　山室静訳　偕成社文庫　1980年
『グリム童話集（2）』
　大畑末吉訳　偕成社文庫　1980年
『魔法昔話の起源』
　ウラジーミル・プロップ著　斎藤君子訳　せりか書房　1983年
『名画は嘘をつく』
　木村泰司　ビジュアルだいわ文庫　2014年
『美女たちの西洋美術史　肖像画は語る』
　木村泰司　光文社新書　2010年
『名画で読み解く　ブルボン王朝12の物語』
　中野京子　光文社新書　2010年
『名画で読み解く　ハプスブルク家12の物語』
　中野京子　光文社新書　2008年
『サラバ！・上』
　西加奈子　小学館　2014年
『愛と裏切りの作曲家たち』
　中野京子　光文社知恵の森文庫　2015年
『生きながら火に焼かれて』
　スアド　松本百合子訳　ヴィレッジブックス　2006年
『中野京子と読み解く名画の謎　陰謀の歴史篇』
　中野京子　文藝春秋　2013年
『名画で見る　シェイクスピアの世界』
　平松洋　中経出版　2014年
『肖像画で読み解く　イギリス王室の物語』
　君塚直隆　光文社新書　2010年

＊本書で引用した「Ｊポップ」の作詞者･作曲者･編曲者を明記します。
引用させていただきまして、ありがとうございました。

『ＴＯＭＯＲＲＯＷ』
作詞・岡本真夜・真名杏樹／作曲・岡本真夜／編曲・十川知司
『瑠璃色の地球』
作詞・松本隆／作曲・平井夏美／編曲・武部聡志
『明日晴れるかな』
作詞・桑田佳祐／作曲・桑田佳祐
『マーメイドラプソディー』
作詞・Saori ／作曲・Nakajin

JASRAC　出版許諾 1511554-501

とくな のぞみ

1962年名古屋市生まれ。
名古屋大学文学部卒。心理学専攻。
精神分析学と口承文芸学の融合をライフワークにしている。
著書に『神話とファンタジーの起源』(幻冬舎ルネッサンス)、『なぞときおとぎ話』(文芸社)、『王女の押印・前編／後編』(一粒書房)、『魔法の布』(青山ライフ出版) などがある。

赤い花

2015年12月23日発行

著　者　とくな のぞみ
制　作　風詠社
発行所　ブックウェイ
〒670-0933　姫路市平野町62
TEL.079 (222) 5372　FAX.079 (223) 3523
http://bookway.jp
印刷所　小野高速印刷株式会社

ISBN978-4-86584-062-9

乱丁本・落丁本は送料小社負担でお取り換えいたします。